ドラキュラやきん！4
和ケ原聡司
satoshi wagahara
イラスト 有坂あこ
ill. aco arisaka

「夜分に申し訳ありません、シスター・イエレイ」

百万石優璃《ひゃくまんごくゆうり》
闇十字騎士団の従騎士。

アイリスのもとで研修を受けることに。

実は心密かにアイリスに憧れている(?)

「ま、まさかシスター・イェレイが、僕をそんなに評価してくれたなんて……！」
「いいですねぇ。青春ですねぇ。」
FRONT
ONT CAFE

FRONT M

デザイン■木村デザイン・ラボ

DRACULA YAKIN

ドラキュラやきん!

4

和ヶ原聡司
イラスト 有坂あこ

satoshi wagahara
ill. aco arisaka

第一章　吸血鬼は振り回されたくない

DRACULA YAKIN!

朝起きて、朝食を食べて出勤する。

上司や同僚とコミュニケーションを取りながら仕事を粛々と進め、仕事の疲れとともに帰宅し、夕食を取ってから床に就く。

そんな、一人の大人としてごく当たり前の生活。

虎木由良《とらきゆら》にとっての朝食は概《おおむ》ね夕方五時頃に食べるものであり、夕食は午前四時くらいであることを除けば、そんな平穏な生活が、既に一週間続いていた。

「不安だ」

それなのに、虎木由良《とらきゆら》は就寝用のエアマットに空気を入れながら、落ち着かない様子で周囲をちらちら見まわしながら、小さく貧乏ゆすりをしていた。

一週間、アイリスが虎木《とらき》の前に姿を現さない。

いや、正確には、外出すると顔だけは合わせるのだ。

だが顔を合わせた三度のうち、最初の一度は何も言わずに部屋に引っ込んでしまい、二度目は挨拶もそこそこに逃げるようにどこかに消えてしまい、最後は虎木《とらき》が帰宅した音を聞きつけたのか部屋から出てきて、虎木《とらき》に、

「お帰りなさい……」

と言ってすぐ部屋に引っ込んでしまったというもの。

「何だ……何が原因なんだ？」

家主の知らないうちに勝手に合い鍵を作り、自分が買った食材すら虎木《とらき》の部屋の冷蔵庫に入れ、当たり前のように虎木《とらき》の部屋で虎木《とらき》と自分の食事を作り、色々と理由をつけては出勤中常に虎木《とらき》に張り付いていたアイリスが、顔を合わせただけで部屋に引っ込んでしまうとは異常事態としか思えない。

虎木《とらき》とアイリスは、知り合って以降ご近所さんとしても、人間の世界の闇に生きるファントム・吸血鬼と、そのファントムを討伐する宿命を負う闇十字騎士団《やみじゆうじきしだん》の修道騎士としても、適正な距離感を取ったことが一度として無い。

それだけに集合住宅の隣同士という距離感でありがちな、外出時にたまたま顔を合わせるタイミングで必ずアイリスの様子がおかしいという事態は虎木《とらき》を大きく不安にさせた。

「京都から帰って来てからしばらくは、そんな変なこと無かったよな……」

二週間前、虎木《とらき》は古妖《エンシエント・ファントム》ヤオビクニの子孫である比企未晴《ひきみはる》の実家のトラブルに巻き込まれる形で京都に出向いており、アイリスも虎木《とらき》と未晴《みはる》を追う形で京都入りした。

闇十字騎士団《やみじゆうじきしだん》の修道騎士は、日本のファントムを統率する比企《ひき》家が治める名古屋より西、福岡より東の地域に踏み入らないよう、比企《ひき》家と協定を結んでいる。

アイリス本人の弁を信じるなら、彼女は虎木《とらき》が人間に戻るための情報をキャッチし、その真偽を確かめるために京都に潜入していた、と言うのだ。

修道騎士必携の聖なる武器である聖槌《せいつい》リベラシオンと聖銃デウスクリスを携帯していない、一旅行者としての京都入りだから問題ない、と本人は言い張っていたが、京都で起こったことを鑑《かんが》みれば問題ないわけではなかったはずだ。

結果として比企《ひき》家側は、京都でのアイリスの活躍もあって不問に処してくれたが、虎木《とらき》は闇《やみ》十字騎士団《じゅうじきしだん》側がこのままアイリスのやらかしを見過ごすとはどうしても思えなかった。

いくら比企《ひき》家や未晴《みはる》が黙っていてくれたとしても、虎木《とらき》はいつかその事実は闇十字《やみじゅうじ》に露見すると考えていた。

闇十字《やみじゅうじ》に探られるとかではなく、単純にアイリスが、職場のルールを破ったことを、いつまでも職場に秘密にしておける性格では無さそうだからだ。

だが意外にも、京都から帰ってきて一週間、アイリスはそれまでと全く変わらない様子で虎《とら》木《き》の部屋や職場に押しかけ、普段通りにふるまっていた。

虎木《とらき》もアイリスの上司である中浦《なかうら》という修道騎士と面識があるが、彼女は未晴《みはる》の祖母、比企《ひき》天道《てんどう》と違って、詭弁《きべん》でアイリスや虎木《とらき》のしたことを見逃してくれそうな性格ではないし、日本ファントムの本拠地があれだけ荒らされ騒ぎになったのだから、闇十字《やみじゅうじ》がその事実を確認していないはずがないのだ。

「……」

虎木《とらき》はアイリスの部屋の側の壁を、ついでまた玄関のドアを見てから身震いする。

いつ何時《なんどき》、闇十字騎士団《やみじゅうじきしだん》が集団で突入してくるかと思うと、朝日が昇ってきても眠りたくなくなる。

京都のヴァプンアーットホテルの完全暗室のようなものがあれば、もしかしたら朝陽《あさひ》が昇っても目覚めたままでいられるのだろうか。

「何で俺の方がアイリスの上司に怯《おび》えなきゃいけないんだよ。クソ」

アイリスがいてもいなくても落ち着かない。

「本当、闇十字《やみじゅうじ》ってのは厄介な連中だ……ふわあぁ……」

マットの空気がいっぱいになったあたりでほぼ習慣で欠伸《あくび》が出てしまう。

とはいえ、根拠のない未来に怯《おび》えていても仕方がないので、虎木《とらき》は今日ものそのそと風呂場《ふろば》に引っ込もうとする。ふと、静かで薄暗いキッチンを見やると、再び欠伸《あくび》をしながら風呂場《ふろば》に入り、身を縮めながら横になった。

「メシだけはって思うのは、さすがに勝手だよな。……くぁ」

※

京都。古《いにしえ》より日本の中心であった古都は今もなお多くの魑魅魍魎《ちみもうりょう》、すなわちファントム達が根差し、その中心にいるのが未晴《みはる》の実家である比企《ひき》家であった。

年の明けた一月半ば、未晴《みはる》の身の上に縁談が降ってわいた。

比企《ひき》家の当主にして未晴《みはる》の祖母、比企天道《ひきてんどう》は未晴《みはる》の意思を無視し、西日本で比企《ひき》家に並ぶ名家であり、ファントムとしての知名度も群を抜いている『のっぺらぼう一族』六科《むじな》家の六科七雲《むじななぐも》との結婚話を推し進めた。

虎木《とらき》への熱い想《おも》いを一切隠さない未晴《みはる》は実家の決めた縁談に反発し、縁談をご破算にするため、虎木《とらき》に『恋人』として京都の実家に帯同するよう要請。

その際に未晴《みはる》は、それまでの虎木《とらき》の戦いに対する『貸し』のカードを切った。

未晴《みはる》の恋人を演じて縁談をぶち壊せば、総額一六〇万円にも至る貸しを清算すると提示された虎木《とらき》は、未晴《みはる》の要請を承諾し、京都に連れて行かれてしまった。

これに納得できなかったアイリスは、闇十字《やみじゅうじ》と比企《ひき》家の間で結ばれた協定を破り、東海道新幹線に乗り込み京都に足を踏み入れてしまう。

虎木《とらき》と未晴《みはる》、そしてアイリスを待っていたのは、六科《むじな》家当主殺人事件と、比企《ひき》家に属するフアントム同士の内紛だった。

東京池袋、サンシャイン60の比企《ひき》家のオフィスで未晴《みはる》の執事として虎木《とらき》とも交流があった烏丸鷹志《からすまたかし》が、突如一族や連なる貴妖家《きようけ》を巻き込み比企《ひき》家に反旗《ひるがえ》を翻したのだ。

烏丸《からすま》は虎木《とらき》の宿敵である室井愛花《むろいあいか》と共謀して七雲《なぐも》の父親、六科《むじな》の当主を殺害し、更には比企《ひき》本家を壊滅させ日本の人間社会とファントム社会の融合という壮大な革命を夢見ていた。

七雲《なぐも》の機転と、京都入りのために聖具を携帯していないアイリスが付け焼き刃で習得した僵尸《キョンシー》の道術によって、辛くも烏丸《からすま》を撃退することに成功する。

六科《むじな》当主の殺害犯が判明したことと、比企《ひき》本家が事実上壊滅してしまったことが重なり、未《み》晴《はる》と七雲《なぐも》の縁談は一旦凍結。

天道《てんどう》が縁談を強引に進めたのも、単に京都の裏切り者をあぶりだすためのひっかきまわしと判明し、虎木《とらき》は未晴《みはる》の伴侶となるに相応《ふさわ》しい資格があると天道《てんどう》に認められる。

そのことに異議を示したのが、縁談相手で幼い頃から未晴《みはる》に想《おも》いを寄せていた七雲《なぐも》と、七雲《なぐも》の手引きで京都入りしたアイリスだった。

虎木《とらき》の目線では、アイリスが何故《なぜ》京都にやって来たのか、本人の述懐を聞いても釈然としない部分ばかりだった。

だが未晴《みはる》と七雲《なぐも》、そして京都入りするアイリスに僵尸《キョンシー》の道術を伝授した梁 詩澪《リアンシーリン》は……。

そんな動乱の京都から東京に戻ってから二週間。

二月上旬の出来事だった。

※

「最近アイリスさん、どうしちゃったんですかぁ？」

夜の十一時過ぎ。

フロントマート池袋東五丁目店から経営者の村岡《むらおか》が帰宅したのを見計らって、梁《リアン》詩澪《シーリン》が虎《とら》木《き》に声をかけてきた。

元は大陸のファントム組織『梁尸幇《リアンシーバン》』に所属し、道術を用いる僵尸《キョンシー》として現れた詩澪《シーリン》は、ファントムとしてアイリスに捕らえられたことがある。

そのためアイリスと虎木《とらき》の関係もよく理解していて、アイリスとは虎木《とらき》との共通の知り合いではあっても、決して友達ではない、という間柄。

そんな詩澪《シーリン》から、いつもイートインコーナーにべったりなはずのアイリスが現れないという話題を振られた。

問題なのは、明らかに『私思い当たる節あるんですよねー』的な含みがある言い方をされたことだ。

「……あぁ？」

なのでつい虎木《とらき》の返事は剣呑《けんのん》な色を帯びてしまう。

「何でそんな怖い顔するんですかー」

詩澪《シーリン》はそんな虎木《とらき》の反応を予想していたようで、調子を変えずにすり寄って来た。

「梁《リアン》さんがそういうテンションのときは面倒だから会話したくない」

「京都から帰ってきて一週間くらいしてからですよね、アイリスさんが突然顔見せなくなったの」

話したくないと言っているのに、詩澪《シーリン》は勝手に話し始める。

「京都旅行で喧嘩《けんか》でもしました？」

「俺は未晴《みはる》と行ったんだけどな？」

虎木《とらき》は一応言ってみるが、もちろん詩澪《シーリン》には通用しない。

「またまたー」

詩澪《シーリン》の笑顔には、好奇心と悪意と野次馬根性がこれでもかというほど含まれていた。

「虎木《とらき》さんが未晴《みはる》さんとウキウキで京都に行っちゃうんで、滅茶苦茶《めちゃくちゃ》ヤキモチ妬《や》いたアイリスさんが物凄《ものすご》い屁理屈《へりくつ》捏ねて後追っかけたのを私が知らないとでも思ってるんですかー？」

「他人に聞かれたら絶妙に本当に聞こえるような言い方するな」

優れた嘘《うそ》つきは、嘘《うそ》と真実を巧みに混ぜ合わせ、事実への認識を誤認させるという。

虎木《とらき》と未晴《みはる》が京都に行ったのは本当だし、アイリスが後から追いかけてきたことも本当だが、

虎木《とらき》はウキウキではなかったし、アイリスだってヤキモチを動機に追いかけてきたわけがない。

「えぇ？　どこが違うって言うんですかー」

心外そうに詩澪《シーリン》は頰を膨らませるが、そのわざとらしいあざとい仕草がまた癇《かん》に障《さわ》るのだ。

「頼むからそういう無責任なこと、灯里《あかり》ちゃんとかの前で言わないでくれよ。そうでなくてもアイリスとの関係で変な誤解されてんだから」

「誤解なんですかねあれは。あの子、虎木《とらき》さんとアイリスさんが付き合ってるって思いこんでるっぽいですけど、そう思われるようなこと、したりしてません？」

「……いや、こっちに全く責任が無いとは言わないが、それだってもう解決済みなんだ」

フロントマート池袋東五丁目店のオーナー村岡《むらおか》の娘、灯里《あかり》はアイリスと知り合った経緯の中で、虎木《とらき》とアイリスが恋人付き合いをしていると誤解していた。

その誤解自体は、その時点で灯里《あかり》を危険から守るために必要な方便だった。

紆余曲折《うよきょくせつ》を経て虎木《とらき》は関係をやんわりと否定したのだが、虎木《とらき》の行動を知らないアイリスが方便を貫き通すために恋人関係であることを重ねて肯定してしまったため、灯里《あかり》の中では話がややこしいことになってしまっていた。

「前にはっきり違うって言ったはずなんだけどなぁ……」

虎木《とらき》は虎木《とらき》で、アイリスが灯里《あかり》にそう言ってしまったことを知らないため、何故《なぜ》灯里《あかり》がそんな誤解をしているのか全く理解できないのだ。

「京都行きの前も未晴《みはる》のことで変な誤解してたっぽいし、一体何なんだか……」

「やー、それは百パー、虎木《とらき》さんに責任あると思いますけどねー」

「ええ？　何でだよ」

虎木《とらき》にしてみれば言いがかりにしか聞こえなかったが、先程の含みのある表情とは打って変わって、比較的真面目な顔で詩澪《シーリン》は言った。

「だって虎木《とらき》さん、未晴《みはる》さんに依存しすぎじゃありません？」

「……ん？」

「人間に戻ること」

詩澪《シーリン》はレジから出ると、レジ前の商品を少し手直ししてから、売り切れてこの時間からは追加陳列することのないホットスナックの値札と掲示を回収する。

「私、虎木《とらき》さんと知り合ってそんなに経《た》ってないですけど、今の虎木《とらき》さん、人間に戻るアテ、ありませんよね？　特にそのために行動してるようにも見えないし」

「……」

ごまかしようもなく痛いところを突かれた。

「室井《むろい》愛花《あいか》と戦うのだって、基本、未晴《みはる》さんの情報網と資金力が無いと行動できてないじゃないですか。未晴《みはる》さんからも、尸幇《シーバン》のブリーフィングでも、横浜港の話をちらっとだけ聞きましたけど」

「……それ言われると、耳はまぁ、痛い」

虎木《とらき》は決まり悪そうに詩澪《シーリン》から顔をそむけた。

「ただ言い訳させてもらうと、二十年前くらいまでは結構バリバリやってたんだ。何だったらその頃までならまだ愛花《あいか》相手にも善戦できてた気がするし、当たり前だけど未晴《みはる》に頼ることもなかった」

「不老不死特有の、使える時間が長いから人より時間の使い方も長いってやつですか？」

「違う違う。そんな悠長なことやってられねぇんだよ俺は」

詩澪《シーリン》には特別話したことは無かったが、虎木《とらき》が人間に戻ることには、大きなタイムリミットがある。

虎木《とらき》の弟、和楽《わらく》も既に七十歳を過ぎている。

和楽《わらく》は虎木《とらき》が吸血鬼化したのは自分を守ってのことだと考え、兄を人間に戻すべくその人生を費やしてきた。

結果、警察官僚として頂点を極め、幸せな家庭を築くこともできたが、人間の宿命として今の虎木由良《とらきゆら》には無い寿命という生命の壁が迫っている。

「悠長にしてらんないんだけどな……その二十年前にちょっと色々あってから、急ブレーキがかかっちまったんだ。それからしばらくして未晴《みはる》に会って、ようやくまた戦えるようになったんだ。だから未晴《みはる》には本当、頭が上がらないんだ」

「……ふーん。まぁ嘘《うそ》ついてる感じじゃありませんけど、煙《けむ》に巻《ま》かれた感はあるかも」

「あーそれよりそろそろ梁《リアン》さん上がる時間じゃないか？　細かいことは俺がやっとくからそろそろ帰れって」

詩澪《シーリン》の表情から疑惑の色は消えなかったが、別に詩澪《シーリン》にどう疑われようと特に問題はないので、虎木《とらき》は話をここで打ち切る。

「あ、そーですか？　確かに十二時ですし、それじゃあお言葉に甘えて上がっちゃいますね」

すると思いがけず詩澪《シーリン》は素直に引っ込んで、手をひらひらと振りながらスタッフルームに引っ込んでしまう。

だがホッとするのも束《つか》の間《ま》、着替え終わって出てきた詩澪《シーリン》は、

「ホットのカフェラテL下さい！」

レジでお客としてカフェラテを注文すると、そのままイートインコーナーに腰かけた。

「おい」

「だって色々気になるじゃないですかー。虎木《とらき》さんの過去とか、京都で何があったのかとか、アイリスさんが何考えてるのかとかー」

「そこで粘ってたって教えないぞ」

「京都で何があったかくらいは教えてくれてもよくありません？　私も一応比企《ひき》家の管理下にあるんですよ。あの大火事のニュースって、比企《ひき》家の話ですよね？」

「比企《ひき》家の名前は、ニュースじゃ出てなかったと思ったがな」

　未晴《みはる》の執事である烏丸《からすま》鷹志《たかし》が引き起こした京都の比企《ひき》本家の大火事は、規模が規模だけに当たり前のようにテレビ、新聞はもちろん、インターネットのあらゆるメディアに動画付きで報道された。

　死者や怪我人《けがにん》などはおらず、比企《ひき》家の名も出ず、史跡や工場のような、地域に大きな影響を及ぼすような施設のことでもなかったため、その日限りの話題として既に世の中からは忘れ去られていた。

「いえ、普通に私の所に見張りが付いたんで」

「え？」

「あのニュースが流れた日、闇十字騎士団《やみじゆうじきしだん》の従騎士だって子が私の所に来て、そのとき言ってましたよ。尸幇《シーバン》が何かやったんじゃないかって警戒してたみたいです。だから私にも一応みたいなこと言ってました」

「言ってましたって、監視対象に理由説明すんのかよ。第一比企《ひき》家の管理下にあるファントム相手にそんな……」

「アイリスさんだって私のこと見張ってるんですし、闇十字《やみじゆうじ》は闇十字《やみじゆうじ》で隙あらば私をどうにかしたいって思ってるんじゃありませんかね？　そこらへんのことは分かりませんけど、とにかくその人、アイリスさんと同じ制服着てたんで間違いないです」

誰がどういう手回しをしたのか知らないが、監視対象に事情を話すなど、間の抜けた話にも思える。

逆に言えば、そういう話をして良いくらいに詩澪《シーリン》は怪しまれていないということでもあろうが、それはそれとして、今の虎木《とらき》にとっては余計なことをという感想しかない。

「それに、虎木《とらき》さんも未晴《みはる》さんもアイリスさんも、巡り巡って私のおかげで色々助かったって聞きましたけど？」

「……あー…………あー」

詩澪《シーリン》が言っているのは、修道騎士の聖具を持ち込めない代わりにアイリスが習得した、僵尸《キヨンシー》の道術のことだろう。

「私の傀儡《くぐつ》術が無ければ切り抜けられなかったシーンがいくつもあったって聞きましたよ？その働きの分くらいは、ご褒美《ほうび》くれてもよくありません？」

「シフト代わってもらった分も含めてお土産奮発したじゃないか」

「手狭なシェアハウスの一人暮らしなのに生八つ橋あんなにもらってもって感じですし、聞いたのは当のアイリスさんからですよー。何だかんだ言ってちゃんと私の術が役に立ったってお礼も言ってくれたし、お土産もセンス良かったです」

土産物のセンスのダメ出しをされても困る。こちらはまともな旅行にここ十年以上行ってない吸血鬼なのだ。

「ん？　ちょっと待て。アイリスから土産もらったっていつのことだ？」

「虎木《とらき》さん達が京都から帰って来た次の日ですよ。ちなみに、そのときはまだアイリスさんは普通でした。コンビニにも普通に来てましたよねー」

「まぁ、そうだったよな」

「京都から帰ってきて一週間は普通だったのに、最近は急に態度が変わって……何があったんでしょーね」

「さっき何か知ってるみたいなこと言ってたじゃないか」

「えー？　私そんなこと言ってませんよー？」

「……」

元々詩澪《シーリン》のテンションは得意ではないのだが、こういった人を食ったようなものの言い方が時折愛花《あいか》を髣髴《ほうふつ》とさせて、虎木《とらき》は余計にやりにくくなるのだ。

そして詩澪《シーリン》は、虎木《とらき》のこういった動揺を見逃すような相手ではない。

「京都でアイリスさんと何かありました？」

「何かって言われてもな。基本未晴《みはる》とずっと一緒にいたし、アイリスと合流した後も他にも誰かしら一緒にいたし」

眉根を寄せながらも、素直に答えた方が面倒は少ないと判断して正直に話す。

「変わったことって言えば、それこそあいつが闇十字《やみじゆうじ》のルールを破ってまで京都に行ったたってのが、一番らしくないっちゃらしくないんじゃないか」

「ふーん」

「何だよ、何か不満があるのか」

「いやー、まぁ不満だらけと言えば不満だらけですねぇ」

早くも飲み終わってしまったカフェラテのカップを握りつぶしながら、詩澪《シーリン》は据わった目で虎木《とらき》を睨《にら》む。

「そーゆーことが聞きたいんじゃないんですよこっちはー！　もっとこー、アイリスさんの決定的な弱味を握りたいから聞いてるんですよ！　そーゆーとこですよ虎木《とらき》さん！」

「何だよ弱味って。どーゆーとこだよ知るか」

虎木《とらき》の中で全く話が繋《つな》がらず、本気で首をかしげるしかない。

「虎木《とらき》さん、アイリスさんが京都に行った理由、ほんっとーに分かってないんですか？」

それを見た詩澪《シーリン》は、苛立《いらだ》ちとも呆《あき》れとも、はたまた逆に新しいおもちゃを見つけてウキウキしている子供のような顔ともつかぬ表情を浮かべた。

「何か無かったんですか！　こう、アイリスさんもしかしてこのために京都まで行ったんだなーみたいなやつ！」

「……いや、それは」

イートインコーナーから乗り出してそのままレジ中までずり落ちかねないほど詩澪《シーリン》が身を乗

り出したときだった。

入店音が鳴り、詩澪《シーリン》は不満そうな顔をしつつ慌てて体をひっこめ、虎木《とらき》も瞬時に仕事の顔になり、やってきたお客にいらっしゃいませをかけるべく口を開いたが、

「あっ。よかった、まだいた」

入ってきたのはある意味意外な顔だった。

「……村岡《むらおか》さん？」

二人の雇い主であり、このフロントマート池袋東五丁目店のオーナーである村岡《むらおか》だった。

「もしかしたら梁《リアン》さんはもう帰っちゃったかなと思ったけど、良かったー」

まだまだ寒さの厳しい深夜帯に、うっすら額に汗をかいている。

「何してたの？」

「いえ、別に……」

イートインコーナーに戻りきれなかった詩澪《シーリン》の半端《はんぱ》な姿勢に疑問を挟みつつも、

「まあいいや。いきなりで悪いんだけど丁度二人に頼みたいことがあるんだ」

それ以上に緊急性のある用があるらしく、店内にお客がいるかどうかも確かめずに言葉をつづけた。

「明日、シフト入《はい》れない？　二人とも本来は休みにしてもらってるところ悪いんだけど……」

「明日ですか？」

「俺は行けますよ。特に予定ありませんし」

詩濡《シーリン》はその場で手帳を取り出し、虎木《とらき》は何も確認せずに即答する。

「虎木《とらき》さんはそれでいいんですか全く……私も行けますよ。少し早く出た方がいいですか？」

詩濡《シーリン》は先ほどの話を分からないように蒸し返しながらも了承する。

「本当⁉　ありがと！　梁《リアン》さん午後いち……いや、二時から出られる？」

「二時からですね？　……一時でも、出られますよ？」

「……本当？　お願いして良い？」

詩濡《シーリン》が村岡《むらおか》ののっぴきならない空気を読み取り善意からそう言うと、村岡《むらおか》は正に地獄で仏を見たような顔になった。

「トラちゃんは……」

「俺は夜なら何時でも大丈夫ですよ。梁《リアン》さんが一時なら俺は七時から何時でもいけます」

虎木《とらき》は言われる前から自分の出られる時間を提案し、村岡《むらおか》は大きく頷《うなず》く。

「助かる！　助かるよ！　夜十二時まででいいからお願い。深夜から早朝はもう入ってるから。二人とも本当ごめんね！　ちゃんと埋め合わせするから！」

「いえ……」

村岡《むらおか》は心底安心したように深い溜《た》め息《いき》を吐《つ》くが、虎木《とらき》の目には、その安堵《あんど》の裏に何か重い事情があるように思えてならなかった。

明日十三時から夜の十二時までは、シフト表を見る限り、村岡《むらおか》が本来入っていた時間だ。

虎木《とらき》が池袋東五丁目店に勤めるようになってから、村岡《むらおか》がここまではっきり自己都合と分かる形でアルバイトのシフトを運用したことは無かった。

詩澪《シーリン》も、まだ村岡《むらおか》との付き合いは浅いものの、いつにない村岡《むらおか》の様子に違和感を覚えたらしく、柔らかい口調で言った。

「でも、それくらいのことなら電話してくれてもよかったんですよ？　メールとかメッセージ送ってくれても……」

だが詩澪《シーリン》の気遣いに、村岡《むらおか》は急にしどろもどろになった。

「いや、それだとほら、うちで色々、さ、ね。それに、ほら、接客中だったら悪いし、夜遅く電話するのはそれはそれで悪いし、さ」

「は、はあ」

「と、とにかくありがと。明日はよろしくね。それじゃっ！」

早口にそう言うと、村岡《むらおか》は来たときと同じく慌ただしい調子で帰っていった。

「まぁ村岡《むらおか》さんもここ以外にもフロントマートの店舗持ってるからな。色々あるんだろ」

詩澪《シーリン》が何か言うより早く虎木《とらき》がそう言うと、詩澪《シーリン》は少し驚いたように顔を上げた。

「そうなんですか？　初耳です」

「俺も行ったことはないいんだ。大塚《おおつか》の方に二店舗あって、雇われの店長が管理してるらしい」

「そう言えばこのお店は『店長』っていませんよね。前からちょっと気になってたんです」

「村岡《むらおか》さんが一応オーナー兼店長ってことになってるんだと思う。ここだけそうなってる理由は俺もきちんと聞いたことはないけど」

「都心で自前のコンビニを三店舗も運営してるって、村岡《むらおか》さん凄《すご》すぎません？」

「ああ、誰にでもできることじゃない」

「そりゃあ僵尸《キョンシー》ばりの死相も出ますよねぇ。ただでさえ激務だって聞きますし」

「おい」

物言いが微妙に失礼な詩濡《シーリン》を虎木《とらき》は軽く睨《にら》む。

「……ま、いいや、何か気が抜けちゃいました。今日は帰りますね」

詩濡《シーリン》は毒気を抜かれたように立ち上がると、紙コップをぐしゃぐしゃに握りしめた。

「とにかく、アイリスさんの行動がおかしくなった理由を、虎木《とらき》さんはしっかり考えてください。ただでさえ傍若無人な修道騎士なんですから、様子がおかしいってだけでファントムの端くれとしては不安なんです」

「梁《リアン》さんは人間だろ」

「アルバイトの王子様が、いつか私を闇の世界に連れて行ってくれる予定なんで」

「そんな王子もそんな予定もゴミ箱に捨ててけ」

苦虫を嚙《か》みつぶしたような顔の虎木《とらき》をおちょくっているらしい蠱惑《こわく》的な笑顔を浮かべた詩濡《シーリン》

は、手をひらひらと振って帰っていった。

「ったく、何だってんだ」

嘆息する虎木《とらき》だったが、どこか詩澪《シーリン》の様子に安心する自分がいることも自覚していた。

京都行きで未晴《みはる》との関係性は新たな展開を迎えかねないし、アイリスの様子がおかしいのは言わずもがな。

そこに虎木《とらき》の心と生活の支えである村岡《むらおか》まで様子がおかしい中、詩澪《シーリン》だけが平常運転なのだ。

「安心する要素じゃねぇな」

とはいえ、決して多くの客が来るわけではない住宅街のコンビニの深夜ワンオペシフト。

地味にやることはあるし、集中力を途切れさせることもできない。

人間だから、たまには体調や精神状態、職場環境の変化などで行動や言動が変化することもあるだろう。

京都のことで未晴《みはる》からの借りを返せたとは思っていないし、アイリスが作ってくれる食事はありがたくいただいていたし、村岡《むらおか》は困っているなら単純に助けになりたい相手だ。

ただそれぞれが独立した大人であり人格である以上、何も言われないうちから虎木《とらき》の方からアプローチする状況でないこともまた事実だ。

何か向こう側から働きかけがあったら、その時はそれぞれの事柄に適宜対応すればいいだろう。

深夜帯に来た搬入のパンやおにぎりを棚に並べながら虎木《とらき》はぼんやりとそんなことを考えていた。


その後は特に異常もなく時間が過ぎた。

村岡《むらおか》や詩澪《シーリン》が戻ってくることも、アイリスや未晴《みはる》がやってくることもなく、もちろんファントムが来店したり襲いかかってくるなどということもない。

ごくごく平和に虎木《とらき》の勤務時間は終わりを迎え、早朝シフトのスタッフと無事交代することができた。

「はー」

わずかに地平線の向こうが夜の黒から藍色の気配を漂わせ始めた早朝の雑司《ぞうし》が谷《や》を、心地よい労働の後の疲れを虚空《こくう》に白く吐き出しながら帰路へとつく。

「ん？」

自宅のあるブルーローズシャトー雑司《ぞうし》が谷《や》が見えてきたところで、虎木《とらき》は久々に覚える違和感に気付いてつい口の端が上がった。

自室の電気がついている。

「なんだ、アイリス来てんのか」

出勤前に確実に消したはずの電気がついているということは、アイリスが勝手に入ってきて何かしているのだろう。

もちろん京都の出来事を考えれば、烏丸《からすま》や愛花《あいか》に関係するファントムが待ち伏せしている、という可能性も考えなくはないが、烏丸《からすま》達には虎木《とらき》だけを狙う理由がないし、未晴《みはる》のお膝元である豊島区《としまく》で、電気をつけて待ち伏せするような間抜けなことをするとも思えない。

窓の外から少しだけ様子をうかがうと、誰かが中で生活音を立てている気配がするので、虎《とら》木《き》は全く警戒せずにマンションに入ると、果たして、

「……あ、ユラ……」

「よう、何だか久しぶりだな」

「う、うん……」

何故《なぜ》かアイリスが一〇四号室のドアの前で、慌てふためいた様子で今まさに部屋から飛び出してきた、という風情《ふぜい》で立っていた。

虎木《とらき》を見るとはっとしたように目を見開き、目を合わせないように少し下を向いてしまう。

「何やってんだそんなところで」

「う、うん、あのね、ちょっと相談というか、お願いがあるんだけど……」

そう言うと、アイリスはやおら後ろで組んでいた手を前に回した。

そこには見慣れた、虎木《とらき》の就寝用のエアマットがあった。

「悪いんだけど、今日は外で寝てもらえないかしら」

「お前よくもこれまでの俺達の前提を根底からひっくり返しやがったな」

間もなく陽《ひ》が昇ろうというのに、吸血鬼に外で寝ろなどと、それはもう既に死刑宣告だ。

「そ、そうよね。やっぱりそうよね。ほ、他に手は無いわよね」

「何だよ……」

「その、あのね、ちょっと今、どうしても部屋に入ってほしくないの。だからその代わり……その代わり、私の家のお風呂《ふろ》、使っていいから……」

アイリスは何故《なぜ》か顔を真っ赤にしており、声もどんどん小さくなってゆく。

「……」

京都のヴァプンアーットホテルで偶然会ったときから、時折こういった態度や表情を見せるようになった。

詩澪《シーリン》に問われたときはしらばっくれていたが、いうなればこれが京都行き以前と以後で、虎《と》木《き》に分かる最も大きなアイリスの変化だ。

だが、今はその変化の理由や事情を検《あらた》めるよりも先に確認しなければならない。

「俺の部屋で何やってる」

「な、何も、何もやってないわ！　お、お願いだから大声出さないで、ついさっきやっと寝たところなの！」

「寝たって何がだ。誰がだ。いいからどけ」

「ちょっ、ゆ、ユラ！」

煮え切らないアイリスを強引にどかそうとすると、何故《なぜ》かアイリスは虎木《とらき》に肩を触れられるよりも早く身をかわした。

「……俺、知らないうちに人間に戻ってるってんじゃゃないよな」

「ご、ごめんなさい、そんなつもりじゃ……」

今の反応は、アイリスが一般的な人間の男性に見せる拒否反応に似てはいなかっただろうか。

「とにかく何やらかしやがったか説明しろ。そうじゃなきゃ理由もなく自宅の寝床を追い出されるなんて納得できるか」

そう言いながら虎木《とらき》は自宅に上がるが、すぐに部屋の中に別の誰かがいる気配がすることに気付く。

だがその気配は動いてはおらず、アイリスが言ったように微《かす》かな寝息が聞こえた。

虎木《とらき》は少しだけ足音を忍ばせて、日本に来たばかりのアイリスが寝泊まりしていた奥の和室の襖《ふすま》を、音を立てずに開く。

そこで客用の布団《ふとん》で横になり、苦しそうな寝顔をしている人物を見て、アイリスが何故《なぜ》あんな無茶を言い出したのか理解した。

「……ったく」

虎木《とらき》は嫌な予感に囚《とら》われながらもまたゆっくりと襖《ふすま》を閉め、玄関の外に申し訳なさそうな顔で悄然《しょうぜん》と立っているアイリスの元に戻った。

「何があったんだ」

「夜中に、急に電話が来たの。でも電話じゃ泣きじゃくっちゃって全然話にならなくて……。しかももうそのときマンションの前まで来てるって言うから、誤魔化すこともできなくて、それで……」

「何時ごろだ？」

「まだ、十二時は回って無かったと思うわ」

「ああ、そういうことか、クソ……」

「どうしたの？」

「いや、こっちの話だ」

「そ、それでね？」

どうしたらいいのか悩む虎木《とらき》の袖を少しだけつまんで引っ張るアイリスは、また訳の分からないことを言いだした。

「そのね、ミハルに誤解されちゃいけないって思ったから、一応今日のことはミハルに連絡してて……だから私の部屋で寝ても大丈夫だから」

ここでアイリスは、急に話のつながらないことを言いだした。

「何で未晴《みはる》の名前が出てくんだよ。関係ないだろ」

「だ、だって仕方ないでしょ！　迂闊《うかつ》なことしたら、ミハルに何されるか……何、言われるか……」

「ああ？」

言葉だけ聞けばアイリスがらしくもなく何がしかの理由で未晴《みはる》に脅迫された上に屈服しているようにしか思えない。

だが、アイリスの表情が少し頬を染めながらやや潤んだ目で虎木《とらき》を気恥ずかしげに上目遣いで見ているという、全く言動に見合わないものだったので虎木《とらき》はますます混乱する。

「と、とにかくお願い！　やましいことは何も無いから！　本当に何でもないから！　お願い！　今日だけは私の部屋のお風呂《ふろ》使って！」

「あ、お、おいっ！」

アイリスは虎木《とらき》の手にエアマットを投げつけると、虎木《とらき》に体当たりをしながら器用に一〇三号室の扉を開け、中に押し込んでしまう。

そしてアイリスの部屋の玄関に転がり込んだ虎木《とらき》の背後で、がちゃりと玄関のドアの鍵が閉まった。

「おいっアイリス！　何してんだってうわあっちいっ⁉」

暴挙に怒って出ようとした虎木《とらき》はドアノブを摑《つか》むが、掌《てのひら》が灼熱《しゃくねつ》を感じて思わず離してまた尻もちをついてしまう。

一体どのような手を使ったのか、ドアノブが一般的なものから、純銀製に交換されているのだ。

当然鍵のつまみも同じく銀であり。吸血鬼の虎木《とらき》が触れることができなくなっている。

「おいおいおいおい……」

虎木《とらき》は呆然《ぼうぜん》としかけるが、肌に感じる室温が急激に上がり、夜明けが近いことに気付く。

「マジかよ、何だよこれ」

女性の部屋の、しかも風呂場《ふろば》にいきなり上がり込むなど、暴挙も甚だしい。

たとえ自分が、部屋の主の女性にプライバシーを丸裸にされていてもである。

だがそうしないと死んでしまうのだから、もうやむを得ない。

徐々に上がり始める気温に押し込まれるように入った風呂場《ふろば》の位置は、虎木《とらき》の一〇四号室と線対称の位置にあり、中もまた虎木《とらき》の風呂場《ふろば》とほとんど変わらなかった。

ご丁寧に毛布まで積まれているのはつまり、これを使えということなのだろう。

「……勘弁しろよな……」

扉を見ると、慌てながらも最低限光は入らないような処置を施したらしく、足元の換気窓が不格好ながらガムテープのようなもので目張りされているので、部屋の中の日光が漏れて灰になることはないだろう。

だが、暗闇の中でエアマットを膨らませながら虎木《とらき》は目覚めてから自分を待ち受ける事態を考え、暗澹《あんたん》たる思いだった。

未晴《みはる》と、アイリスと、そして村岡《むらおか》。

何かが起こったときに対応すればいいと考えていた、身近な三人の異変が一度に襲ってきたのだ。

目が覚めたら、きっと自分の周囲には京都とは全く違った形で、動乱が巻き起こっているだろう。

この際、アイリスと未晴《みはる》はいい。

さしあたっては、今、

「灯里《あかり》ちゃんだよなぁ」

虎木《とらき》の部屋の和室で横になっていたのは、村岡《むらおか》の娘、灯里《あかり》だった。

薄暗い部屋の中でも、虎木《とらき》の目には明らかに泣きはらした灯里《あかり》の目の赤みがはっきりと見て取れた。

灯里《あかり》はどうしても家にいたくない事情が出来て、アイリスを頼ってきたのだろう。

アイリスは以前『自分の家』だと言って通した虎木《とらき》の部屋に彼女を通すしかなかった。

それほどに、灯里《あかり》は追い詰められていた。

何に？

「村岡《むらおか》さんが慌ててシフトの話をしにきたのが、梁《リアン》さんが上がってすぐ。灯里《あかり》ちゃんがうちに来たのが、その少し前……か」

村岡《むらおか》が慌てふためいて時間を作ったその夜に、灯里《あかり》が泣きはらした目でアイリスを訪ね、家に帰らず彼女の家に居座る。

この二つのことが関係ないと思えるほど、虎木《とらき》も能天気ではなかった。

闇に閉ざされた風呂場《ふろば》でも、吸血鬼の体は太陽が地平線から昇りきったと告げていた。

それでも虎木《とらき》はこの日最後の力を振り絞って、アイリスのスリムフォンにメッセージを飛ばした。

『村岡《むらおか》さんの代理で、明日急遽《きゅうきょ》出勤することになった』

送信キーをタップしたところで力尽き、虎木《とらき》の体はファントムの眠りに落ちる。

アイリスの部屋の毛布から、洗い立ての柔らかい洗剤の良い香りがする、と思ったのが最後の記憶だった。

※

翌日夕方、目覚めて風呂場《ふろば》から出ようとした虎木《とらき》は、湯船の向きが違うことに一瞬驚き、すぐに今朝の事態を思い出して恐る恐る外に出た。

「あ、お、おはよ……」

するとと、自室とは左右対称のキッチンにアイリスが立っていて、申し訳なさそうに振り返っていた。

「アカリちゃんは今朝早く帰ったわ。学校に行くって」

「……あー、そうか、くぁ……」

虎木《とらき》は軽くあくびをしてから、今朝起こったことを整理し、最適な一言を模索するが、寝起きの頭がなかなか働かない。

聞きたいこと、言いたいことは沢山あるのだが、最初の一手を間違えるとアイリスの反応が大きく変わってしまいそうだ。

虎木《とらき》は、シンプルなデザインのテーブルの上に用意された二人分の食器を発見する。

「……とりあえず、部屋に帰る」

「えっ」

一瞬アイリスの顔が暗くなるが、虎木《とらき》はアイリスが何か言う前に首を横に振った。

「顔洗って着替えてくるだけだ。昨夜、着替えなかったから仕事上がりの格好のまま寝たんだぞ……朝食。作ってくれてんだろ」

「う、うん。昨夜迷惑かけたし……」

「いただくよ。食べながら何があったか聞かせてくれ。色々な」

「わ、分かったわ」

一大決心をしたような顔のアイリスに見送られて玄関に出ようとして、虎木は昨夜のことを思い出す。

「ドア開けてくれ」

「え？」

「ドアノブに訳分かんねぇ細工しやがって。銀のドアノブとかどうやりゃ設置できんだよ」

「あ、ごめんなさい……一応その、修道騎士の最低限の空き巣対策みたいなもので……」

「吸血鬼以外に意味があるのかそれ。人間の空き巣だったらドアノブごと引っこ抜きそうな気がする」

　アイリスは虎木《とらき》の横を抜けてドアを開くが、狭い玄関で妙に虎木《とらき》の体に触れないようにしている仕草が余計に彼女の不自然さを際立《きわだ》たせた。

　虎木《とらき》は結局徹頭徹尾態度が不審なアイリスに突っ込みを入れたい気分をぐっとこらえ、廊下に出て、締め出されていた自宅へと戻る。

　恐らくは、アイリスと灯里《あかり》が朝食で使ったと思われる食器が洗われた状態で水切り籠の中に入っていた。

　灯里《あかり》がこの部屋を、アイリスの部屋だと思い込んでいるのはこの際良い。

　灯里《あかり》が初めてこの部屋に来たとき、虎木《とらき》もその認識を特に訂正しなかった。

だが、アイリスが虎木《とらき》を避けるような態度はやはりよく分からないし、僅かでも虎木《とらき》から距離を取ろうとする動きは、もはや不審を通り越して被害妄想まで出てきてしまう。

「俺が臭《にお》ったとか、無いよな？」

仕事上がりの服のまま寝た自分の服や体の臭《にお》いを気にしてしまう。

京都行き前後で食事や入浴や洗濯洗剤など、体臭に影響がありそうな生活習慣を変化させた記憶はない。

「一応、風呂《ふろ》浴びて歯磨いてくか……」

アイリス側の問題ではなく、自分の生活習慣が単純に人として受け入れられていないがためにアイリスの態度が変化したのだとしたら目も当てられない。

案外自分は初対面のときに「気持ち悪い」と言われたことを気にしているのかもしれない。

これから出勤することだし、虎木《とらき》はしっかりシャワーを浴びて歯を磨いてから改めてアイリスの部屋のインターフォンを押したのだった。

「お、遅かったわね」

「まぁ着替えたり色々時間かかった、悪いな。待たせた」

「う、ううん、別にいいんだけど……ど、どうぞ」

「おう……おう？」

奥に通された虎木《とらき》は『朝食』にはあまりに過剰なメニュー構成を見て狼狽《うろた》える。

ぱっと見ただけでパンが三種類にサラダが二種類。

鉄板の上で芳香をくゆらせて油がぱちぱちと跳ねているハンバーグにはブロッコリーとポテトと人参《にんじん》のグラッセの付け合わせ。

食べ慣れたクリアスープも今日はやたらに具沢山で、京都に行く直前でもこれほど豪華ではなかった。

「い、一応デザートもあるから」

「おお……」

「あの、つ、作りすぎたように見えるけど、昨日アカリちゃんが来たから張り切って食材買い込みすぎただけなの。その、悪くするわけにいかないでしょ!?」

「わ、分かった分かった、いただくよ」

妙に早口なアイリスを落ち着かせて、自分からテーブルにつく。

「そ、そうだ！　何か飲み物がいるわよね。私はまだ飲めないけど、修道騎士に毎月支給されるワインがあるからそれを……」

「俺これから出勤するんだが」

一体何を惑乱しているのか知らないが、放置していたらドンペリでも出てきそうな勢いだ。

「いいから座ってくれって。もう十分すぎるから！」

「う、うん……そ、それじゃあ」

アイリスもようやく虎木《とらき》の正面に座ると、白いナプキンを膝に置いて食事に取り掛かる。

だが、正面に座ったら座ったで、何故《なぜ》か虎木《とらき》と目を合わせようとしない。

「……」

明らかに様子のおかしいアイリスに、その理由を問い詰めたところで態度が頑《かたく》なになるだけな気がした虎木《とらき》は、とりあえずアイリスが平常でいられる話題から振る。

「灯里《あかり》ちゃん、帰るときどうだった？　ていうか、本当に家に帰ったのか？」

アイリスははっとして顔を上げ、虎木《とらき》と目を合わせてしまい、また目が一段階大きくなる。

そしてすぐ大きく息を吐いてから、ゆっくりと言った。

「六階建ての茶色いマンションまで送って行ったわ。ここから歩いて十分くらいのところ。オートロックを通って行ったから、多分そこが……」

「角に白と赤の自販機があるマンションなら間違いない」

「そう、そこよ。だからきちんと家には帰ったはずよ、その後もしばらく陰から見てたんだけど、学校の制服に着替えて出て行くところまでは見たわ」

「そっか。……一応だけど、俺が聞いていい話か？　実は今日急遽《きゅうきょ》出勤することになったのも、村岡《むらおか》さんが抜けるのの穴埋めなんだ」

その問いには、アイリスは毅然《きぜん》として即答した。

「アカリちゃんは『どうせいつかは虎木《とらき》さんにも知られると思うし』とは言ってたけど、ごめんなさい。私から話すわけにはいかない話よ」

「そっか」

騎士の場面ばかり目立つアイリスだが、修道士もまた彼女の本業である。

聖職に対して職責、という言葉が妥当なのかどうか虎木《とらき》は分からないが、そこはアイリスのプライドに懸けて、簡単に秘密を明かすことは無いのだろう。

だが虎木《とらき》としては、そこまで聞けば答えを聞いたも同然だった。

「俺が気を付けておくことはあるか？」

できること、とは言わない。

言ってしまえば立ち入り過ぎることになる。

するとアイリスも、少し言いにくそうにしながらも、

「お父様の……ムラオカさんに時間が必要なとき、代わってあげてもらえると……」

そう小さく付け足した。

「分かった。まぁ、それが限界だよな」

虎木《とらき》も考えていたことではあるし、それくらいしかできることは無いと考えていたのでお安い御用だった。

「……あとは、もしまたアカリちゃんがおうちにいたくなくなったとき、部屋を貸してもらえると……」

そこまで行くとお安い御用では済まなくなる。

「そこは理由つけて隣の部屋に移ったとかなんとか言えよ。その度に俺は家から締め出されんのかよ」

「だ、だってそんなのさすがに不自然すぎるでしょ！」

「別に今も灯里《あかり》ちゃんが自然だと思ってる保証無いからな」

虎木《とらき》の部屋は生活に必要最低限のものしか置いていないが、こうしてアイリスの部屋に上がってみると、両者の部屋の違いははっきりしている。

アイリスの部屋は虎木《とらき》の部屋と線対称の構造をしていて、家具も一見最低限しか置いていないように見える。

だが例えばテーブル一つとっても、値段の安さだけで選んだ虎木《とらき》と違い、色や形状の好みで選んだことが見て取れるシックなデザインをしていた。

家電のデザインやメーカー、食器やカトラリーのデザインも、贅沢品《ぜいたく》ではないが虎木《とらき》よりはきちんとお金と時間をかけて選ばれたものだ。

そしてやはり気になるのは水回りだ。

シンクにあるスポンジや、浴室に置いてあるシャンプーやアメニティの類《たぐい》は、虎木《とらき》は買わないようなデザインやメーカーのものだった。

そういった部分の違和感が積み重なって、一〇四号室がアイリスの部屋ではないことがいつか灯里《あかり》にバレる気がする。

「そこは大丈夫だと思うわ。ユラのお風呂場《ふろば》のシャンプーや石鹸《せっけん》って、近くの薬局で一番安いやつよね？」

「ん？　ああ」

「私聖職者だから、そういうところで贅沢《ぜいたく》しないんだって言えば納得してもらえるわ。あなたの部屋のキッチンももう数えきれないくらい使ったから慣れてるし、ガサ入れのおかげでどこに何があるのかは大体分かってるし」

「お前あれを灯里《あかり》ちゃんに言い訳するための伏線だと言い張るつもりか」

まさか灯里《あかり》がトラブルを抱えて転がり込んできたときのために、アイリスと闇十字《やみじゆうじ》は虎木《とらき》の部屋とプライバシーを丸裸にしたわけではないだろうが、それが灯里《あかり》のためになっているというのも虎木《とらき》にとっては複雑すぎる話だ。

「大体、そういうことがある度に俺が締め出されてお前の部屋に転がり込むのは御免だぞ」

「そ、それは、その……そうなりそうなときのために、少しだけあなたの服とか私の部屋に置いておくとかダメ？」

「もういいだろ別に。正直に話せば」

姑息《こそく》な手段でなんとか現状を変えずにしのごうとしているが、虎木《とらき》には虎木《とらき》の生活がある。

「な、何を!?」

虎木《とらき》は繊細な味付けの人参《にんじん》のグラッセをフォークで刺しながら、いささか行儀悪くアイリスと自分を指した。

「灯里《あかり》ちゃんの中じゃ、俺達恋人として付き合ってることになってんだろ？」

「へうっ⁉」

その途端、アイリスははっきりと顔を真っ赤にして、背筋を痙攣《けいれん》させて固まった。

「何だよ」

「あっ、あっ、ううん、その、そう、みたいね！」

「まぁ何だか知らんが、付き合ってるってことにするなら、大筋正直に話せばいいじゃないか。あの頃は日本に来たばっかりで住むところも決まってなかったから、ほんのちょっとの間だけ一緒に住んでたって」

「そ、そ、そ、そんなこと、ご、ご、ご、誤解を招くじゃないっ！」

「誤解も何も真実しかないだろうが」

「そ、そ、それは、その、そうだけど！」

「お前だってあのとき、灯里《あかり》ちゃん相手に俺達が付き合ってるみたいな匂わせ方してただろ。その後も否定していないんだから、灯里《あかり》ちゃん相手には付き合ってることにした方が後々お互い楽じゃないか？」

虎木《とらき》としてはごく現実的な提案をしたつもりでいたのだが、アイリスはそのまま首がねじ切れそうな勢いで首を横に振った。

「駄目よそんなのダメダメダメ！　た、確かに一度はそう言ったこともあったけど……あのときと今じゃ状況が違うわ！　迂闊《うかつ》にそんなこと言って誰かの耳に入ったら……！」

「あのときって何だよ。誰の耳に入るってんだよ。俺とお前と灯里《あかり》ちゃんの共通の知り合いなんかいないだろ」

「ムラオカさんとか、ムラオカさん経由でミハルとかシーリンとか！」

「村岡《むらおか》さんと未晴《みはる》は面識あるだけで世間話するような間柄じゃないぞ。梁《リアン》さんだってうちにさえ来られなきゃバレるような機会無いだろ」

「そ、そ、それはそうかもしれないけど、万が一ってことが！」

「いや無いだろ。それに何でさっきから未晴《みはる》がちょいちょい出てくんだよ。未晴《みはる》はそういうこと分からないほど視野狭くないし、どっちかって言えば方便でもそういうの許さなそうなのは闇十字《やみじゅうじ》の騎士長くらいのもんだろ」

「だ、だからっ！　万が一にも未晴《みはる》に知られたらそうなっちゃいそうで、そうなると、色々大変だからっ！」

「んん？」

アイリスの中で繋《つな》がっているらしい話が、虎木《とらき》の中では繋《つな》がらない。

方便を未晴《みはる》に知られることが、何故《なぜ》中浦《なかうら》にも知られることになってしまうのだろうか。

『虎木《とらき》とアイリスが付き合っている』という内容の方便を中浦《なかうら》に直接知られると面倒なのは分かる。

闇十字騎士団《やみじゅうじきしだん》日本支部東京駐屯地騎士長の中浦節子《なかうらせつこ》は、アイリスよりも古来よりの修道騎士らしく、ファントムに対して無条件に嫌悪《けんお》感を露《あら》わにし、隙あらば管理下に置こうとする。

だがそれだけに日本のファントムを統《す》べる存在であるヤオビクニ一族の未晴《みはる》とは極めて相性が悪く、よほどのことが無ければ双方が協力体制を取るとはとても思えない。

「と、とにかく、アカリちゃんのことは出来るだけ迷惑かけないようにするから！　ユラは早く出勤して！」

「おいおい、まだ食い終わってないし出勤まであと一時間もあるんだぞ」

「じゃ、じゃあ早く食べて時計進めて！」

「お前が言ったことの中で過去一滅茶苦茶《めちゃくちゃ》だな」

虎木《とらき》は苦笑しながら、ナイフとフォークを進める。

「でさ」

「何」

「先週あたり何かあったのか？」

「何にもっ!!」

これもまた、答えを聞いたも同然だった。

「何にもないわっ！　その、ミハルもテンドーさんも京都行きのことは本当に秘密にしてくれてるし、一つだけ闇十字《やみじゅうじ》の小さい仕事に出たけどそこでも何も無かったし！」

何も言わない内から未晴《みはる》だけでなく未晴《みはる》の祖母、天道《てんどう》の名まで出てきたことで、アイリスがおかしくなった原因の一つが未晴《みはる》であることははっきりした。

だが、それとは別に『闇十字《やみじゅうじ》の小さい仕事』というフレーズが気になった。

「分かった分かった！　そうか、最近コンビニに顔出さないと思ったら、そっちの仕事だったんだな！　分かったって！」

「そうなの仕事！　私だって修道騎士……ちゃんと正騎士資格持ってるんだから、いつもユラにくっつ……見張っているわけにはいかないの！」

「分かった分かった」

「本当よ！　正騎士だから時々従騎士の研修任務の監督をすることがあるの！」

「分かった分かった」

「信じてないでしょ！」

虎木《とらき》が適当な返事をするので、アイリスがヒートアップしてゆく様が何だか面白い。

未晴《みはる》はともかく、闇十字《やみじゅうじ》の任務については虎木《とらき》がとやかく言うことでもないので、真面目に聞いても仕方がない。

「ふう、御馳走《ごちそう》さん」

「ちょっと、真面目に聞いてた⁉」

「あんまり。闇十字《やみじゅうじ》の任務のこと聞いても仕方ないし、それにメシ美味《うま》かったし」

「真面目にっ……えっ？　あっ、そう？」

一瞬怒りかけたアイリスだったが、すぐにその後の言葉が耳に入ったらしく、驚いて何故《なぜ》だか照れだす。

「まぁ、そっちの仕事が忙しいなら仕方ないけど、またコンビニに顔出してくれ。アイリスがいないと梁《リアン》さんが面倒でな」

「……シーリン、私がいない間に変なこと言ってないわよね」

「基本的に変なことしか言わないだろ彼女」

「それもそうね」

それで納得するのもどうかとは思うが。

「まぁ、いつも通りだとは思うぞ。俺と同じで、最近お前がいないの気にしてたけど」

「……今の仕事が終わったらまたいつも通り行くわ。ただ、従騎士の研修見なきゃいけないから、毎日ってわけにはいかなくなるけど」

研修とはまた、思いがけない単語が飛び出してきた。

小さい仕事、とはその研修のことなのだろうか。

「ふーん。闇十字《やみじゅうじ》の研修ってどういうことやるんだ？」

「従騎士になった時点で基礎的な能力は高いのよ。ただ、戦闘技術とか、内偵技術とか、座学とかもう少し現場で突き詰めた体験をするの」

「ほー、内偵や座学はともかく戦闘技術なんて教える場所あるんだな」

「あるわよ。一昨日は豊島区《としまく》の公民館でね」

「公民館ってそんな使われ方する⁉」

「するわよ。私は豊島区《としまく》在住だし、職場も豊島区《としまく》にあるでしょ」

「……それは確かに」

そう言われると間違いないのだが、人間世界に潜むファントムを倒す組織を『職場』と言うのも、そんな組織が公民館で戦闘訓練をしていることにも違和感がある。

「従騎士ってことは、前にうちにガサ入れにきたチビっ子どもみたいな連中に戦闘訓練やってるってことか？」

「あの子達は従騎士でも入りたての子達よ。今私が見てるのはもう少し大きくて、正騎士入りが決まってる子なの。昇格前に最後の研修、みたいな感じね」

「ああ、なるほど。しかしあれだな。戦闘や座学はともかく、お前が内偵の研修なんてできるのか？　男と出会ったら大丈夫か？」

「……日中は、ぎりぎり何とかなるから！」

「……お前のぎりぎりって限りなくアウトなぎりぎりだからなぁ」

「ちゃ、ちゃんとやってるから！　もしあの子に会っても変なこと言わないでね！」

「もしもなにも、そいつのこと知らないのに何も言えるわけないだろ。万一出会って変に疑われたり絡《から》まれたりしたくないし、研修のコンビなんだろ。必要なら今のうちに紹介しろよ」

虎木《とらき》としては本心からそう言ったのだが、アイリスは急に深刻な顔になって、首を横に振った。

「……それは駄目」

「ん？　何でだ？　闇十字《やみじゆうじ》的にダメって奴《やつ》か？」

「そういうことじゃないけど……私の立場でこういうこと言うの、良くないとは思うんだけどね……その子、ファントムに対して当たりが強いの。顔を合わせればユラが嫌な思いするかもしれないし、それに」

アイリスは小さく溜《た》め息《いき》を吐くと、目を伏せた。

「それに……やっぱり、ユラの言う通りかもしれない」

「何がだ？」

「私、多分あんまり好かれてないの。その子、『パートナー・ファントム』の制度に懐疑的なのか……もしかしたら、ユラや私のこと、嫌ってるのかもしれないの」

アイリスは悄然《しようぜん》と肩を落とす。

「そっか、まぁ、気を遣ってくれたんなら、ありがとな」

「ううん。それはいいんだけど……」

肩を落としていたアイリスだったが、虎木《とらき》の素直な感謝の言葉を聞いて、少しだけ気恥ずかしそうに視線を落としそわそわし始める。

と、そのときアイリスの部屋のインターフォンが鳴った。

「何だ、宅配か？」

「そんな予定無いんだけど、何かしら」

アイリスが立ちあがり、インターフォンの受話器を取る。

「はい」

何気ない表情だったアイリスの顔が、次の瞬間強張《こわば》った。

「えっ⁉　あっ⁉　な、何で？」

「ん？」

アイリスが急に狼狽《うろた》え始め、

「そ、そうだったの！　ご、ごめん、すぐ出るんだけど、ちょ、ちょっと待ってね！」

アイリスは叩《たた》きつけるように受話器を置くと、強張《こわば》った形相で虎木《とらき》に顔を近づけ、玄関の外を警戒するように小さな声で言った。

「い、今すぐどこかに隠れて！」

「は？」

「大きな声出さないで！　今話してた子が来たの！」

「な、何⁉　研修してるっていう……！」

「そう！　あなたとご飯食べてるところなんか見られたら何言われるか分からないわ！　奥の部屋……ううん、お風呂《ふろ》！　お風呂《ふろ》に戻って！」

「い、いや待てお前、それって」

「いいからっ！」

アイリスは話もそこそこに虎木《とらき》を立たせると、そのまま風呂場《ふろば》に叩《たた》きこんだ。

風呂場《ふろば》に叩《たた》きこまれた虎木《とらき》はドアの外から、絶対に出てくるなと念を押すように強くノックをされてしまい、諦めて音を立てないように座り込み、小さく呟《つぶや》いた。

「アイリスのバカ……あれで本当に内偵なんてできんのかよ……」


「お、お待たせ！」

アイリスが玄関のドアを開けると、薄暗い共用廊下に小柄な人影が姿勢良く立っていた。

闇十字騎士団《やみじゆうじきしだん》修道騎士の正装である白と黒のツートンカラーの装束を纏《まと》った人物が、小さく頭を下げる。

「こ、こんばんは、シスター・ユーリ」

「夜分に申し訳ありません、シスター・イェレイ」

アイリスにユーリと呼ばれた修道騎士の腕には、従騎士格であることを表す腕章が掲げられていた。

切れ長だが厳しい気配の瞳でアイリスを真《ま》っ直《す》ぐ見据え、口元も固く引き結び、全体的に雰囲気が硬い。

短い黒髪との印象も相まって、アイリスはユーリに鋼のような印象を抱いていた。

「一体どうしたの？」

アイリスが尋ねると、ユーリは、

「……ご迷惑でしたか？」

「え？　な、何が？」

「少し、ばたばたされていたようですので」

年若い日本人の割にはハスキーにも聞こえるその声に、アイリスは思い切り動揺する。

「そ、そんなに？」

「ええ、誰かとお話しされていたように聞こえましたが？」

「あー、あー、その、ね」

アイリスは手や指を組みながらぱたぱたと首を振り、はたと思いつく。

「ご、ごめんなさいね。ちょっと今お風呂《ふろ》に入ろうとしてたのよ。その前はその、電話してて、それで……」

「おふっ……あっ、そ、そうでしたか。お、お忙しい時間帯に失礼いたしました！」

「べ、別にそこまでじゃないんだけど……それで、一体どうしたの？」

「はい。シスター中浦《なかうら》から今後の任務についてシスター・イエレイとよく相談するようにと仰《おお》せつかりました。それで、どのように相談すべきかと考えて、その……」

ここではきはきと喋《しゃべ》っていたユーリは、初めて言《い》い淀《よど》む。

「その、駐屯地を出てしばらくしてから、自分はシスター・イエレイの連絡先を知らないことに気付きまして、突然お邪魔をするのは失礼かと思ったんですが、その」

ユーリはそこまで言うと、ちらりとアイリスの目を見てから思い切ったように言った。

「あの！　シスター・イエレイ！」

「は、はい？」

「自分と、連絡先を交換していただけませんか！　それだけの用で不躾《ぶしつけ》かとは思ったのですが、明日にでも緊急事態が起こった場合は問題になりますから……！」

かなり必死な口調だが、アイリスはその勢いに押されて了承する。

「も、もちろんいいわよ！　な、何か、ごめんなさい、むしろ私からきちんとこういうことしなきゃいけなかったのに……」

アイリスが少し申し訳なさそうにスリムフォンを取り出すと、ユーリは激しく首を横に振った。

「い、いえ！　こちらこそ多くを学ばなければならない身なのですから、シスター・イェレイのお手を煩わせる前にこうするべきでした」

「そ、そう？」

二人はスリムフォンを取り出すと、お互いの電話番号とメッセンジャーアプリのアカウントを交換する。

「恐れ入ります！　大切にします！」

連絡先を大切にする、という概念をアイリスは知らないが、日本では普通のことだったりするのだろうか。

「そ、そう、まぁ、ほどほどに……」

アイリスはそう言いながらスリムフォンをしまおうとして、

「あっ」

同じくスリムフォンをしまおうとしていたユーリのスリムフォンとぶつかってしまい、お互い取り落としてしまう。

「あ、あぶなっ！」

「ひゃっ!?」

アイリスもユーリも何とか空中でスリムフォンをキャッチするが、ごちゃついた空中でのリアクションの最中に、お互いがお互いの手に触れながら二つのスリムフォンを四つの手で受け止める形になってしまった。

「危なかった……ごめんなさいね、ぶつけちゃって……その、顔が赤いけど、大丈夫？」

アイリスが尋ねると、ユーリは何故《なぜ》か顔を赤くしながら荒く息を吐いていた。

「あっ、あの、し、失礼しました。し、シスター・イエレイの手が触れて、お、驚いてしまって」

「えっ、あ、ご、ごめんなさい……」

言われてアイリスは少し傷ついたような顔をする。

確かにかなりしっかり手を握り合う形になってしまったが、そんなに驚くようなことだろうか。

「い、いえ、自分が驚いて失礼をしただけです、申し訳ありません！」

ユーリの顔は険しく、まだ顔も赤い。

「とにかく、連絡先は受け取りました。ありがとう、シスター・ユーリ」

「は……はいっ、恐れ入ります！」

ユーリの顔が一層険しくなり、ほとんど怒っているような顔でまた一礼する。

「また次の聖務で会いましょう。今日はお疲れ様でした」

「はいっ！　あ、あの、それで、シスター・イエレイ」

「何？」

「風の噂《うわさ》で聞いたのですが、シスター・イェレイのお宅の隣には……」

「……ええ、私のパートナー・ファントムが住んでるわ」

「っ！」

東京駐屯地では周知の事実だと思ったが、改めて確認してくる意図は何だろうか。

「今は不在のようですが……動向の把握は……」

「アルバイトにでも行ってるんじゃないかしら」

「来る道すがら、フロントマート池袋東五丁目店の様子は確認しました。現時点で出勤している様子はありません」

「えっ」

思わぬ回答にアイリスは少し驚く。

ユーリがそこまでチェックしてから来ているとは思いもしなかったからだ。

「……だとしても、何か問題が発生しない限り私達に彼の行動を制限する権利はありません。ユラ・トラキのことは今後気にしないように」

「で、ですが、吸血鬼がシスター・イェレイのお手を煩わせているのがどうしても……」

「シスター・ユーリ」

「っ！」

食い下がるユーリを、アイリスは小さくたしなめた。

「用は、済んだんですよね？」

ユーリは少し目を泳がせ、次いで少しだけ血の気を喪《うしな》った様子で慌てて頭を下げる。

「……は、はい、申し訳ありません。失礼いたしま……あ」

そのとき何かに気付いたように動きを止めた。

「どうしたの？」

「……あの、どなたかご来客中でしたか？」

「へっ？」

パートナー・ファントムについてとやかく言われて、先輩らしくやや高圧的な対応になっていたアイリスの感情の壁が一瞬で崩れる。

「どどどどどうして？　とととと特に誰も来てないわよ⁉」

「はぁ、そうですか……申し訳ありません。これで失礼します。また、次の任務、よろしくご指導ください」

やや怪訝《けげん》な顔をしつつ、ユーリはもう一度ぺこりと小さく礼をすると去って行った。

アイリスは共用廊下からユーリの姿が消えるまで見送ると、扉を閉めてそのまま息を潜めること十五分。

ようやく風呂場《ふろば》のドアを開けた。

「ごめんなさい、多分帰ったみたい」

「今の会話聞かされた後に出勤するのすげぇイヤなんだが」

虎木《とらき》は怒っているような、うんざりしているような、非常に複雑な顔をし、

「……そうよね」

アイリスもそれに申し訳なさそうに同意する。

顔こそ見なかったが、ユーリと呼ばれていた従騎士が若さ故にか、なかなかに四角四面な性格をしていることは、口調や会話の内容からすぐに察することができた。

ユーリは単にアイリスと連絡先を交換しに来ただけのはずだが、わざわざ虎木《とらき》の勤務先をチェックしてから来ているあたり、自分の判断で動こうとする意志の強い人間なのだろう。

そんなユーリがこの後、虎木《とらき》が現れるまでフロントマート池袋東五丁目店を監視するであろうことは想像に難《かた》くない。

ただ監視するならまだ良《い》い方で、顔を知られていないのをいいことに客として現れたりイートインコーナーに張り付いていたり、場合によっては以前のガサ入れのときのように、出勤している誰かに虎木《とらき》のことをヒアリングするまであり得る。

中浦《なかうら》ほどに話が通じない人間だと後が厄介だが、それ以上に今、虎木《とらき》は気になって仕方ないことがあった。

「なぁ、アイリス」

「え？」

「今の奴《やつ》、シスター・ユーリって呼んでたよな？」

「ええ」

「…………男じゃなかったか？」

アイリスは『シスター』と呼んでいたが虎木《とらき》の耳が捉えた『シスター・ユーリ』の声と口調は、変声期前の少年の声だった。

怪訝《けげん》な顔をする虎木《とらき》に、アイリスはこともなげに頷《うなず》く。

「ええ。彼はシスター・ユーリよ。フルネームだと、確かユーリ・ヒャクマンゴク」

「え？　は？」

彼。シスター。そしてヒャクマンゴクという苗字《みようじ》らしき響き。

本人を目にしていない虎木《とらき》には、混乱を助長する言葉が耳に入ってくる。

「漢字は……どう書くんだったかしら……」

「待て待て漢字とか以前に色々待て」

虎木《とらき》はしわをよせた眉間に手を当てると、一つ一つ確認するべくまた慎重に言葉を選ぶ。

まず一番に確認しなければならないのは、これだ。

「お前、男大丈夫なのか？」

アイリスは、極度の人間男性恐怖症である。

ファントム相手だと超人的な戦闘能力と胆力を発揮するのに、人間の男性相手だと会話すらままならなくなる。

それは相手が有害か無害かは関係無いため、高所恐怖症や閉所恐怖症のように、心の持ちようでどうにかなるものではないと虎木《とらき》は理解していた。

それだけにたとえ闇十字騎士団《やみじゅうじきしだん》の同僚といえど、アイリスが曲がりなりにも家に訪ねてきた人間の男に対してある程度平常に接していることが意外だった。

「ええ、それは私も意外だったんだけど……多分シスター・ユーリがまだ子供だからじゃないかしら。確か十四歳って言ってたわ」

「若いなとか、そんなことでいいのかとか色々言いたいことはあるが、男の修道士でも『シスター』って呼ぶのか？」

「前に修道騎士はほとんど女性だってことは話したわよね」

歴史上、対ファントムにおける交戦記録から、闇十字騎士団《やみじゅうじきしだん》の実戦部隊である修道騎士の大半が女性であるという話は聞いていたが、確かにその時、僅かながら男性がいるという話もしていたように思う。

「男性騎士は本当に僅かしかいないから、闇十字《やみじゅうじ》の修道騎士は男性騎士も『シスター』って呼ぶ習慣があるの」

それは組織のシステム的に分からないでもない。

「最後の質問だ。人の名前をどうこう言うのはマナーが悪いと承知してるが、さっきの、本名か？」

「本人がそう言ってるんだもの」

アイリスはこともなげにそう言うと、スリムフォンを取り出した。

「あ、さっき交換した連絡先に……ほら、こういう字」

アイリスのスリムフォンに入っている文字は本当にヒャクマンゴクの響きの通りだった。

『百万石優璃《ひゃくまんごくゆうり》』。

七十年以上生きてきて、間違いなく初めて見た苗字《みょうじ》だった。

「お前らのルールで言うなら、シスター・ヒャクマンゴクじゃないのか」

「何だか、自分のファミリーネームが好きじゃないらしいの。だからユーリって呼んでくれって言われてて」

「はー」

珍しい苗字《みょうじ》というのはそれだけで注目される原因となる。

まして百万石《ひゃくまんごく》などという、日本史の知識があればすぐに北陸地方の大大名を想像してしまうような苗字《みょうじ》なら、ありふれた苗字《みょうじ》の人間には分からぬ苦労をしてきたことだろう。

「最初の頃、ずっとシスター・ヒャクマンゴクって呼んでたらたまりかねたみたいに言われたのよね……」

風呂場《ふろば》の前の廊下に座り込んだアイリスは、情けない顔をしている。

そして少年シスター・百万石《ひゃくまんごく》には悪いが、虎木《とらき》も「シスター・ヒャクマンゴク」と耳で聞いたら何のことなのか一発で理解する自信は無かった。

「あの子、さっきみたいにちょっと熱くなりすぎて突っ走るところもあって、研修してるとちょっと危なっかしいの」

「お前に危なっかしいって言われるとか相当だな」

「どういう意味よ」

そのままの意味だし、アイリスも虎木《とらき》の言わんとしていることは自覚しているのか、不満そうな顔をしつつもそれ以上は突っ込んでこなかった。

「それに……聞こえたと思うけど、やっぱり私、嫌われてるみたいで……」

「ん？　何が」

「二人で叫んじゃってたでしょ。あれ、お互いスリムフォンぶつけちゃって落っことした時、私の手があの子の手に触っちゃったの。それであの子、驚いて顔赤くして怒ったような声出して……」

虎木《とらき》は微《かす》かな違和感を覚え、眉根を寄せて唸《うな》る。

「そういうことか？　あれ」

「何が？」

「……いや、まぁ俺は目では見てないわけだから、邪推は禁物か」

「だから何がよ」

「何でも無い。それよりそろそろ俺出勤しなくちゃならんから一旦部屋に戻る」

「あ、もうそんな時間？　ごめんなさい。変な風に引き留めちゃったわね」

虎木《とらき》は立ち上がって玄関へと向かう。

「それじゃな、御馳走《ごちそう》さん」

「ううん、最近作ってあげられなかったから」

「これまで作ってもらってただけでありがたいからいいよ……あ、そうだ」

虎木《とらき》は玄関で靴をつっかけてからふと思い出し、ドアを開けるアイリスを見た。

「村岡《むらおか》さんというか、バイトのシフトが落ち着いたらだけど、しばらく留守にすることがあるかもしれない」

「え？　そうなの？」

「ああ、勘違いすんな。そんなに遠くに行くわけじゃないし、かもしれない程度の話だ。ただ、何も言わずに行方をくらませて、京都みたいに追いかけてこられても困るから一応な」

京都の件を持ち出した途端、アイリスはまた紅潮する。

「なっ！　あれはだからそういうんじゃ！」

「そういうって何だよ。とにかく色々落ち着いてからだ。とりあえず今日はバイトに行くから、そんじゃな」

「え、ええ。うん、そうよね、それじゃ、行ってらっしゃい……どうしたの？」

見送ろうとしたアイリスは、虎木《とらき》が共用廊下で振り向き立ち尽くしているのを見て首を傾《かし》げた。

虎木《とらき》は共用廊下の出口側、次いでアイリスの部屋の玄関、そして自分の足元を何度も見、そして脱力したようにしゃがみ込んでしまった。

「ユラ？　どうしたのよ」

「バレてんだろ、これ」

「え？　何が？」

「お前さっき、百万石優璃《ひゃくまんごくゆうり》に客がいるのかとか言われてたろ」

「ええ、そう言えば……」

「俺の靴、見られたんじゃないか？」

「え？　………あっ⁉」

百万石優璃《ひゃくまんごくゆうり》が去り際に頭を下げた際、不自然に動きを止めた瞬間があった。

間違いなく女性の一人暮らしであるはずのアイリスの玄関に、男性ものの靴があることへの違和感を覚えたからだろう。

そしてアイリス自身、次に彼と会ったとき、自分の部屋に男物の靴があることの言い訳を思いつく自信が無く、その場で頭を抱えて蹲《うずくま》ってしまった。

「どうしたらいいと思う……？」

「知るか」

二人は頭を抱えたまま唸《うな》る。

そして虎木《とらき》は一つの予感を抱いた。

「これ、絶対店に来てるよな」

※

太陽は地平線に落ち、人の生み出した光だけが支配する街の中、虎木《とらき》は街に生まれる陰を最大限警戒しながら出勤していた。

吸血鬼の目は夜の闇を鋭く見通すが、仕組みは人間とそう変わらないので光源が近いと暗い場所が見づらいのは同じである。

それだけに街灯が生み出す電柱の陰や交差点の先などに件《くだん》の百万石優璃《ひゃくまんごくゆうり》が潜んでいるのではないかという恐れが先に立つ。

アイリスと中浦《なかうら》以外の騎士に一対一で相対したことが無いだけに、従騎士といえど戦闘能力が低いとは断定できない。

アイリスの口ぶりからすれば、どんなに若くとも能力だけなら正騎士と遜色ない力を持っているると考えるべきだろう。

それこそ街中で聖槌《せいつい》リベラシオンを振りかざして襲われればひとたまりもない。

結局店が見えるまで何も起こらず警戒そのものは杞憂《きゆう》に終わったが、ちょうど店先を掃き掃除している詩澪《シーリン》が虎木《とらき》に気付いて近づいてきた。

詩澪《シーリン》らしくもなく、店の方を警戒するような顔で虎木《とらき》に駆け寄ると、

「虎木《とらき》さん、注意してください。闇十字《やみじゆうじ》の修道騎士が来ています」

「やっぱりかよ」

流石《さすが》にいきなり襲い掛かってくるほど短絡的ではなかったようだが、詩澪《シーリン》が警戒するレベルでは堂々とやってきているらしい。

「何かあったんですか？」

「まぁ、色々な」

虎木《とらき》が詩澪《シーリン》とともに店内に入ると、イートインコーナーの奥で黒いコートを羽織った人物がコーヒーの紙カップを手にしながら、入ってきた虎木《とらき》と詩澪《シーリン》を微《かす》かに睨《にら》んだ。

恐らくあれが、百万石優璃《ひやくまんごくゆうり》だろう。

十四歳だと聞いていたが、中学生男子だとするとやや細身で小柄に見える。

顔立ちも少年らしいあどけなさが残ってはいるが、ただイートインコーナーの椅子に座って

いるだけの佇《たたず》まいには隙が無い。

腰には見慣れたポーチがあり、恐らくリベラシオンが収まっているのだろう。

虎木《とらき》は気付かないふりをしてスタッフルームに行くと、詩澪《シーリン》に尋ねる。

「何であの子が修道騎士だって分かった？　ぱっと見では分からない気がするが」

「何でもなにも」

詩澪《シーリン》は肩を竦《すく》めた。

「京都の比企《ひき》家が燃えた日に、私の様子を見に来た騎士がいたって話したでしょう。それがあの子です」

「え？」

虎木《とらき》を警戒したいなら、面が割れている詩澪《シーリン》のいる店で騎士の制服を隠しても仕方がない気がする。

だがいくらアイリス曰《いわ》く『危なっかしい』性格とはいえ、そんなことに頭が回らないほどに直情径行だとも思えない。

彼は正体が最初から露見することを承知でやってきていると見るべきだ。

詩澪《シーリン》に会うまではもし百万石優璃《ひゃくまんごくゆうり》らしい人物が店を訪れても知らないふりをしようかと考えていた虎木《とらき》だが、そんな状態なのであれば、話は早めに済ませた方が労働環境的な意味でストレスが溜《た》まらないと判断した。

虎木《とらき》が着替えて勤怠を切ると、

「気を付けてくださいね」

詩澪《シーリン》は珍しく真剣な口調で送り出してくれた。

虎木《とらき》は軽く手を振ると店内に出て、詩澪《シーリン》とコンビでレジに入っている夕方シフトのスタッフと交代する。

そのスタッフは交代してすぐに帰宅したが、詩澪《シーリン》はスタッフルームに残ったまま。百万石優璃《ひやくまんごくゆうり》が何か不穏なことをしたときは加勢してくれるつもりなのだろうか。

虎木《とらき》の出勤から十五分後にお客が完全にはけ、店内にいるのは虎木《とらき》と詩澪《シーリン》、そして百万石《ひやくまんごく》優璃《ゆうり》だけとなった。

「そろそろ、いいですか」

タイミングを計ったように声をかけてきたイートインコーナーの少年の声は、間違いなくアイリスの部屋の風呂場《ふろば》で聞いた百万石優璃《ひやくまんごくゆうり》のものだった。

「虎木由良《とらきゆら》さんですね」

声色は硬い。

だが思いがけず、少年は小さく頭を下げて自己紹介をした。

「初めまして。僕は百万石優璃《ひやくまんごくゆうり》。闇十字騎士団《やみじゆうじきしだん》東京駐屯地の従騎士です」

「……どうも。虎木由良《とらきゆら》だ。君のことは聞いてる。アイリスの相棒なんだって？」

虎木《とらき》も相手が敵対してこない間は穏便に言葉を交わすことにする。

とりあえず百万石優璃《ひゃくまんごくゆうり》がどういうつもりで店を訪れたか分からないうちはある程度の牽制《けんせい》が必要だろうと、こちらもそっちを知っているというテンションで言葉を選んだのだが……。

「あ、相棒⁉」

その選択の効果は、予想外の効果をもたらした。

「そ、そんな、相棒だなんて、僕にはまだそんな大した力は……も、もしかしてシスター・イエレイがそう仰《おつしや》っていたんですか⁉　それはシスター・イェレイの評価ですか⁉」

「え？　あ、ああまぁ、そんな感じのことを聞いた……って、おい、どうした⁉」

百万石優璃《ひゃくまんごくゆうり》は急に顔に手を当てると、イートインコーナーでガッツポーズになった。

「ま、まさかシスター・イェレイが、僕をそんなに、評価してくれたなんて……！」

「……は？」

百万石優璃《ひゃくまんごくゆうり》は目を潤ませ、頬を赤らめている。

「おい、百万石《ひゃくまんごく》……君？」

「はっ！」

虎木《とらき》に呼びかけられてはっとなった百万石優璃《ひゃくまんごくゆうり》は慌てて居住まいを正した。

「すいません、取り乱しました。あと、できれば僕のことは名前で呼んでください」

そう言われて、アイリスから彼が自分の苗字《みょうじ》を好きではないことを聞いたのを思い出し、

仕方なく、

「分かった、ゆ、優璃《ゆうり》君？」

　下の名前で呼ぶ。

「はい、ありがとうございます」

　虎木《とらき》はふと、スタッフルーム側の扉を見ると、顔を覗《のぞ》かせている詩澪《シーリン》も怪訝《けげん》な顔で優璃《ゆうり》の動きを眺めていた。

「……虎木由良《とらきゆら》さん。僕のことを警戒しておいででしょうが、僕は今日、あなたに純粋にお願いしたいことがあって来ました、いえ、そのつもりでした」

「お願いしたいこと？　つもり？　なんだか回りくどいな」

「でもそうとしか言いようがないんです。だって虎木《とらき》さんとシスター・イェレイが……まさか、あんな関係だったなんて……」

「……ん？」

「虎木《とらき》さんも吸血鬼ですから、闇十字《やみじゅうじ》の僕にこんなことを頼まれるのは嫌だろうと思ったのです。それに僕自身、できればあなたにこんなこと頼みたくなかった。でも、先程シスター・イェレイのお宅に伺ったとき、僕の意思に関係なく、既に状況は整っているのだ……と確信しました」

　回りくどい言い方をする優璃《ゆうり》は、何故《なぜ》か少し気恥ずかしげに虎木《とらき》から目を逸《そ》らす。

「あの……もしかしなくても虎木《とらき》さん、先程私がシスター・イェレイのお宅を訪ねた時、中にいらっしゃいましたよね？」

「……何でそう思う？」

「男性物の靴が玄関に……それが、駐屯地にあった虎木《とらき》さんのお宅のガサ入れファイルにあったものと一致していたので」

「何だそれ怖い」

あのガサ入れでは、小物のデザインまで記録されてしまっていたのか。

「それなのにシスター・イェレイがそのことを隠されるので、もしかしてシスター・イェレイは、虎木《とらき》さんとお付き合いをしてることを人に知られるのが、恥ずかしいのかな……って」

「いや、多分あれはそういうワケじゃ……ん？」

「はい」

「……今、何て言った？　俺とアイリスが、付き合ってる？」

「でしょう？　だってお部屋に上がり込んで、一緒に食事をして、お、お、お、お風呂《ふろ》まで、一緒に……！」

「は⁉　一緒に風呂《ふろ》⁉」

「だ、だって、シスター・イェレイがなかなか出てこなかったのは、お風呂《ふろ》に入るところだったからって……」

優璃《ゆうり》はもう顔を真っ赤にしているが、虎木《とらき》は違う意味で顔が赤くなりそうだった。

「待て待て待て！　あのときアイリスが言ってたのはそういう意味じゃなくて、単に俺と一緒にいるのを君に見られて誤解されたくないから方便でそう言ってただけだ！」

「か、隠さなくてもいいんですよ？　虎木《とらき》さんもあのときお風呂《ふろ》にいたんでしょう？　僕、シスター中浦《なかうら》ほど頑固じゃありませんし、人間とファントムのカップルだってこの世には沢山いるって聞きますし……僕の敬愛するシスター・イェレイの心を射止めた男がいる、ということは憎たらしいですけど、それもシスター・イェレイが選ばれたのなら……僕は潔《いさぎよ》く身を引きます！」

最初こそ険しく緊張した顔付きだった優璃《ゆうり》は、もはや複雑そうに顔を歪《ゆが》め紅潮させながら、悔しそうにそう言ってのけた。

一体何を言っているんだこの子は。

まさかアイリスに促した灯里《あかり》用の方便が、こんな形で新たな誤解を生むとは思わなかった。

こんなくだらない勘違いが元で中浦《なかうら》に面倒な嘘《うそ》が露見してはたまらない。

その上言動から察するに、アイリスは優璃《ゆうり》から嫌われるどころかむしろ好意を寄せられているようだ。

一般論として十四歳の少年が、年上の女性相手にそう簡単に好意を表明したりはできないだろうから、それ故の悲しい誤解とすれ違いなのだろう。

だが虎木《とらき》が誤解を解く前に、

「虎木《とらき》さん!?　ちょっと聞き捨てなりませんよ!?　いつの間にそんなことになってたんですか!?　これ未晴《みはる》さんに聞かれたら血の雨が降るやつですよ!?」

「うわあっ!?」

いつの間にか背後に近づいてきていた詩澪《シーリン》が、鬼気迫る形相で虎木《とらき》に詰め寄った。

「違う！　俺とアイリスはそんなんじゃないって知ってるだろ……！」

「いやー、この否定の仕方は逆に怪しいですねぇ。どう思いますか、優璃《ゆうり》君」

「仕方ありません梁《リアン》 詩澪《シーリン》さん。シスター・イェレイはファントムに敵対する闇十字《やみじゅうじ》の修道騎士。言うなればこれは禁断の恋……そう簡単に認めることはできないでしょうから」

「何意気投合してんだ！」

さっきまでバリバリ優璃《ゆうり》を警戒していたくせに、詩澪《シーリン》は優璃《ゆうり》の側に立ってからかうような、疑うような目で虎木《とらき》を見ていた。

そして一方の優璃《ゆうり》はと言えば、言葉が進むほど声が震え、涙目になってゆく。

「でも僕は……シスター・イェレイのお宅の様子と、今の虎木《とらき》さんのお言葉で確信しました。シスター・イェレイ、は……虎木《とらき》さんを深く信頼し、虎木《とらき》さんもまたシスター・イェレイを深く想《おも》っていると……」

「お、おい？」

「あらあらー」

何故《なぜ》泣き出す、と虎木《とらき》が思う間も無く、詩澪《シーリン》は苦笑しながら慰めるように優璃《ゆうり》の肩をさすっている。

「だ、だってそうじゃなければ、虎木《とらき》さんが僕のことを予《あらかじ》め知っているはず……ないじゃないですかっ！」

絞り出すような少年の悲痛な声に、虎木《とらき》は心底げんなりしてしまった。

彼としては自分の視界の外にある事柄を、目に入った材料を検討して必死に考えた末にこの結論に至ったのだろう。

そしてその結論は、灯里《あかり》が虎木《とらき》とアイリスの仲を疑っていないことからも分かるように、赤の他人が極めて到達しやすい結論らしい。

「いいですねぇ。青春ですねぇ。優璃《ゆうり》君はアイリスさんのこと好きなんですねぇ」

「……初恋でしたっ！」

初対面のファントムの前で言うなそんなことを。

「私、闇十字《やみじゅうじ》の印象ちょっと良くなったかもしれませんー。優璃《ゆうり》君可愛《かわい》い！」

「や、やめてくださいっ！　僕はこれでもれっきとした闇十字《やみじゅうじ》のっ……！」

そのまま抱き着きかねない詩澪《シーリン》から、優璃《ゆうり》は顔を赤くしてもがいて離れる。

虎木《とらき》の視点ではより闇十字騎士団《やみじゅうじきしだん》という組織への印象が悪化した。

未成年に何という仕事をさせるのかとか、よくよく考えるとアイリスも二十歳前のはずだとか、詩濤《シーリン》相手に毅然《きぜん》とできないあたり確かに男性騎士の対ファントム性能は低いのだろうとか、色々考えてしまうが、今言うべきことはとりあえず一つだ。

「一応言っておくが、俺はアイリスとは付き合ってるわけでもなんでもないからな」

「えっ……」

「えー……」

優璃《ゆうり》ははっと顔を上げ、詩濤《シーリン》は急につまらなそうな顔をする。

「君は俺のこと、どれだけ知ってるんだ？」

思い込みが激しく突っ走って危なっかしい性格。

ここで事実は事実としてきちんと訂正しておかないと、どんな面倒に発展するか分からない。

虚を突かれたような優璃《ゆうり》は、それでも修道騎士らしくちらりと店内の監視カメラを見上げてから、音声を記録されないよう小声で答える。

「……古妖《エンシエント・ファントム》ストリゴイ、室井愛花《むろいあいか》の子。元人間の、吸血鬼……」

「そんな身の上で、人間の、しかも闇十字《やみじゅうじ》の修道騎士なんかと付き合えると思うか？」

「あー……」

「あ……」

「俺自身、ずっと人間に戻りたいと思ってる。戻るまで特定のパートナーを作ろうなんて気はさらさらない。これはアイリスもよく分かってることだ」

「ほ、本当ですか？」

「本当ですかー……？」

優璃《ゆうり》と詩澪《シーリン》の反応が見事に同じ言葉なのに明らかに思っていることが違うのが手に取るように分かる。

「物事は正確に、冷静に把握しろ。そうでないと同僚に……この場合はアイリスに迷惑がかかることにもなるんだ。君の年齢だと色々思い悩んでしまうのは仕方ないが、プロになるなら周りも君を一人前の人間として扱うんだということを自覚しろ」

言いながら虎木《とらき》は、何故《なぜ》ファントムの自分が将来の敵に対してこんなことを言ってやらねばならないのかという疑問に囚《とら》われた。それこそアイリスや中浦《なかうら》の仕事だろう。

「そ、そんなこと……ファントムであるあなたから言われるまでもありません！」

優璃《ゆうり》は優璃《ゆうり》で生意気にもそんなことを言い返してくるのだから、全くもって気遣い損だ。

だが一人の大人として、男として、十四歳の少年の精神的暴走を見過ごすことができなかったのだ。

このくらいの年頃の男子は、そうでなくても想像の自分と現実の自分との埋めがたいギャップを自覚し、それでいて同性の大人に対する敵愾心《てきがいしん》が強くなるものだ。

いちいちこれくらいのことで腹を立てるには、虎木《とらき》は年を取りすぎている。

「それで、優璃《ゆうり》君は俺がアイリスの彼氏なのかどうかを確かめに、わざわざ来たのか？」

「違います！　お願いしたいことがあると言ったでしょうっ！」

そう言えば言われた気もするが、何せ色々と茶番が挟まってしまったため、虎木《とらき》の頭からは綺《き》麗《れい》に忘れ去られていた。

「そう言えばそうだったか。で、何だよ、闇十字《やみじゆうじ》が俺に命令ではなく、お願いって」

「それは……」

優璃《ゆうり》はポケットに手を差し入れ、派手なデザインの封筒を取り出した。

「今仰《おつしや》っていたことが本当なら、この役はあなたにはふさわしくないとも思うのですが……」

「ああ？」

優璃《ゆうり》が差し出したのは、虎木《とらき》もよく知る有名な旅行代理店の封筒だった。

「この中には、旅行券二十万円分が入っているんです。本当ならこれで、あなたにシスター・イエレイを連れて、どこか東京から離れた遠方に旅行に行ってもらうはずでした」

「色々と突っ込みたいことはあるが、まず旅行？　アイリスを東京から連れ出すってどういうことだ。お前ら闇十字《やみじゆうじ》は、ファントムの長距離移動を嫌うんじゃないのか」

優璃《ゆうり》は一瞬、目だけで詩澪《シーリン》の様子を見ながら言った。

「近々、闇十字《やみじゆうじ》はあるファントムの討伐作戦を遂行するのですが、その作戦のことをシスター・イエレイのお耳に入れないようにしたいんです」

「これ以上は言えません。これは闇十字《やみじゅうじ》の決定で、シスター中浦《なかうら》もご承知のことです」

「何だそりゃ」

「待て待て待て。俺とアイリスと二人で旅行しろって？　さっきも言ったが俺達付き合ってるわけでもなんでもないんだぞ？　それともまさか、中浦《なかうら》が俺とアイリスが付き合ってると思い込んでるってことじゃないだろうな」

あの中浦《なかうら》に限ってそんなことを考えるとは微塵《みじん》も思えなかったが、幸か不幸か優璃《ゆうり》は首を横に振った。

「思ってるわけないに決まってるでしょう。ただ、現状シスター・イェレイの身近でそういうことができそうなのがあなただけだからやむを得ない選択だったのです。シスター中浦《なかうら》はご承知ですが、本心では反対されているんです。『闇十字《やみじゅうじ》の決定』とは東京駐屯地のことではなく、英国本部の決定なので、東京駐屯地としては逆らうわけにもいかなくて已《や》むをえずの処置なんです」

虎木《とらき》はもちろん、詩澪《シーリン》の表情にもわずかに緊張が走った。

英国本部、ということは世界の修道騎士の中心の意思決定ということだ。

「何でそんな回りくどいことをする。作戦に参加させたくないなら、アイリスにそう命令すりゃいいだけの話じゃないか」

「もちろん極力そうするつもりですが、用心はどれだけ重ねてもいい。いいじゃありませんか。

あなたはシスター中浦《なかうら》に迷惑をかけられているんでしょう？　これはそのお詫《わ》びだと思ってください」

優璃《ゆうり》はそう言って、まだどこか敵意の残った笑顔を浮かべた。

その笑顔の明るさに反比例するように、虎木《とらき》は怪訝《けげん》そうに顔をしかめる。

あの中浦《なかうら》から吸血鬼の虎木《とらき》に対する『お詫《わ》び』などという発想が出てくるはずがない。

虎木《とらき》は中浦《なかうら》のことを、横断歩道の途中で青信号が点滅したときに引き返さず渡り切った程度の道交法違反をしたら、それを口実に襲い掛かってくるくらいのアンチファントムだと評価していた。

まかり間違って街中でポイ捨てでもしようものなら跡形も残してはくれまい。

虎木《とらき》の人権を踏みにじり、プライバシーを根掘り葉掘り詳《つまび》らかに明かして堂々としているあの中浦《なかうら》が、たとえ上位組織の命令であろうと二十万円分の金券をお詫《わ》びなどという名目で渡してくるはずがない。

この話には一億パーセント以上の確率で裏がある。

そこにアイリスの名を絡《から》められた日には、実はアイリスの京都行きがバレており、それを虎《と》木《き》の手引きだと思われて、アイリスともども闇十字《やみじゅうじ》のルール違反で葬《ほうむ》られるまであると思っている。

「断っていただいても構いませんよ。その場合、あなたが果たすはずだった役割を、代わって僕がやるだけですから」

少年だからなのか。従騎士だからなのか。単に未熟だからなのか分からないが、論理が破綻している。

「今その話を聞いた俺が、アイリスに何も言わないままでいると思うのか」

「ええ、思いますよ」

優璃《ゆうり》は半ば挑発するような口調で、でもなぜか口の端をへの字に曲げた。

「だって……結局虎木《とらき》さんは、シスター・イェレイのことが大事なようですから！」

「あ？」

「でも、たとえ作戦を知ったとしても、シスター・イェレイもあなたも何もできませんよ。どうあってもシスター・イェレイは作戦には参加できませんし、もしあなた方が何か邪魔をしようとすれば、本国の修道騎士達は容赦なくあなたを討伐しますから。なのでできればシスター・イエレイのためにもあなた自身のためにも、この依頼を……引き受けてもらえると、闇《やみ》十字《じゅうじ》としては助かります」

「今まで、俺が君の言う通りにしたくなる要素が一つでもあったか」

虎木《とらき》は不機嫌さを隠さずにそう言い返すが、優璃《ゆうり》は似合わない仕草で肩をすくめるだけだった。

「まぁ、突然押しかけたのはこちらですし、シスター・イェレイも我々にあなたの行動を制限する権利が無いと仰《おっしゃ》っていました。今日はこれで失礼します」

「おい！　忘れ物だぞ！」

イートインのテーブルの上に旅行券の封筒が置きっぱなしになっていて、虎木《とらき》は去ろうとする優璃《ゆうり》に声をかけるが、優璃《ゆうり》は振り向くだけで取りに戻ろうとはしなかった。

「お預けします。僕の連絡先も同封されていますから、もし依頼を受ける気になったら行き先だけご連絡いただければ」

「持って帰れ。俺には用はない」

虎木《とらき》は優璃《ゆうり》に向かって封筒を投げつけようとするが、間に立ちはだかってそれを止めたのは詩澪《シーリン》だった。

「虎木《とらき》さん、カメラが見てる前でそれはマズいですよ」

「……」

音声記録を取られているカメラなので現状でも大分マズいのだが、確かに客に対して何かを投げつける映像は今後何かあったときに、大きな問題になるだろう。

思いとどまる虎木《とらき》にホッとしたのか、詩澪《シーリン》はいつもの悪戯《いたずら》っぽい笑みを浮かべて言った。

「虎木《とらき》さんがいらないなら、私がその旅行券もらってアイリスさんと旅行してきますよー」

「「……」」

「ちょ、ちょっと二人ともそんな目で見ないでくださいよー。いーじゃないですか、虎木《とらき》さんはこう言ってるんだし、アイリスさんさえどっか遠くに連れて行けたらいいんじゃないんですかー？」

心底呆《あき》れたような虎木《とらき》と優璃《ゆうり》の視線に挟まれた詩澪《シーリン》だが、それでもなお食い下がるあたり流石《さすが》である。

虎木《とらき》としては別にそれでも構わないと思いつつ、アイリスの方が詩澪《シーリン》と旅行に行きたがらないだろうなと思った。

だがそれでも意外だったのは、優璃《ゆうり》がはっきりと怒りの表情で詩澪《シーリン》を睨《にら》んだことだった。

「命が惜しければ余計な口を挟まないでください、梁詩澪《リアンシーリン》。梁戸幇《リアンシーバン》に属していた間にあなたが犯した罪は、我々もしっかり把握していますからね」

「え、ええー……まさかのマジレス……」

詩澪《シーリン》本人も驚いたようだ。

今のは詩澪《シーリン》本人だってそこまで本気で言ったわけではない、言うなればほんの少し調子に乗りすぎた冗談程度のものだったし、別に優璃《ゆうり》や闇十字《やみじゅうじ》を腐《くさ》したりしたわけでもない。

だが優璃《ゆうり》はそれを受け流さずに、真剣な怒りで返してきたのだ。

「この話は虎木《とらき》由良《ゆら》とシスター・イェレイのみを対象とした話です。他の誰かが出る幕ではありません」

「分かりました分かりました。ごめんなさい、お姉さん調子に乗りすぎました。これでいいですか！」

詩澪が降参を示すように両手を上げると、優璃は呆れたような溜め息を一つ吐いて、店を去って行った。

優璃《ゆうり》が去った後、虎木《とらき》はどっと疲れてイートインコーナーにへたり込んでしまう。

「……クソガキ。可愛《かわい》くないなぁ」

詩澪《シーリン》は不満そうに腰に手を当ててから、不機嫌な顔のまま座り込んだ虎木《とらき》を見る。

「……いーんですかー店員さん。そんなとこでサボってて」

「本当……闇十字《やみじゅうじ》の相手は疲れる」

「モテる男は辛《つら》いですねー」

「いい加減にしてくれ。皆勝手言いやがって。こんなもんどうすりゃいいんだ」

虎木《とらき》は置いて行かれた旅行券入りの封筒を忌々し気に眺める。

中を開けてみると、確かに本物らしい一万円相当の旅行券が二十枚入っていた。

「使っちゃえばいいじゃないですか。あっちは何がなんでも虎木《とらき》さんとアイリスさんにって言ってるんだし、真相はどうあれ向こうがお詫《わ》びだって言うんだから、これまでの迷惑料だと思えば気も咎《とが》めないいんじゃないですかー？」

気は咎《とが》めない。だが、気は重い。

お詫《わ》びだろうとなんだろうと、天敵からの施しで行く旅行など、心から楽しめるはずもないではないか。

「もしかして未晴《みはる》さんのこと気にしてるんですか？」

「……まぁ、俺が女と二人でどっか旅行するなんて知られたら、面倒そうではあるな」

この瞬間まで未晴《みはる》のことなど考えもしなかったが、闇十字《やみじゅうじ》も一目置く未晴《みはる》はこの件を断るのにうってつけな材料だとは思う。

ただ、未晴《みはる》は案外ビジネスライクに物を考えることも多いので、英国の闇十字騎士団《やみじゅうじきしだん》本体が関わってると知られると、態度は変わるかもしれない。

「闇十字《やみじゅうじ》に強く言われたって言えば未晴《みはる》さんだってそんなにうるさくは言わないんじゃないですかー？　何なら一緒について行ってお金足して、もっと豪華にしてくれそう」

詩澪《シーリン》も同じ考えに至ったようだが、想像する結論は虎木《とらき》とは別軸だったようだ。

たとえ素直に旅行に行くとして、仲が良いわけでもなんでもないアイリスと未晴《みはる》との三人旅など、神経が磨《す》り減《へ》るだけで何の癒《いや》しにもならなそうだ。

「そもそも俺がアイリス連れて旅行に行くって前提そのものがおかしいんだよ」

「そうですか？　アイリスさん、結構喜びそうな気もするけど」

またこの話だ。虎木《とらき》はうんざりしたように吐き捨てた。

「どいつもこいつも勝手なこと言いやがって」

「勝手言ってるのはそうですけど、虎木《とらき》さんは虎木《とらき》さんで結構問題ある気はしますよー？」

「何がだよ」

「んー。分かってトボけてるんならタチが悪いですし、分かってないならいい年して何やってんだろうなって感じです」

眉根を寄せ、顔をしかめた詩澪《シーリン》は呆《あき》れたようにそう言うと、さっと身を翻《ひるがえ》した。

「はぁ?」

「あ、お客さん来そうですよ。まぁ今日はずっとこの後一人なんですから、ゆっくり考えてください。それじゃ、お疲れ様です」

出て行った詩澪《シーリン》と入れ替わるようにお客が入ってきて、虎木《とらき》は詩澪《シーリン》の言葉を深く考える間もなく業務に戻されることになる。

時間が夜を少し過ぎたこともあって帰宅ラッシュが始まり、一人で処理するにはやや厳しい客の波が三時間ほど続いた。

「ふう、マズいな。このペースだと微妙に肉まんの開封サイクルが……」

夜十時半になってから普通の肉まんがスチームケースにあと一つだけしか残っていない。

これがあと三十分遅い時間なら悩まないのだが、冬場のこの時間ならまだギリギリ複数個の中華まんを求めるお客は現れる可能性がある。

だが、冷凍肉まんの袋は六つで一パック。

もし一袋開けてスチームケース清掃の時間までに二つしか売れなければ、五個がロスになってしまう。

だが、時間に余裕がある内にスチームを始めなければ、冷凍中華まんはすぐには提供できなくなる。

「うーん、どうするかな。あんまんはまだ三つあるしなんとかなるか？」

吸血鬼虎木《とらき》由良《ゆら》として考えなければいけないことは完全に意識の外に追いやられている。

はっきり言ってしまえば仕事に集中することで私生活における色々なことを考えないようにしているだけなのだ。

「待てよ、今日の納品どうなってたっけ。それ次第じゃ今日開けるわけにも……」

「開けていいよ。明日もたっぷり来るから」

独り言に返事があったので驚き振り向くと、店の入り口に村岡《むらおか》が立っていた。

「いいよ、開けちゃって。ロスんなっちゃったら僕が奢《おご》るからトラちゃん持って帰りなよ」

「村岡《むらおか》さん……？　どうしたんですか、こんな時間に」

今日は来ないはずの村岡《むらおか》がそこに立っていた。

寒さのせいか顔色はあまり芳《かんば》しくない。

「うん、急に色々任せちゃったからさ、困ってることないかなって思って寄ったの」

「大丈夫ですよ。中華まん開けていいならもう後は悩むことないんで、折角シフト代わったんですから家帰って寝てくださいよ」

「いやぁ、うん、そうね。ちょっと一杯だけ飲んでこうかな。ホットコーヒーSくれる？」

居酒屋のようなテンションでふらふらとレジ前にやってきた村岡《むらおか》は無造作にカウンターに五百円玉を置いた。

「あ、は、はい」

自分の店のものでも買うときは自腹で。

虎木《とらき》は言われた通りホットコーヒーSを淹《い》れて村岡《むらおか》に渡すと、

「ありがと」

村岡《むらおか》はまたふらふらとイートインコーナーに入ってどっかりと座り込み天井を仰いだ。

「……なんかさ、トラちゃんの彼女さんに、迷惑かけてるみたいだね」

コーヒーを一口も飲まずに、その日食べた食事のことを語るような口調で言った。

虎木《とらき》はわずかばかり逡巡《しゅんじゅん》する。

「アイリスはそれが半分仕事みたいなもんらしいですから。残り半分は、あいつも友達少ないんで、友達と一緒に遊んでる感覚だと思いますよ」

アイリスは虎木《とらき》の彼女ではない、といつものやり取りができる空気ではなかった。

「仕事、友達、そっか。友達かぁ……大人になって友達の作り方なんか忘れちゃったな。仕事も最後に新しいことを頑張って覚えたのって、いつだったたっけなぁ」

村岡《むらおか》は小さく溜《た》め息《いき》を吐いてから、虎木《とらき》を見た。

「僕さ、正直このコーヒー、味が好みじゃないんだ」

これは言葉の助走だ。虎木《とらき》は返事をせずに次の言葉を待った。

「これ、今まで言うまいと思ってたんだけどさ、色々考えて、今ならやっぱトラちゃんしかいないなって思って」

「はい？」

思いきり助走をつけていたはずの村岡《むらおか》の言葉はしかし、どこか悲痛でささくれていた。

「トラちゃんさ、うちに正社員で就職する気、ない？　もしあるなら、この店の店長任せたいんだけど」

第二章　吸血鬼同士は一度別れるとなかなか出会えない

DRACULA YAKIN!

サンシャイン60の比企《ひき》家のオフィス。

執務室に続く応接室のソファでうつむいていた虎木《とらき》は、扉が開く音で顔を上げた。

「未晴《みはる》、急にすまな……ん、あ」

未晴《みはる》を尋ねてやってきて、比企《ひき》家のスタッフらしい人間、あるいはファントムに応接室に通された虎木《とらき》は、当然未晴《みはる》が顔を出すものだと思っていた。

「まぁ」

扉から入ってきた先客は二人の女性。

片方は虎木《とらき》も知った顔だったが、もう片方は知らない相手だった。

そして知っている方は虎木《とらき》を見て意外そうに、そしてやや不快そうに顔を歪《ゆが》める。

「よう、シスター中浦《なかうら》。あんたも、未晴《みはる》に用があって来たのか？」

「……ええ、先日の京都の話を伺いにね。今日は、シスター・イェレイと一緒ではないのですか、虎木由良《とらきゆら》」

現れたのは闇十字騎士団《やみじゅうじきしだん》の東京駐屯地騎士長、中浦節子《なかうらせつこ》だった。

「いつも一緒にいるわけじゃないし、ここんとこあんまり顔を合わせてない。あんたんとこの新人の研修だとか聞いたぞ。それこそあんたの方がよく知ってるだろう」

「ええ、そう言えばそうでしたね」

澄ました顔をしながら、中浦《なかうら》は小さく頷《うなず》いた。

「シスター・ナカウラ。こちらは？」

中浦《なかうら》の隣にいる女性も修道服を纏《まと》っているところから、やはり闇十字《やみじゅうじ》の修道騎士なのだろう。

黒く長い髪に、青い瞳に薄い褐色の肌。年の頃は四十ほどだろうか。中浦《なかうら》よりも頭一つ背の高い女性だった。

ハスキーな声で流暢《りゅうちょう》な日本語を話し、虎木《とらき》を見るその女性の顔には、穏やかさと誠実さが見て取れた。

「吸血鬼のユラ・トラキです。シスター・オールポート。シスター・イェレイのパートナー・ファントムです」

それだけに、中浦《なかうら》の虎木《とらき》に対する敵意がより際立《きわだ》っている。

「ほう、なるほど、君が噂《うわさ》の」

シスター・オールポートと呼ばれた女性は、中浦《なかうら》の紹介に興味深そうな笑みを浮かべた。

「ヒキ・ファミリーの後継者と直接面談できるということは、ミスター・トラキは名のあるファントムなのかな」

「古妖《エンシエント・ファントム》ストリゴイの子ということで一時期警戒しておりましたが、能力は特筆するほどのこともなく、凡百《ぼんびゃく》の吸血鬼と変わりません」

「あんたの紹介は何も間違ってないのに、どっか悪意があるな」

中浦《なかうら》の憎々しげな口調も、ここまでくると笑ってしまう。

「だが大体はその騎士長の言う通り、つまらない吸血鬼だ。シスター中浦《なかうら》が敬語使ってるってことは、あんた闇十字《やみじゅうじ》のお偉いさんか？　そんな大物に警戒してもらうほどじゃない」

虎木《とらき》は座ったまま気のない補足をするが、シスター・オールポートは笑顔を浮かべたまま言った。

「いやいやご謙遜を。ユラ・トラキ。その名を聞いて思い出した。確かあなたは、ミハル・ヒキの許嫁《いいなずけ》ではなかったかな」

虎木《とらき》はともかく未晴《みはる》は確実に日本ファントムの大物だから、その動静を中浦《なかうら》や闇十字《やみじゅうじ》の上層部がチェックしていること自体は不思議ではない。

不思議ではないのだが、先々困ったことにはなりそうな気もした。

闇十字《やみじゅうじ》に知られていることを未晴《みはる》が知った場合、そのことすら何かの既成事実と捉えかねないし、何よりも、

「……」

「ん？　どうしたんだい？」

　このシスター・オールポートの吸血鬼を目の前にした自然な調子、泰然自若な姿勢が虎木《とらき》に最大限の警戒を抱かせた。

　アイリスや優璃《ゆうり》、中浦《なかうら》と対峙《たいじ》したときには、こんな感想を覚えたことはなかった。

　得体が知れない。

　ここが比企《ひき》家のオフィスだから武装解除されているのか、シスター・オールポートの纏《まと》う修道服にはデウスクリスを隠すようなふくらみはどこにも見えないし、リベラシオンが差してあるポーチも見当たらない。

　だがもしそれがあった場合、虎木《とらき》は今のように、相手に立たせ自分は座ったまま、ファントムとして、オールポートに阿《おもね》らずに接することができていたか、自信が無かった。

「……あんたが話したのか、京都のこと」

　虎木《とらき》は中浦《なかうら》を見る。未晴《みはる》に京都の件を聞きに来た、ということなら、虎木《とらき》が京都に行ったことも、何故《なぜ》京都に行ったかも知っているだろう。

「最低限共有すべき情報ですから」

　中浦《なかうら》は当然の如《ごと》く虎木《とらき》の問いを肯定し、

「それよりも虎木《とらき》由良《ゆら》、弁《わきま》えなさい。こちらはあなた程度のファントムがおいそれと話せる相手ではありません」

　そちらから話しかけてきたくせに、こんなことを言いだす。

「いいのですよシスター・ナカウラ。彼は別に私に敬意を払わねばならない立場ではない」

むしろシスター・オールポートの方が、虎木《とらき》に気を遣ってとりなす始末だ。

「自己紹介が遅れたね、私はジェーン・オールポート。闇十字《やみじゅうじ》の騎士団長《きしだんちょう》を務めている」

そして、自己紹介をしながら立ち上がりもしない虎木《とらき》に対し手を差し出してきた。

「騎士団長《きしだんちょう》？」

「そうです！」

「うわっ！」

引っかかるものがありつい反復すると、中浦《なかうら》が突然大きな声を出した。

「こちらのシスター・オールポートは闇十字騎士団《やみじゅうじきしだん》の実質的なトップにおられる方なのです！　あなたなど顔を合わせた瞬間討伐されても不思議はないのですよ！」

「今俺は生きてるがな？」

「シスター・ナカウラ、大袈裟《おおげさ》ですよ。あくまで実働部隊のトップというだけで、会派の長たる枢機卿《すうききょう》は本国にいらっしゃいますし、色々な偶然が重なって若輩の身の丈に合わない大役が回ってきただけのことです。だからミスター・トラキもそう警戒しないでくれ」

警戒は、していた。自分的には、初対面の人間に対してどのように接していいのか注意するくらいの程度を装《よそお》って。

だが、今のジェーン・オールポートの物言いには、どこかそれ以上のものを感じざるを得な

D.C.K

かった。

「なぁ団長さん。この騎士長さん、顔合わせる度に何もしてない俺の生活にケチつけてくるんだが、もう少し謙虚になるように指導してくれねえか」

「シスター・オールポート。吸血鬼の戯《ざ》れ言《ごと》などお耳に入れませんよう」

「ははは。ミスター・トラキ。シスター・ナカウラは実績のある優秀な修道騎士だ。まぁ、少し頑固なところはあるとは思うが、公明正大な騎士であることは間違いない。長い目で見てやってほしいね」

対立する二人の人間の意見の均衡を保ちつつ、双方の顔を立てて現状に変更を加えないことを自然にやってのけるジェーン・オールポートは本人が口にするよりもずっと『騎士団長《きしだんちょう》』という位に相応《ふさわ》しい人物だという印象を虎木《とらき》は受けた。

「で、それはそれとして、実際、ミハル・ヒキとの結婚を前提としたお付き合いはされているのかな？　テンドー・ヒキにも認められたという話を聞いたが？」

付き合うだの結婚だのと、吸血鬼の立場では何の意味も無い話題だ。

そんなことよりも、アイリスが協定を破って京都に行ってしまったことは知っているのだろうか。

「結婚なんかするわけないだろ。未晴《みはる》が見合い相手を振るためのダシに使われただけだ」

「ま、そんなところだとは思いましたが」

「なんだぁ面白くないなあ。こんな逆玉そうそうないだろう？　現当主のテンドー・ヒキとも懇意になったそうじゃないか」

中浦《なかうら》もオールポートも勝手なことばかり言うが、逆玉など真実虎木《とらき》と未晴《みはる》が両想《りょうおも》いなら、という前提の話であり、現時点でその話は成り立たない。

オールポートは、自分が京都の色々を知っていることを見せてカマをかけてきたのだろう。逆に中浦《なかうら》とオールポートが京都の件に愛花《あいか》や烏丸《からすま》が関わっていることを知っているのかどうか気になったが、二人とも、虎木《とらき》がそのことを知っていると分かったところで、余計な不信感を覚えるだけだろう。

「天道《てんどう》さんには、京都にいるあいだ世話になっただけさ」

「そうですか。では、シスター・オールポート。我々はそろそろ」

「ああ、そうですね。ミスター・トラキ、改めて以後お見知りおきを、我々はこれで失礼するよ」

「ああ」

虎木《とらき》は余計な言質《げんち》を取られないよう短く答える。

本音を言えば今後二度と関わりたくはないのだが、アイリスが身近にいる以上そういうわけにもいかないだろう。

「ああ、一つだけ。今の東京には、私だけでなく本国からやってきた修道騎士が多く駐留している。あなたの生活を騒がせたくないのは山々だが、どうかあまり目立ったことはしないようにしてほしい」

比企《ひき》家との関係性も知られてしまった以上、ジェーン・オールポートとなれ合う必要はないが、必要以上に敵対するのもまた得策ではない。

得策ではないのだが……。

「俺はずっと誰にも迷惑をかけず静かに生きてる。さっきも言ったが余計なこととして俺の生活を騒がせてんのはそっちの騎士長だ」

流石《さすが》に腹が立って言い返してしまった。

悪手を打ったと顔をしかめる虎木《とらき》だったが、中浦《なかうら》は意に介さずに肩を竦《すく》めるだけ。

ジェーンも小さく苦笑しただけで、それ以上は何も言わずに去って行った。

「さてと……まあ！　虎木《とらき》様!?　もういらしていたのですか!?」

中浦《なかうら》とジェーンが出て行くのと同時に、執務室側から未晴《みはる》が顔を覗《のぞ》かせた。

今の今までジェーンと中浦《なかうら》と相対していたはずの未晴《みはる》からは緊張や警戒の色はまるで見られない。

だからだろうか。未晴《みはる》と顔を合わせた瞬間、虎木《とらき》は大きく息を吐いて緊張がゆるんだ。

未晴《みはる》の存在を心強く思い、安堵《あんど》してしまったのだ。

「よう、何だか久しぶりだな」

京都駅で別れて以来なので未晴《みはる》と顔を合わせるのは二週間ぶりだった。

「約束の時間まではあと十五分ほどあるのに……寂しさに耐え切れずにお越しくださったのですね？」

普段ならば未晴《みはる》のこれはもう朝の挨拶のようなものだが、今日に限っては肯定にするにやぶさかではなかった。

「寂しかったのとはちょっと違うが、今しがた闇十字《やみじゆうじ》のお偉いさんにひとしきり脅されてな。緊張してたのが解《ほぐ》れたっちゃあ解《ほぐ》れたな」

「……あの二人と顔を合わせてしまったのですね。何か話す声は聞こえていましたが……」

未晴《みはる》はもはや気づかわしげを通り越して悲愴《ひそう》な顔をする。

「闇十字《やみじゆうじ》の言うことを気にする必要などないんですよ？　何ならこの後の予定は全てキャンセルして二人だけで……」

悲愴《ひそう》ではあるが、わざとらしく上目遣いで近づいてくる未晴《みはる》。

虎木《とらき》は京都のヴァプンアーットホテルでのことを思い出し、半歩だけ未晴《みはる》から距離を取った。

「この後バイトのシフトが入っててな。それに、まだあいつらが近くにいると思うと何をするにも全く落ち着かない」

「シスター中浦《なかうら》を地獄に落とす理由がまた一つ増えました」

ファントムが聖十字教徒を捕まえて地獄に落とすとはとんでもない皮肉だが、未晴《みはる》の場合本気に聞こえるからタチが悪い。

「……お前は大丈夫だったのか、あいつらと密室で三人きりっていうのは」

「騎士団長《きしだんちょう》、ジェーン・オールポートのことですか？　別に初対面ではありませんから」

「そうなのか⁉」

「前に会ったのはまだ私が子供の頃です。当時東京にいたお祖母様を訪ねてきたとき、彼女は副団長という立場でした」

闇十字《やみじゅうじ》と比企《ひき》家は、お互い味方ではないが完全に敵というわけでもない。

そういう間柄の組織のトップ会談、とでもいう話だろうか。

「そのときの薄い誼《よしみ》を辿《たど》って、面倒事を押し付けに来たのです。虎木様《とらきさま》がお気になさることではありません……ありませんが、仕事で忙殺されている私に寂しい思いをさせるためだけに、訪ねていらしたんですか？」

どう考えても『忙殺されている』人間の顔ではない様子でまた未晴《みはる》がすり寄ってきたため、虎木《とらき》は先ほどのオールポート相手とは違う意味でまた身構えてしまった。

「あ、ああ。いやその、忙しいとこ悪いんだが頼みがあって来た。この間の借りも返せたのか返せてないのか微妙に分からん状況なのに申し訳ないが」

「あら、虎木《とらき》様の方からそのようにおっしゃるのは珍しいですね。どのようなお話でしょう」

「まぁ、最終的には俺が人間に戻るために必要なものを手に入れたいって話だ」

「な、る、ほ、ど？」

未晴《みはる》はわざとらしく顎に人差し指など当てつつ、今度は思わせぶりな仕草で虎木《とらき》から離れ、応接室をぐるりと一周してみせた。

「私が先日のように、返済に無理難題をふっかけるとは思わないのですか？」

「今んとこはな。お前は俺が人間に戻りたいと知っている。でも、戻れないとも思っている」

虎木《とらき》の返事に、未晴《みはる》は面白そうに微笑《ほほえ》む。

「あら、見抜かれていました？」

「『吸血鬼が人間に戻ったためしはない』らしいからな。俺よりずっと沢山の吸血鬼を見てきた比企《ひき》家なら、経験から余計にそのことを知ってるだろう？」

「仰《おっしゃ》る通りですね。ところでそれは、アイリス・イェレイあたりから聞いたのですか？」

「いいや。アイリスは俺から話を聞くまで人間に戻ろうとする吸血鬼がいるなんて知りもしなかったらしいからな。今のは……」

虎木《とらき》は大きく息を吸ってから、少し緊張の面持ちで言った。

「俺に吸血鬼としての生き方、戦い方を教えてくれた『先生』から聞いた話だ。お前に会うまでは、そいつと一緒に愛花《あいか》を追っていた時期もあった」

「吸血鬼の、先生」

未晴《みはる》が本気で困惑した表情を、虎木《とらき》は初めて見た。

それも当然かもしれない。この話を未晴《みはる》にしたことは無い。

知っているのは、弟の虎木《とらき》和楽《わらく》だけだった。

「ああ。二十年前、突然姿を消した。お前や闇十字《やみじゅうじ》と曲がりなりにも連携し始めた今、俺はもう一度自分を鍛え直す必要があると感じたんだ。お前やアイリスに、お荷物だって思われるのは御免だからな。この前の京都でも、烏丸《からすま》さんと真っ向からやり合ったのは俺じゃなくてお前と七雲《なぐも》だったろ」

「……あれは、仕方のないことです。アイリス・イエレイはともかく、比企《ひき》と六科《むじな》の揉《も》め事《ごと》に、虎木《とらき》様のお手を煩わせる必要は……」

「それは俺がお前にも言えることだろ？　俺の都合で、お前の時間や金を浪費させ続けて良いって筋はない。それこそお前が俺に良くしてくれてるのを利用してさ」

淀《よど》みなくそう語る虎木《とらき》に未晴《みはる》は違和感を抱いたのか、少し不安そうな顔をした。

「何かあったのですか？」

「ああ。色々な。まぁ、直接のきっかけは詩澪《シーリン》に言われたことだな。俺、人間に戻りたいって言う割には、大体のことを未晴《みはる》に頼り切りで、自分でなんかやってるのかってな」

「虎木《とらき》様は私だけを頼ってくだされぱいいんですよ。デミ僵尸《キヨンシー》ごときの言うことなど気にする必要はありません。不愉快ならば比企《ひき》家の力で梁 詩澪《リアンシーリン》を始末しても……」

「目が本気なのやめろ」

今すぐにでも詩澪《シーリン》を始末しに行きかねない未晴《みはる》に虎木《とらき》は身震いする。

「そうは言ってもな、仮に俺達が結婚したとしてだ」

「全ての予定をキャンセルして今すぐにでも式場と新居の選定に参りましょう！」

「仮にだって言ったろ！」

　このまま虎木《とらき》を引きずって結婚式場に申し込みしに行きかねない未晴《みはる》を抑えて、虎木《とらき》は尋ねる。

「仮に結婚したとしてだ！　俺が何もかもをお前任せで仕事も家事も何もせずにだらだらしてたとしたらどうだ？」

「そんな虎木《とらき》様も素敵だと思います」

　迷うことなく即答する未晴《みはる》に、虎木《とらき》は逆に不安にかられた。

　何かの間違いで本当に未晴《みはる》と結婚した場合、どこかに拘束監禁されたりはしないだろうか。

「そんな俺は、俺が嫌なんだよ。人間に戻れるにしろ戻れないにしろ、俺は最低限自分のことくらい自分でできる男でいたいし、それこそ未晴《みはる》やアイリスの助けなしでも愛花《あいか》と渡り合えるだけの力が欲しいんだ」

「それでしたら、私がお相手いたしますから、比企《ひき》家の仕込みで武道や戦闘の訓練を……」

「吸血鬼の戦い方は、吸血鬼に教わるのが一番だ」

　とにかく自分のフィールドに引き込もうとする未晴《みはる》を精一杯かわしながら、虎木《とらき》はようやく

　本題に入った。

「借りは必ず返す。だから吸血鬼を一人探してほしい」

　虎木《とらき》の真剣な口調にさすがの未晴《みはる》も真顔にはなったが、それが真剣に考えてくれているのか、虎木《とらき》の依頼を難しいと感じているのかは判断がつかない。

「……さて、どうしましょう。探偵に人探しを頼むと、一日当たり結構な費用がかかると聞いたことがありますが」

「頼むぜ」

　一六〇万円をカタに京都行きを断れなかった虎木《とらき》に敢《あ》えて金をちらつかせるあたり、未晴《みはる》も人が悪い。

「ま、見積もりと請求書の作成はお話を伺ってからになりますね。どうぞ奥へ。比企《ひき》家のデータベースを検索してみます」

　今まで幾度となく足を踏み入れている未晴《みはる》の執務室。

　未晴《みはる》は執務机の上にあるＰＣを起動する。

「まさか検索サイトで探すわけじゃないよな」

「それで探して見つかることも多いですよ。ＳＮＳをやってるファントムは多いですし、ルームウェルの網村《あみむら》達の情報は、証拠固めに動画サイトやＳＮＳが活躍しました」

「時代は変わったな」

　ファントムの自己顕示欲は得てして良い結果をもたらさないが、ファントムがSNSをやってはいけないというルールは無いし、それによって仲間との横のつながりを得る者もいるだろう。

「虎木《とらき》様はやらないのですか？　SNS」

「俺はああいうのはよくわからん」

「お年寄りみたいなこと仰《おっしゃ》るんですね」

「年寄りだからな」

　雑談を交わす間、未晴《みはる》は軽やかにキーボードを打つ。

「現実問題として俺には世の中にオープンにしたい情報は無いからな。吸血鬼として生きている以上、自分の情報を大きく公開して良いことなんか無いし、それに大半のSNSじゃ自分のアカウントが無くても内容を検索できるようになってるだろう？」

「コンビニのお仕事で使うこともあるでしょう？　SNSをフォローすることで景品が当たるようなキャンペーンを打ったり、お店がアカウント持っていたりとか」

「聞かれたときにお客さんに説明できればそれでいいからな。そもそも俺が働いてる時間にそういうことわざわざ聞いてくる客いないから、やらずにいても問題は無かった。店のアカウントも、多分無いんじゃないか。俺は聞いたことが無い」

「今時珍しいですね」

「そういうお前はやってるのかよ」

「やってますよ」

虎木《とらき》にとってはあまりに意外な返事だった。

「まさか外でメシ食う前に写真に撮ってアップしたりとかするのか」

「私がそれをしたらただのお金持ち自慢になってしまうでしょう。業務的な運用ですよ」

普段一体どんなものを食べているんだと聞きたくなるが、まさか京都で連れられた料亭やら一杯千円のコーヒーやらは未晴《みはる》にとっては全く特別ではないということなのだろうか。

「さて、お待たせいたしました。比企《ひき》家のファントムデータベースはセキュリティが強固なので、開錠に時間がかかりまして、お探しの吸血鬼はどんな方です？」

「長く生きてる吸血鬼だ。日本人じゃない」

「海外のファントムとなるとカバーできているかどうか分かりませんが、お名前は？」

「ああ」

虎木《とらき》はその名を口にした。

「ザーカリー・ヒル」

虎木《とらき》の位置からは、未晴《みはる》の顔はモニターに隠れて見えなかった。

だから虎木《とらき》がその名を告げたとき、マウスを持つ未晴《みはる》の手が止まり、彼女が小さく目を見開いたことに気が付かなかった。

「……未晴《みはる》？」

「いえ……ザーカリー・ヒル、ですね。スペルは分かりますか？」

「それが痛いとこなんだが、正確な綴《つづ》りは分からん。日本語も完璧だったから意識したことがなかったんだ……普段からザックとしか呼んでなくて、それもZ、A、C、Kかな、とは思うが、それこそ俺も一応一通り検索してみたが、それらしい人物はヒットしなかった。ザーカリーにしろザックにしろ、別に珍しくない名前らしくてな」

虎木《とらき》は自分の迂闊《うかつ》さに呆《あき》れたように頭を掻《か》くが、未晴《みはる》は優しく微笑《ほほえ》むと頷《うなず》いた。

「データベース内だと『ザック』の場合、最後はKではなくHの方が多そうですね。数もいますしここから特定は難しそうです。外見的特徴は？」

「二十年前の話だから今もそうかは分からんが、見た目は人間で言えば四十代から五十代で、無精ひげ生やした武骨なおっさんだ。夏も冬もロングコートを着て、髪は、ぼさぼさに伸びた銀髪。似合わないサングラスをいつもかけてた」

「特徴があるようで、似たような格好は大勢いそうです。真夏に目撃されない限り、目立ちはしないでしょうね」

「本人はそれが狙いだったみたいだな。変にコソコソするより、堂々と自分の好きなことやってた方が案外目立たないもんなんだとさ……あとそうだ。へったくそなハーモニカ！」

「ハーモニカですか？」

「ああ。何か格好いいから持ち歩いてるって言ってたな。カッコつけで吹くんだがこれがまたへたくそで……言ってて自分で見つかる気がしなくなってきた。これで、なんとかなるか？」

「気休めは申しませんよ。ヒルという姓は非常に多いですし、ザーカリーが本名である保証もなく、『ザック』こそ愛称でなく本名という可能性もあります。名簿の中には吸血鬼かどうか分からない未分類のファントムも多くいます。これらを全て当たるのはそれなりに時間がかかりますから、気長にお待ちください」

「悪いな。頼む」

「一応伺っておきますが、いつ頃までに、というのはあるのですか？」

「何だ、気前の良い話か？」

なかなか見つからないだろうと言う割には、期日を切ればそこまでになんとかしてくれたりするのだろうか。

「もちろん早けりゃ早いほどいいが……まぁ、一か月後くらいに進捗を報告してもらえると助かる」

「あら、案外ゆっくりなんですね？」

「二十年放っておいたものがそう簡単に見つかるとは思っちゃいない。それに、さっきも言ったように梁《リァン》さんに言われたことはきっかけに過ぎないんだ。借りを作りたくないって言う俺がお前を頼ったのは、簡単に他人に話すわけにはいかないんだが、ファントムとか全く関係ないことが原因だ」

「もしや、お勤め先に何かあったのですか？」

「ま、そんなとこだ」

歯切れは悪いが、隠し事をしたいというより照れ臭いという印象の強い虎木《とらき》に、未晴《みはる》は嘆息する。

「分かりました。出来るだけ急ぎましょう。ですがファントムを探すとなると、必ずしも良い報告ができるとは限らないということだけご承知おきください」

「ああ、分かった。どんな結果だろうと借りは必ず返す」

「ええ、楽しみにしていますね」

未晴《みはる》は頷《うなず》くと、ＰＣをそのままに立ち上がった。

「この後はお仕事と仰《おつしや》っていましたが、お忙しいんですか？」

「まぁな。しばらくは休み無しで働くことになると思う。だからまぁ、進捗報告が一か月後ってのはちょうどいい。その頃にはこっちの状況も変わってくるだろうからな」

「そうですか。この後お茶にお誘いしようと思っていたのですが、お忙しいようですし、諦めた方がよさそうですね……エレベーターホールまでお送りしましょう」

「そうか、悪いな」

虎木《とらき》は虎木《とらき》で、思いがけずに未晴《みはる》が色々な意味でスムーズに用を引き受けてくれたことに驚きつつも、久しぶりに自分で自分の状況を半歩、いや、爪先《つまさき》少し分だけ進めることができたという手ごたえを感じていた。

進めたからこそ、この二十年近くの自分の逡巡《しゅんじゅん》を後悔する思いも湧く。

あまりにも、臆病ではなかったか。時間を無駄にしなかったか。

いや、そうなるだけの理由はあった。

今、これは最後のチャンスなのだ。

弟が、虎木和楽《とらきわらく》が元気なうちに、少しでも彼に安心を届けるための。

「またな」

「ええ、お気を付けて」

虎木《とらき》を送り出した未晴《みはる》は、エレベーターの扉が閉じると同時に、浮かべていた笑みをふっと厳しく引き締めた。

「ザーカリー・ヒル……」

虎木《とらき》に依頼された名を呟《つぶや》いた。

「偶然……で重なる名前ではありませんね。シスター中浦《なかうら》、まさか虎木《とらき》様との関係を知ってのことですか……?」

そして、悔しそうに地団太を踏む。

「ああもう！　虎木《とらき》様と闇十字《やみじゅうじ》の順番が逆なら、闇十字《やみじゅうじ》の依頼など撥《は》ねつけてやったのにっ！　……こうなったら、闇十字《やみじゅうじ》よりも早く手配をしなければ！　烏丸《からすま》っ‼」

未晴《みはる》は激情に身を任せながらその名を叫び、

「あ」

信頼する執事であり部下であった烏丸《からすま》鷹志《たかし》は、もうここにはいないことを思い出した。

「どれだけお金があっても、上手《うま》くいかないものは上手《うま》く行きませんね……はぁ」

未晴《みはる》はとぼとぼと執務室に戻ると、つけっぱなしのPCを放置して、引き出しの中から一冊のファイルを取り出す。

表紙には闇十字騎士団《やみじゅうじきしだん》英国本部発行であることを示す『DARK CROSS NIGHTS』の刻印。

表紙を開いた一ページ目に、その紙は挟み込まれていた。

ボロボロのロングコートとサングラス。目深《まぶか》にかぶるハットは撮影用か。

「齢《よわい》三百年の吸血鬼、緊急来日、ですか。全く、こんな堂々と……」

二十年の間に、ぼさぼさの銀髪は整えられたオールバックに。無精ひげは豊かに。錆《さ》びたハーモニカは、黄金色に煌《きらめ》くサックスに変わったようだ。

「伝説的JAZZバンド『ZACH』緊急来日公演決定！」

海外ジャズバンドの公演告知ポスター。

国内三か所の有名ジャズハウスで幕が開くそのバンドの顔こそ、虎木《とらき》が探している吸血鬼、ザーカリー・ヒルで間違いなかった。

未晴《みはる》は、虎木《とらき》が来る直前、闇十字騎士団《やみじゅうじきしだん》との間に『闇十字騎士団《やみじゅうじきしだん》の聖務補助契約』を結び、ジャズバンドZACHの京都公演を監視することになっていた。

契約相手は東京駐屯地や中浦《なかうら》個人でなく、闇十字騎士団《やみじゅうじきしだん》英国本部騎士団長《きしだんちょう》、ジェーン・オールポートである。

比企《ひき》家と闇十字《やみじゅうじ》は根本的には相容《あいい》れない間柄だが、世界一の対ファントム組織とは、必要以上に反目するわけにもいかない。

京都の比企《ひき》本邸が烏丸《からすま》に壊滅させられたばかりの今、比企《ひき》家の力が落ちているのは一目瞭然。

その隙に闇十字《やみじゅうじ》に西日本への足掛かりをつけられないためにも、この依頼を受けないわけにはいかなかった。

もちろんそれならそれで、福岡や名古屋の駐屯地が京都にアクセスすれば良いようなものだが、敢《あ》えて今回東京駐屯地の中浦《なかうら》が東京にいる未晴《みはる》にこの依頼を持ってきたことには、大きな理由が三つ付随していた。

一つは、ZACHの日本公演の千秋楽が東京公演であること。

一つは、闇十字騎士団《やみじゅうじきしだん》が、このザーカリー・ヒルを生死を問わずで狙っていること。

そして、最後の一つは。

「……」

未晴《みはる》はページをめくり続け、その表記の場所で手を止めた。

『指名手配ファン、吸血鬼ザーカリー・ヒル。修道騎士ユーニス・イェレイ殺害容疑により』

ユーニス・イェレイ。

闇十字騎士団《やみじゆうじきしだん》の修道騎士の中でも一騎当千を誇る『イェレイの騎士』の先代。

虎木《とらき》の吸血鬼としての師が、アイリス・イェレイの、実の母親の仇《かたき》。

このことを口頭で告げたときのジェーン・オールポートの表情を、未晴《みはる》は非常に印象深く覚えていた。

笑顔の仮面、という言葉が、あれほど似合う人間もいるまい。

オールポートは実務家として未晴《みはる》の前に立ったが、あの落ち着き払った騎士団長《きしだんちよう》の顔の裏には、ザーカリー・ヒルへの底知れない憎しみと恨みが澱《おり》のように張り付いている。

未晴《みはる》はデスクの椅子の背もたれにぐったりと体を預けると、天井を仰ぎ見て嘆息した。

「えらい気ぃ重いわぁ……どないしょ」

ただ人間関係上気まずいというだけではない。

虎木《とらき》の前にやってきたオールポートと中浦《なかうら》から口頭で釘《くぎ》を刺されたし、本国闇十字《やみじゆうじ》からの依頼書にも重要事項として記載されている厳守すべき契約の条項があった。

『ZACHの存在及びバンドリーダーであるザーカリー・ヒルの情報を、修道騎士アイリス・

イエレイの耳に入れることを固く禁ずる』

「別にアイリス・イエレイに肩入れするつもりやないけども……」

未晴《みはる》は頬杖《ほおづえ》を突きながら、モニターに表示された比企《ひき》家の名簿を見やる。

「人としてどうなん。それって」

そこには虎木由良《とらきゆら》のデータに並んで、ザーカリー・ヒルのデータが表示されていたのだ。

未晴《みはる》は管理者権限で虎木《とらき》とザーカリーの特記事項に相互の師弟関係を入力しようとして、

「やーめた」

未晴《みはる》はブラウザを落とす。

「有名ジャズプレイヤーの来日とはいえ、日本じゃ音楽専門誌か、専門サイトでも覗《のぞ》きに行かないとまず気付けなさそうではありますね。逆に彼女がちょっと関連語句を検索でもすれば、すぐにバレるような気もしますけど……」

闇十字《やみじゅうじ》がどうやってアイリスだけ情報から遮断するのか気になるところだが、思いつくのは支給のスリムフォンにフィルタをかけるくらいだろうか。

つまらなそうに鼻を鳴らして、ＰＣの電源を乱暴に落とし、しばし黙考する。

「……大体、人の弱みに付け込んで高圧的な物言いをしてくるところが最初から気に入らなかったんです。虎木《とらき》様のためにも……少し、ひっかきまわしてあげましょうか」

未晴《みはる》はスリムフォンを取り出すと、にんまりと笑う。

「日本に根を下ろして百年にも満たない闇十字《やみじゅうじ》ごときが、比企家《ひき》を出し抜いて日本ですんなり大物ファントムの捕り物をできるなどと思わないことです」

そして目的の連絡先をタップした未晴《みはる》は、スリムフォンを耳に当てる。

「遅いですよ。私からの電話は、3コール以内に取るようにと言ってあるでしょう？　……仕事？　バカを言わないでください。私があなたの仕事のスケジュールを把握していないとでも思ってるんですか。仕事に差し支えない時間にかけているに決まっているでしょう」

未晴《みはる》は闇十字《やみじゅうじ》の契約書を乱暴に放り出しながら、椅子にふんぞり返って言った。

「簡単な仕事です。今すぐオフィスに来なさい」

※

『ファントムの中でも、吸血鬼ほど因果な生き物はいない』

寒風吹きすさぶ中、虎木《とらき》の脳裏にかつて聞いた男の声が響く。

未晴《みはる》にあんなことを頼んだからだろうか。

急に昔の記憶が掘り起こされ、雑司《ぞうし》が谷《や》に帰る道すがら、虎木《とらき》は『ザック』のことを思い出していた。

『パッと見は人間と変わらん。人間と同じ物を飲み食いできる。だが結局のところ陽《ひ》の光の下で生きられず、血への渇望《かつぼう》を抑えきれず、外見の成長や老化が止まるってだけで、元人間の吸血鬼の大半は、人生を全うすることはできなくなる』

二十代半ばで外見的な成長が止まった虎木《とらき》は、その時既に男の言うことの真意をつかみかけていた。

弟和楽《わらく》の外見が、明確に虎木《とらき》よりも年上のものになったとき、急にこの世の全てが自分を忘れていく恐怖に囚《とら》われたのだ。

『友人も恋人も家族も、みんな先に死んでしまう。吸血鬼になったからって急に精神が怪物級になったりするわけじゃない。その喪失感が何百年も続くことに耐えられない奴《やつ》は、生き飽いて、ある日誰も自分のことを知ってる奴《やつ》がいなくなったとき。自分の心臓に白木の杭《くい》を打ち込むことになるんだ』

男はそう言ってから自嘲する。

『でな、そんな中にも俺みたいに痛いのが嫌で、死ぬのが怖くて、だらだらと生き延びちまう奴《やつ》がいる。大体長生きしてる元人間の吸血鬼なんてのは、自分で死ぬこともできず、かといって人間に戻ることもできない半端《はんぱ》モンだ。要は怠惰な臆病者ってことさ』

生まれながらの吸血鬼は違うのか、と問いかけると、男は肩を竦《すく》めた。

『生まれながらの吸血鬼かどうかなんて、本人に聞いてみる他無いからな。古妖《エンシエント・ファントム》って呼ばれる連中くらいじゃないのか？　俺も古妖《エンシエント・ファントム》なんて奴《やつ》には数えるほどしか会ったことが無いがな。はっはっは』

何が面白いのか、男はひとしきり笑った。

『だがお前は幸運だ。この上ない幸運だ』

男は虎木《とらき》の肩を叩《たた》いた。

口も服も血にまみれた、虎木《とらき》の肩を。

『衝動任せに身近な人間の血を吸っておきながら、そいつが吸血鬼化していない』

血を多く吸われたせいか、気絶してしまった実の弟が首から流す血と同じ色に口を染めていた虎木《とらき》の肩を。

『お前、これまでの人生で何人の血を吸った？』

「酷《ひど》い顔してるな。何かあったか」

急に現実の音が耳に入って、虎木《とらき》は顔を上げた。

気が付くともうマンションの前まで戻ってきていて、どのような偶然か、共用廊下の入り口には和楽《わらく》が立っていた。

「一人……」

「ん？」

「……ああいや、何でもない。どうした？　こんな寒いところで」

和楽《わらく》は虎木《とらき》の部屋の鍵を持っている。

虎木《とらき》の不在中に訪ねてきたなら、何もこんな寒いところで待ち構えている必要などないはずだ。

何か深刻な話があるのかと一瞬暗い想像を働かせたが、和楽《わらく》は皺深《しわぶか》い顔を困惑させて、マンションの中を振り返った。

「どうしたもこうしたもない。兄貴の部屋から知らない若い女の声がする」

「あ？」

「前に勝手に踏み込んでアイリスさんに怖い思いをさせたから上がり込むのをためらっていたんだが、ありゃアイリスさんの声じゃないな」

年相応の外見と迫力を備えた弟は、眼鏡の底から胡乱《うろん》げな目で若い兄を睨《にら》んだ。

「現役の警察官僚の家族が未成年者略取で逮捕なんぞ洒落《しゃれ》にならん。俺と良明《よしあき》のキャリアに傷がつく」

「おいおい頼むぜ」

何が起こっているかは大体想像がついたが、なるほどどういう事態が起こるのだということは予測できていなかった。

「多分それ、コンビニのオーナーの娘さんだ」

「なんだと？　おい兄貴まさか世話になってる人の娘さんを」

「迫真のリアクションすんな。少しは兄を信用しろ」

「昔話を読む限り、吸血鬼のストライクゾーンは広いらしいからな」

　これを言えるようになったからこその由良《ゆら》と和楽《わらく》だ。

「未成年だろう。そんな理由じゃ警察は納得せんぞ」

「アイリスだよ保護してんのは」

「兄貴の部屋だろう。万が一問題が行くとこまで行ったら検察は納得しないぞ全く」

　またこの説明をするのかとか、警察を飛び越えて起訴寸前まで話を飛躍させた和楽《わらく》に暗澹《あんたん》たる思いを抱いた虎木《とらき》だったが、虎木《とらき》が何かを言う前に和楽《わらく》は溜《た》め息《いき》を吐《つ》いた。

「兄貴はアイリスさんに甘いなぁ」

「あ？」

「あれだろ。アイリスさんが日本に来たばかりの頃、兄貴の部屋に何日か居候《いそうろう》していた間のときに色々あったことを引きずってるんだな」

「あー……」

「池袋の繁華街であった、比企《ひき》のお嬢さんや村岡《むらおか》オーナーの娘さんが絡《から》んだ事件で、吸血鬼がどうということを言えないまま、誤解をずるずる引きずってるといったところか」

「……」

　説明をするならするで面倒だが、何も言わない内からここまで正確に分析されるのもそれはそれで何だか腹立たしい。

「それで？」

和楽《わらく》に促されて、虎木《とらき》は周囲の様子を警戒しながら、小さな声で言った。

「……灯里《あかり》ちゃんって言うんだがな。多分、ご両親が離婚しようとしてる」

「なるほど」

和楽《わらく》は多くを聞かずとも、全てを察したように小声で頷《うなず》いた。

「少し前に灯里《あかり》ちゃんのおふくろさんが、旦那に愛想《あいそ》尽かして出て行ったんだ。その後しばらく何も無かったんだが、多分出てった奥さんが何かアクションを起こした。灯里《あかり》ちゃんがアイリスの所に駆け込んできて、村岡《むらおか》さんは出るはずの日中のシフトをバイトに代わらせた」

「そりゃあ大分来るところまで来てるなぁ」

和楽《わらく》は口の端をわずかに上げると、コートの内ポケットに手を突っ込もうとする。

「ここはマンションの敷地《しきち》内だ。タバコはやめろ」

「身につまされる話を聞くと吸いたくなるんだ」

「お前が何で身につまされるんだよ。君江《きみえ》さんとずっと仲良かったじゃないか」

君江《きみえ》とは、十年前に亡《な》くなった和楽《わらく》の妻の名である。

「どんな夫婦にも一つや二つ、離婚の危機にまで至るような揉《も》め事《ごと》はあるもんだ。偏見かもしれんが、コンビニの経営者なんか、生きてることとイコール仕事みたいなもんだろう。灯里《あかり》ちゃんとやらはいくつなんだ」

「確か十六歳のはずだ」

「親が目を離しても簡単に死なない年齢《トシ》まで子供が成長したからこそ、積み上がったものや、それまで爆発しなかったものが何かのきっかけで急に誘爆したのかもな」

「村岡《むらおか》さんとこ、商売自体は上手《うま》くいってるはずなんだよな。灯里《あかり》ちゃん、確か私立高校に通ってるし、マンションも前に分譲だって……」

「いくら年収が高いだの福利厚生が充実してるだの言っても、目の前の赤ん坊は泣《な》き止《や》まないし自分がインフルエンザに罹《かか》ったときに旦那が休んで時間を作れるわけじゃない。そういうことが限界まで積み重なったんだ。多分な」

「……なんか具体的な感想だな」

「警察官と自衛官は似た悩みを抱えがちだ」

ほとんど手癖でまた懐《ふところ》に手を入れようとして、和楽《わらく》は首を横に振って手を下ろした。

「ということはだ、話を戻すと今は兄貴の部屋には上がれないんだな」

「まぁそうだな。どうした、外でできない話か？　メシ食うくらいの時間はあるぞ」

「ああ、いや、そうだな」

虎木《とらき》が誘うと、和楽《わらく》は珍しく逡巡《しゅんじゅん》した。

「今日はどっちかと言うと兄貴じゃなくアイリスさんに用があったんだ」

「アイリスに？　お前がか」

「ああ、彼女と話すには兄貴が必要だろう？」

「何だ、俺はついでか」

虎木《とらき》が笑うと、和楽《わらく》もまた薄く笑う。

「アイリスの連絡先教えておくよ。今あいつ闇十字《やみじゅうじ》の新人研修とかもやってるらしくて、微妙に忙しそうだからフラっと来ても会えないかもしれないんだ。俺もここんとこ顔合わせない日の方が多いし」

和楽《わらく》は肩を竦《すく》めると、首を横に振った。

「兄貴。他人の、しかも女性の連絡先を本人の断りなしに軽々に人に教えようとするな。嫌われるぞ」

「お前とアイリスは知らない仲じゃなし、弟に教えるくらいなんだってんだよ」

「対象が家族ならいいとかいう問題じゃない。そういうことを本人の了解なしにする男だと思われたら損だぞってことだ」

言わんとするところは分からないでもない。

だがこちらは連絡先どころか、冷蔵庫の奥の腐ったジャムから靴のデザインまで大勢の見知らぬ修道騎士に共有されてしまっているのだから、弟に連絡先を教えるくらいは、緊急連絡先共有レベルの必須事項ではなかろうか。

先日の話ではないが、そうでなくても虎木《とらき》とアイリスの共通の知り合いは少なく、そのうち連絡先が共有できていそうな相手は現時点で詩澪《シーリン》くらいのものだ。

未晴《みはる》と詩澪《シーリン》がアイリスと頻繁に連絡を取り合っているというイメージがそもそも湧かないし、虎木《とらき》は灯里《あかり》の直接の連絡先を知らない。

残る虎木《とらき》とアイリス共通の知り合いとなると、もはや比企《ひき》天道《てんどう》と六科《むじな》七雲《ぐも》、中浦《なかうら》と優璃《ゆうり》くらいしかいない。

「……やっぱむしろ教えとくべきだと思う」

「せめてアイリスさん本人に確認してからにしてくれ」

そこまで一瞬で考えてから改めてスリムフォンを取り出そうとするが、和楽《わらく》は苦笑して首を横に振った。

「彼女が修道士として何か案件を抱えてるなら、それが落ち着いてから来ることにしよう。そこまで急ぐ話でもない。悪いが兄貴から、俺が話をしたがっていたと伝えておいてくれ。今日はもう帰るよ」

「そうか？」

「兄貴とメシを食おうとするといつもラーメンになるから、そろそろ老体の胃には辛《つら》い」

「俺だってラーメン屋以外にも行くぞ」

「また今度な。今日は江津子《えつこ》が作り置きしてってくれたもんを片付けなくちゃならないんでな」

そう言うと、和楽《わらく》はふらりと歩き出す。

「そうか……あ、江津子《えつこ》ちゃんによろしく。気を付けて帰れよ」

「ああ」

そのまま振り返ろうとしない弟の老いた背中に、何故《なぜ》か虎木《とらき》は言い知れぬ不安を覚えた。

「和楽《わらく》！」

数歩先の弟の背に向かって駆けだした虎木《とらき》は、思いがけず細くなっていたその手首を捕まえた。

「どうした。　兄貴」

「あ、いや……」

何故《なぜ》呼び止めてしまったのかは自分でも分からない。

だが、あのことを思い出したからだろうか、物理的に足を止めればまるで時間が止まるかのような錯覚を覚えたことは確かだった。

「俺な、未晴《みはる》にザーカリーを……ザックを探してもらえるよう頼んだんだ」

振り返った和楽《わらく》は、その名に複雑そうに顔を歪《ゆが》めた。

吸血鬼の兄と長年過ごしてきた和楽《わらく》は、もちろんザーカリーのことを知っている。

そして彼がザーカリーの存在をどう思っていたかは、笑顔とも、嫌悪《けんお》ともつかぬ複雑な皺《しわ》の形に全て凝縮されていた。

「懐《なつ》かしい名だな。行方をくらましてもう二十年くらいか？」

「この前、未晴《みはる》に京都に連れてかれて酷《ひど》い目に遭ったたって話したろ。それに闇十字《やみじゅうじ》だっていつまた勝手なこと言い出すか分からんから、修行し直そうと思ってな」

「なるほどな。すまん、最近関節が固くなってるんだ。放してくれるか」

「あ、わ、悪い……」

かなり強い力で和楽《わらく》を引っ張っていたことに気付き、虎木《とらき》は慌てて手を離した。

「修行もいいが、無茶はするなよ。兄貴が無茶すると困る奴《やつ》は多いんだからな」

「そう、かな。多いか？　お前とアイリスと村岡《むらおか》さんくらいじゃないか？　ああいや、困らせたいってわけじゃないんだが……」

慌てて言い訳をする若い兄の言葉に、和楽《わらく》はわずかに眉を上げて小さく微笑《ほほえ》んだ。

「分かってるならいい。それじゃあな」

「あ、ああ」

そう言うと、和楽《わらく》は少しだけ軽い足取りで帰って行った。

いつもと様子の違う和楽《わらく》に言い知れぬ不安を覚えながらも、当面の問題として灯里《あかり》がいる以上部屋には戻れないという現状をどうにかしなければならない。

「和楽《わらく》の話じゃ、アイリスがいるのかどうかは分からなかったしなぁ……下手に声かけてまた灯里《あかり》ちゃんに変な誤解されても困るし……仕方ないな。今日はこのまま仕事行くか」

出勤時間まで一時間弱という、外では実に潰しづらい時間なのだが、面倒を抱えるよりは早めに店に行ってシフトの時間まで雑誌でも読んでいた方が良い。

そう考えてマンションに背を向けたときだった。

「あっ！　虎木《とらき》さん!?　ちょうどよかった！」

その背に灯里《あかり》の大声がとびかかってきて、虎木《とらき》はビクリと身を震わせた。

「え、あ、灯里《あかり》ちゃんっ!?」

「今アイリスさんいないんだ！　だからごめん！　部屋に鍵かけといて！」

「えっ？」

灯里《あかり》は全く立ち止まらず、虎木《とらき》の横を物凄《ものすご》い勢いで駆け抜けながら一瞥《いちべつ》もくれずに走り去ってしまった。

「お、お？　おう……って、何だ？」

危うい足取りで灯里《あかり》が走ってゆくのは店がある方だ。

片手にスリムフォンを持っていた気がするが、この寒い中コートも羽織らず、一体どうしたというのだろうか。

「あ、鍵……！」

虎木《とらき》は灯里《あかり》に言われたことを思い出し、アイリスと灯里《あかり》に占拠されている自室に戻る。

床に見覚えのあるダッフルコートが放り出されていて、虎木《とらき》はそれを拾い上げつつ部屋の中をぐるりと見回した。

灯里《あかり》が家出用に大きな荷物を運びこんでいるといったこともなく、部屋の中にいつもと変わった様子は見られなかった。

今回は単純に灯里《あかり》がアイリスを訪ねてきて、何らかの用があってアイリスが席を外しているところに和楽《わらく》と虎木《とらき》が行き会っただけなのだろうか。

「……んー」

だがそれならそれで気になることもある。

和楽《わらく》が来た時点でアイリスがいなかったのなら、和楽《わらく》が聞いた灯里《あかり》の声というのは何なのだろう。

誰かと電話をしていて、その話の内容が原因で飛び出していったのか。

だが、このブルーローズシャトー雑司《ぞうし》が谷《や》の防音性能はちょっとしたもので、虎木《とらき》の生活時間が常人と真反対であることを差っ引いても室内の音が外に漏れることはあまりない。

和楽《わらく》が扉の前で灯里《あかり》がいることに気付くレベルで灯里《あかり》が一人で声を上げるようなことがあったのだろうか。

「……」

先ほどの灯里《あかり》の口調には特に暗いものは感じなかったが、それでもコートを着る間も惜しむというのはよほど焦《あせ》っていたということになる。

虎木《とらき》はコートを抱えてすぐに玄関を飛び出すと、一応しっかり鍵をかけ、早足で灯里《あかり》が辿《たど》ったであろう道を追った。

まずは店へ。そこにいなければアイリスに灯里《あかり》がどこかへ飛び出したことを連絡する。

早足から小走りになって、店が見えてきた頃には虎木《とらき》自身も駆けだしていたが、店のガラス越しに灯里《あかり》の横顔が見えたところで、安堵《あんど》の息を吐いて足を緩めた。

「ったく驚かせやがって。フロートで何か買ってるのか？」

苦笑しながら虎木《とらき》が見る先。

灯里《あかり》が立っているのは、フロントマート・マルチメディアポート、愛称『フロート』の前だった。

音楽イベントやスポーツイベントのチケット、宝くじなどを購入したり、ツアー旅行や検定試験の申し込みをしたりと色々なサービスを提供している、フロントマート独自のマルチメディア端末だ。

東京ドームが近いためか、折々のイベントに合わせて池袋東五丁目店のフロートを利用するお客は多い。

灯里《あかり》は以前から音楽ライブイベントに足しげく通っていたから、何かお目当てのイベントを見つけて矢も楯《たて》もたまらず予約に走った、ということなのかもしれない。

前向きな行動だったと安心したのも束《つか》の間《ま》店に入ると、灯里《あかり》の姿はどこにもなかった。

「なんか、スタッフルームに入ってきましたよ。すっごい意気消沈してました」

虎木《とらき》の困惑の表情に気付いたのだろう。レジから詩澪《シーリン》が声をかけてくる。

「そのコート、灯里《あかり》さんのですか？」

「え？　ああ、これ……」

「私もしかして未成年者略取の証拠を目撃してます？」

「本気か冗談か判断つかないトーンやめろ」

「いやぁ、まさか雇い主の娘さんに手を出すとは」

「アイリスに頼んで討伐してもらうぞ本当」

顔をしかめながらスタッフルームに踏み入ると、休憩用の椅子とテーブルで、灯里《あかり》が分かりやすく項垂《うなだ》れていた。

「灯里《あかり》ちゃん」

「……」

呼びかけても無視するので、仕方なく虎木《とらき》は、

「わっ、何っ」

項垂《うなだ》れている灯里《あかり》の頭の上に、持ってきたダッフルコートを敢《あ》えて乱暴に落とした。

「風邪ひくぞ」

「……もー」

灯里《あかり》は頭の上に降ってきたコートを丸めて膝の上に乗せると、それを抱えこんでまた蹲《うずくま》ってしまう。

「ねぇ虎木《とらき》さん。お金貸してもらえる？」

そして虎木《とらき》を見ずに、呟《つぶや》くように言う。

当然灯里《あかり》も本心から言っているわけではないので、虎木《とらき》は慎重に言葉を選ぶ。

「一応、理由を聞こうか」

「チケットが、思ったより高くて」

「フロートでまた何かのライブのチケット取ろうとしたのか？」

「またって、虎木《とらき》さん、なんか含みある言い方してない？　ルームウェルのことは別に私悪くないもん！　それに私がライブ好きなの、そもそも親の影響なんだからね！」

「へえ？　そうなのか？」

「うちの両親、ジャズが好きなんだ。だから小学生の頃から割とジャズハウスに連れて行ってもらってたの」

「へぇ！　村岡《むらおか》さんジャズ聴くのか」

村岡《むらおか》の個人的な趣味嗜好《しこう》を聞いたことのなかった虎木《とらき》は、初めて純粋に驚いた。

少なくともこの三年の間に村岡《むらおか》から音楽に関わる話題を聞いた記憶はなかった。

それこそ、以前灯里《あかり》がＰＯＳＡ《ポサ》カードを買ったときに、灯里《あかり》の携帯端末へのＰＯＳＡ《ポサ》カード課金が気にくわないらしいという話くらいだ。

「お父さん、ああ見えて昔はサックスとかやってたらしいよ？」

「へぇ！　村岡《むらおか》さんがサックス⁉」

「うん。お母さんとの出会いのきっかけもジャズハウスなんだって。私がピアノやってるのもその影響だし」

「灯里《あかり》ちゃんのピアノってジャズピアノなのか？」

「大元はってことね。やってるのは普通にバイエルからのクラシックだよ。ただそこで基礎さえやっとけば、どんな曲やりたくなってもってこと。でも……それが」

だらりとテーブルに突っ伏す。

「まさかこんな騒ぎのきっかけになっちゃうなんてなぁ……」

灯里《あかり》は小さく洟《はな》をする。

「ぐすっ……実際問題さ」

「ああ」

「リコントドケなんてワケわかんない紙持ってきてたら、もう秒読みだよね」

灯里《あかり》の両親、村岡《むらおか》夫妻の別居が決定的となったのが、灯里《あかり》のピアノコンクールを、村岡《むらおか》が仕事を理由にすっぽかしたことだった。

そしてあの日、店に置いてあるコーヒーの味が好みでないとぼやきながら、今の灯里《あかり》と同じ場所に座って村岡《むらおか》が言ったことと、灯里《あかり》の言葉が重なる。

『出てった妻がね、離婚届持って帰って来たんだ。今日代わってもらった時間に、弁護士のとこに行ってきた。現在絶賛協議中』

感情の起伏無しに放たれたその言葉を、虎木《とらき》はどう受け止めてよいか分からなかった。

アイリスと出会う前日の夜。

村岡《むらおか》が仕事を理由に灯里《あかり》のピアノのコンクールをすっぽかしたことが原因で夫婦が別居状態になってしまった。

そのままその後のことは特に虎木《とらき》から聞くこともなかったが、村岡《むらおか》や灯里《あかり》の様子を見るに家族が和解した様子はなかった。

それどころか遂《つい》に、来るべき時が来てしまったということなのだろうか。

『親権とかは、灯里《あかり》がもう高校生だから、いざ離婚したらどっちについていくか最終的に選ぶのは灯里《あかり》なんだってさ。参るよね。僕らのやらかしを娘に〆《しめ》させるみたいなさ』

村岡《むらおか》が虎木《とらき》を見る目は、先程の灯里《あかり》のように、どこかあり得ない希望に縋《すが》る目だったような気がする。

『今更過ぎるんだけどさ、これからは家族の時間もっと作るために、この店も信頼できる誰かに任せようって思って……ま、トラちゃんがどうしてもだめなら募集もしてみるし、どっちにしろすぐにどうにかなるとは思ってないけど、まぁ前向きに考えておいてよ』

だがもし離婚が成立してしまい、灯里《あかり》が母親の側を選択した場合、『家族』とは一体どうなるのか。

その懸念《けねん》が喉元まで上がってきたが、もちろんそんなことを言えるはずもない。

「驚かないんだね。アイリスさんから何か聞いてるの？」

ごく普通の雑談か噂話《うわさばなし》でもするかのような灯里《あかり》の気軽な問い。

虎木《とらき》は毅然《きぜん》と首を横に振った。

「アイリスは聖職者だ。親を人質に取られたって深刻な相談を人に漏らしたりしないよ」

「親って」

灯里《あかり》は明るく笑う。

「分かってんじゃん」

「俺が聞いたのはお父さんからだよ。社員になってこの店の店長になってくれって言われた。……家族との時間を作るため、って」

「あー……そっか。なるほどね。なるほどなるほど。まー超今更だけど一つの解答かもなー……で、虎木《とらき》さん受けたの？」

「保留してもらってる。今はどうしても受けられない理由があって」

言わずもがな、日中に外出できない制約があるからだ。

「虎木《とらき》さんフリーターなんでしょ？　正社員とかいいんじゃないの？　すぐになるわけにいか

ないの？」

明るい口調ながら、どこかすがるような色が聞こえた気がしてしまうのは、虎木《とらき》が事情を知っているからだろうか。

灯里《あかり》の立場なら、そう言いたくなる気持ちは痛いほどに分かった。

「悪いな、健康上の問題でさ。なかなかな」

陽《ひ》の光に当たると灰になって最悪死ぬというのは、間違いなく健康上の問題に分類されるだろう。

「えっ、あっ。ごめん。気軽に聞いちゃいけないようなこと……なんか、ごめん……」

灯里《あかり》は何かを察したようにハッとなって、消沈して項垂《うなだ》れる。

「ダメ、だよね。こーゆーことだからお父さんとお母さんの喧嘩《けんか》に余計な油注いじゃうんだ。悪気あったわけじゃないんだけど……」

「いいよ。でも灯里《あかり》ちゃん、それこそ俺が気軽に聞いちゃいけないようなこと、言おうとしてないか」

灯里《あかり》はずっとせき止めていた。

一度、アイリスの前でぶちまけたのだろう。

だが今彼女が直面している問題は、一度ぶちまけた程度では到底収まらない。

心のダムがほんの些細《ささい》なことで爆発寸前まで膨れ上がって、体ごと崩壊させそうなほどに灯《あか》里《り》を苛《さいな》んでいるのだろう。

「こんなの……だって……友達にも誰にも言えないもん……っ‼」

灯里《あかり》は突然その場に蹲《うずくま》り、顔を押さえて嗚咽《おえつ》を漏らし始めた。

虎木《とらき》は灰色のスタッフルームに微《かす》かにこぼれる灯里《あかり》の心がきしむ音を、ただ聞いていた。

泣き声と言うほど大っぴらではない、だが嗚咽《おえつ》には収まりきらないその音を。

「……虎木《とらき》さん、時間、だいじょぶだったの」

何かを振り切るように顔を上げた灯里《あかり》の鼻と目じりは、少しだけ赤くなっていた。

「まぁもう少しは大丈夫だよ」

「そっか。ぐすっ……あー。ティッシュティッシュ」

テーブルの上の凹《へこ》んだティッシュボックスを手元に引き寄せ、派手に洟《はな》をかんでから灯里《あかり》は虎木《とらき》をまた見上げる。

「そうだ、マンションの部屋に鍵、かけといてくれた？」

そして、敢《あ》えて別角度の話題を置いてきたので、虎木《とらき》もそれに乗った。

「かけたよ。一応聞いておきたいんだが、何で俺があの部屋の鍵持ってると思ったんだ？」

灯里《あかり》の視点に立って考えれば、アイリスと付き合っている虎木《とらき》が、アイリスの部屋の合い鍵を持っている、という想像はそれほど突飛なものではない。

だが、灯里《あかり》の回答は虎木《とらき》の予想を大きく超えるものだった。

灯里《あかり》はきょとんとした顔をした後に、怪訝《けげん》そうに眉を顰《ひそ》める。

「だって虎木《とらき》さんちでしょ？　何言ってんの？」

「……知ってたのか？」

「知ってたわけじゃないけど、途中で気付いた。電気代の領収書とか普通に棚の上とかに置いてあったし」

アイリスのことだからそういうどうしようもない理由で事実が露見するんだろうなあという予感はあった。

とはいえ、こんなに早く露見するのもそれはそれでどうなのだという突っ込みを入れたくもなった。

「食器とか家具の選び方もなんかアイリスさんの趣味っぽく無いって言うかさ。あるじゃん？『意外な趣味』とかいうんじゃなくて、『え？　この人がこれ選ぶ？』みたい、場違い感ばりばりみたいなやつ」

虎木《とらき》も友人は多くは無いが、その感覚はなんとなく分かる気がする。

「ったく虎木《とらき》さんもなーあんなこと言ってさー」

「え？」

「結局アイリスさんと思いっきり付き合ってるし、何なら同棲《どうせい》までしてんじゃん。ごめんね、めっちゃお邪魔虫でさ」

「あー……あー……まぁ、そういうことになるか」

状況証拠を考えれば、百人が百人その結論に至るだろう。

もはや灯里《あかり》の中では、虎木《とらき》がアイリスとの付き合いを否定したことなど無かったことになっているだろう。

ただそうなると、京都に行く前の経緯からまた余計な勘繰りを受けるのかと身構えた虎木《とらき》だったが、灯里《あかり》はひとしきりにやにやした後、消沈したように肩を落とした。

「うちの両親もそんだけ仲良いときがあったんだよなーって思うと、何か嫌になるわ。私はもう一生彼氏とか作らないかも」

「……灯里《あかり》ちゃん」

「それにしても、お父さんも私も間の悪いムーブしてるなぁ。めっちゃバカっぽい」

「それだけ大変なんだから仕方ないいんじゃないか……？　それよりこないだうちに泊まったことについて、お母さんやお父さんは何も？」

「お父さんは気付いてもいないんじゃない？　お母さんは、アイリスさんがイギリスの人だって知ったら、英語教えてもらえばー、とか適当なこと言ってた」

それは確かに適当かもしれないが、他に言えることも無かったのかもしれない。

「本当は俺の家だってバレたら、お母さんもお父さんも怒るかもな」

「大丈夫でしょ。虎木《とらき》さんだけなら未成年の誘拐になるけど、彼女さんいれば保護になるらしーじゃん。世の中だと」

和楽《わらく》から受けた警告のことを思い出し、虎木《とらき》は苦笑する。

「安心して。今日はちゃんと家に帰るから。流石《さすが》に連泊の準備しなかったし、お父さんとお母さんのスケジュールそれとなく確認しとかないと、折角チケット取れても無意味だしさ。フロートの追加販売の枠まだあるっぽいし、きちんと計算して取らないと……」

「ああそっか、お父さんとお母さんの好きな物って話なんだもんな。ここで逃して、まだ機会はあるのか？」

「分かんないけどね、元々貴重なチケットだし。だからフロートで東京公演が追加販売されるってニュースで見てすんごい叫んじゃったから、近所から苦情くるかも」

それが和楽《わらく》の聞いた灯里《あかり》の声だったのだろうか。

何を叫んだか知らないが、和楽《わらく》もさぞ驚いたことだろう。

「ジャズって全く聞かないから分からないんだが、どういうとこでやるんだ？」

「それこそルームウェルがやってたようなライブハウスでやることも普通にあるよ。でも取りたいチケットのライブは違って、今回取りたいのは『ブルーブック』っていう、東京で最高ランクのジャズハウスでやるチケットなんだ」

そこまで言ってから、苦笑する。

「まぁ、だから相応にお高いわけでして」

両親の分だけ、二人を結びつけることになったジャズのステージのチケットを。

村岡《むらおか》は離婚協議が本格的に始まったと言っていたが、灯里《あかり》の母も娘がこれほど思いつめているのなら、思い直すことはあり得ないのだろうか。

だが、そこまで虎木《とらき》が口を出すことは出来ないし、灯里《あかり》に尋ねることもできない。

結局のところ、見守るしかないし、それ以上のことをしてはならないのだ。

「さ……ってと」

灯里《あかり》はまるで戦いに備えるかのように大きく息を吐いた。

「あんまお店に長居してお父さんとハチ合わせたら気まずいし、そろそろ帰ろっかな。アイリスさんにもよろしく言っといて。もちろん私からもメッセはするけど。それと、コートありがと。冷静に考えたらこっからコート無しで家帰るのはきっついわ」

「……ああ」

「あ、それとさ！」

立ち上がった灯里《あかり》は、腰に手を当ててわざとらしく虎木《とらき》を睨《にら》み上げた。

「虎木《とらき》さんさ、前にアイリスさんと付き合ってないよーみたいなこと言ってたけど、ガキじゃあるまいし、恥ずかしがって嘘《うそ》つくようなことやめた方がいいよ。そういうのが積み重なって、うちの親みたいなことになっても知らないからね」

「……あー」

あの部屋を虎木《とらき》の部屋だと見抜かれたその瞬間、灯里《あかり》の頭の中では虎木《とらき》とアイリスが恋人同士であるという事実が永遠に確定しているのだった。

この先例えば虎木《とらき》やアイリスの正体が露見しない限り、真実とは一切関わりなく、灯里《あかり》が見た事実はそういうことになるのだろう。

「分かった。善処するよ」

虎木《とらき》が観念して間を置かずに今のように返答できたのも、ここまできたらそれで良いと思えてしまったからだった。

と言うか虎木《とらき》自身は肚をくくっているので、もはやアイリスの気持ち次第である。

何故《なぜ》かアイリスとこの話題になると未晴《みはる》の名が出てくるのが奇妙だが、逆に考えると虎木《とらき》とアイリスと灯里《あかり》の共通の知り合いは村岡《むらおか》くらいしかいないのだから、それで何か人間関係に異変が生じるわけでもない。

「頼むから、あんまりアイリスに同棲云々《どうせいうんぬん》言わないでやってくれ。気付いてるかもしんないが、あいつそういうのに免疫ないから」

「えぇー。どーしよっかなー」

ようやく年相応の悪戯《いたずら》っぽい顔が浮かび、僅かに虎木《とらき》がほっとする。

「そう言えば、そのアイリスはどこに出掛けたか聞いてるか？」

「急ぎのお仕事だって言ってたよ。シスターさんの。シスターさんてあんなふうに急な用事が入ることってあんの？」

「……さあ」

どんな風だったかは知らないが、虎木《とらき》は怪訝《けげん》さを表情に出さないようにするのに苦労した。

当然アイリスの仕事の緊急事態など、ファントムに関わること以外にあり得ない。

まして今のアイリスは新人研修を見ている真っ最中。

それなのに招集がかかるということは、相応に大きな騒動か、大物のファントムを狩る聖務が発動したのではないだろうか。

英国本国の騎士団長《きしだんちょう》などという大物まで東京入りしているくらいだ。

愛花《あいか》や古妖《エンシエント・ファントム》とまではいかなくても、虎木《とらき》には計り知れない未知のファントムがどこかにいるのかもしれない。

だが、身の回りに騒動が降りかかってこない限りは、虎木《とらき》には関係ないことだった。

スリムフォンを取り出すと、シフトまであと三十分ほど。

アイリスはもちろん、闇十字《やみじゅうじ》の不穏な動きを察知したら真っ先に連絡してくれそうな未晴《みはる》からも特に連絡は入っていないが、万が一ということもある。

「帰るなら送るよ。もう外暗いし」

「ええ？　いいよ子供じゃないんだから。まだそんな遅い時間じゃないっしょ？」

午後七時前なら、確かに高校生が外に一人でいてもさほど問題にはならない時間だろう。

「一応だよ一応。一日だけでもうちに泊まったんなら、万一のことがあったら保護責任者は俺とアイリスだ」

「へー、そういうもん？」

灯里《あかり》を促しながらスタッフルームを出て、詩澪《シーリン》に一言声をかける。

「灯里《あかり》ちゃんを家まで送ってくる。シフトぎりぎりには帰ってくるから」

「はいはーい。お気を付けてー。灯里《あかり》さん。またー」

「ども、いきなりお邪魔しました」

灯里《あかり》は虎木《とらき》に対するほどには詩澪《シーリン》と打ち解けていないが、正規の従業員でもないのにオーナーの娘の立場で無理に店舗に入ったことを詫《わ》びる意味も込めて、小さく礼をし、ふと詩澪《シーリン》の顔をまじまじと見た。

「……？」

「何か？」

「いえ、何か珍しい形のピアスだなって」

虎木《とらき》は灯里《あかり》がそう言ったことで初めて詩澪《シーリン》の耳に下がっているものに気付いた。

あまりオシャレとは言い難《がた》い、短冊《たんざく》形の耳飾り。

耳たぶに直接張り付いているが、詩澪《シーリン》は耳にピアス穴などあけていただろうか。

「ああこれですか？　一応用心のためくらいにつけてたんです。なんでもないですよ」

「はぁ」

ピアスが用心のためとはどういう意味なのか分からない灯里《あかり》と虎木《とらき》だったが、追及するほど深い意味があるとも思えなかったので身を翻《ひるがえ》して外に出ようとしたときだった。

「あ、やっぱりここだったのね、アカリちゃん。家にいないから心配したわよ」

虎木《とらき》達が出るよりも先に、噂《うわさ》のアイリスが店の中に駆け込んできた。

「アイリス」

「アイリスさん！　お仕事もういいの？」

「うー……寒っ。うん。大仰に呼び出されたのに、行ってみたらちょっと打ち合わせして解散だったの」

「……本当か？」

「え？　うん。本国からいらっしゃったお偉方と一言二言挨拶しただけよ」

虎木《とらき》が言外に含ませた懸念《けねん》に気付いていないのか、それとも本当に言葉通り大したことがなかったのか、気温差で鼻を少し赤くしているアイリスはあっけらかんとした顔で答える。

本国のお偉方とは、もしかしなくてもオールポートのことだろう。

「……ならいいんだが、そうだアイリス、灯里《あかり》ちゃんを家に送ってくれないか」

「いいわよ。今日のご飯どうしましょうか」

送って行く、と聞いて、アイリスはそのままブルーローズシャトー雑司《ぞうし》が谷《や》に向かうものだと思ったらしいが、灯里《あかり》が首を横に振った。

「ありがと。でも今日は自分ちに帰る。やらなきゃいけないことあるし、それに……」

そして少し身を引くと、虎木《とらき》とアイリスの腕を取って引き寄せる。

「あんまり長いことお邪魔虫はできないしねー？」

「お、おい⁉」

「えっ⁉　な、何⁉」

「あのーお店の中なんですけどー？」

虎木《とらき》とアイリスはそれぞれ違う理由で灯里《あかり》の行動に慌て、遠くから詩澪《シーリン》が乾いた平たい声で呆《あき》れる。

「それに、送りは今日はいいよ。アイリスさんも仕事上がりで疲れてるっしょ。何も危ないことないから！　それじゃあねっ！」

戸惑う二人を置いて、灯里《あかり》はさっさと身を翻《ひるがえ》し店を出て行ってしまった。

後には呆《あき》れ顔《がお》の詩澪《シーリン》と溜《た》め息《いき》を吐《つ》く虎木《とらき》、そして呆然《ぼうぜん》と灯里《あかり》を見送るアイリスだけが残された。

「……今アカリちゃん、何言ってたの？」

「いやマジですかアイリスさん」

虎木《とらき》が何か言うより早く、レジの中から詩澪《シーリン》が心底馬鹿にしたように肩を竦《すく》める。

「『もうお前ら付き合ったらええねん』って、こういうときに言うんですよね虎木《とらき》さん」

「絶妙に違うと思うぞ……」

「え？　え？　え？」

アイリスは灯里《あかり》が出て行った自動ドアと詩澪《シーリン》を交互に見て、それでも状況が理解できていないようだ。

「アイリス、まぁ座れ。そしてとりあえず落ち着いて聞け。ロイヤルミルクティー飲むか？」

「な、何、何なの？」

座らされたアイリスはついつい膝に手を当てて、虎木《とらき》がテーブルに置いてくれたミルクティーの湯気を見る。

「まずな、アイリスに話をする前に梁《リアン》さんに軽く説明するとな、灯里《あかり》ちゃん、ちょっと事情があって俺んちに一泊したんだ」

アイリスにとって受け入れがたい真実を話す前に、詩澪《シーリン》に余計なことを言われないように事のあらましをある程度詳細に話さねばならないと考えたのだが、

「それは聞いてましたよ」

「え？」

こちらはこちらで、何故《なぜ》か衝撃の返事。

「聞いてました。この間の村岡《むらおか》さんとシフト代わった件ってそういうことだったんだなって」

そう言うと詩澪《シーリン》は耳に張り付いたピアスを指先でいじってみる。

虎木《とらき》が目を細めてよく見ると、そのピアスは、短冊《たんざく》ではなくお札《ふだ》のデザインをしていた。

「まさかそのピアスみたいなの……」

「ま、一応虎木《とらき》さんが未成年相手に店の中で狼藉《ろうぜき》に及ぶ可能性も無きにしもあらずですし？」

「ねぇよ」

盗み聞きの言い訳だとしても、あまりにも不名誉な疑いだ。

詩澪《シーリン》が耳に張り付けているのは聴覚を鋭敏にする僵尸《キョンシー》の道術か何かだろう。

詩澪《シーリン》は、スタッフルームでの虎木《とらき》と灯里《あかり》のやり取りを全て聞いていたに違いない。

「冗談はともかく私も身元保証してくれてる雇い主ご一家の窮状にちょっかい出そうとは思わないので、そちらのことはそちらで処理してください。特に私への言い訳はいいんで、さ、どうぞどうぞ、あとはお若いお二人で」

促し方がなんとも腹立たしいが、今は詩澪《シーリン》への言い訳よりも、アイリスに現状を把握させることの方が重要なのは確かだ。

虎木《とらき》は詩澪《シーリン》を一発はっきり睨《にら》んでから、気を取り直してアイリスに向き直る。

「お前にとって普通の話と悪い話があるんだが、どっちから聞きたい」

「良い話と悪い話じゃないの？　何よもったいぶって……普通の話って何？」

「ついさっき、和楽《わらく》がお前を訪ねてきた。俺じゃなくお前に話したいことがあるらしい。お互い忙しそうだから直接連絡取り合ってもらいたいんだが、お前の連絡先、和楽《わらく》に教えて構わないか？」

虎木《とらき》はまず簡単に済む方の話を一気に言い切った。

それなりに身構えていたアイリスは、なんだそんなこと、という顔になり頷《うなず》く。

「ワラクさんなら、私にいちいち断らなくても良かったのに」

「俺もそう思ったんだけど、あいつがアイリスに許可取れってうるさくてな。一応お前にも和《わ》楽《らく》の連絡先は教えておく。電話じゃなくて、メールか何かで連絡するようにさせる」

「ワラクさんってジェントルね。分かったわ。それで、悪い方の話って何？」

普通の用が思いがけず本当に普通の話だったのか、アイリスの顔から緊張が解けた。

悪い話の方も、そう大したことは無いと踏んでいるのだろう。

緊張の中に浮かんだ微《かす》かな笑顔に対し、その鉄槌《てっつい》は無情にも浴びせられた。

「灯里《あかり》ちゃん、一〇四号室が俺の部屋だって気付いてるぞ」

「ああ、そうな…………………は？」

最後は、音と言うより呼吸がつっかえる音だった。

アイリスの笑顔が突然岩のように張り付いたまま、肌から血の気がみるみる失《う》せてゆく。

「灯里《あかり》ちゃん、俺とお前が恋人として付き合っていて、長いこと同棲《どうせい》してると思ってる」

「…………ぇっ」

これはもはやしゃっくりだった。

「な……な、な、なんっ、なっ、なんで……そんなっ……」

そして、アイリス一人がカクテルシェイカーにでも放り込まれたように、ガタガタと上下に震え始める。

「じゃじゃじゃじゃじゃああさささっきのおじゃおじゃお邪魔虫ってて」

「今の今までその意図に気付いてなかったってとこにビビりますよ。私はこのレジで耳に入ったことだけでも概《おおむ》ね大体理解してるのに」

詩澪《シーリン》の呆《あき》れた声ももはや耳に入らないアイリスは、ロイヤルミルクティーに手を伸ばそうとするが指先が空《くう》を掴《つか》み、すぐそこにあるコップを掴《つか》むことができない。

「別にいーじゃないですか。何が問題ですか。村岡《むらおか》さんちや灯里《あかり》さんの環境考えたら、そう認識されてるのはむしろ良いことじゃないですか。現実がどうあれアイリスさんに何か損があるわけじゃなし」

「そ、そ、損とかそういうことじゃなくて……だ、だって、だって……わ、わ、私が、ユユ、ユラと、そ、そ、そんな関係って……」

「お、おいアイリス？　大丈夫か？」

「ひゃうっ⁉」

あまりに激甚《げきじん》な反応を示したアイリスに驚いた虎木《とらき》が顔を覗《のぞ》き込んだ途端、アイリスは全身がひきつけを起こしたように痙攣《けいれん》し、そのまま後ろに倒れそうになる。

「ま、これもお前がよく分からん小細工をしようとしたせいだ。諦め……ろ？」

「ユ、ユ、ユラ、わ、わ、私……」

「……あれぇ？」

「ユラ……私、ダメ、そんな……そんなこと、もしミハルに知られたら……」

虎木《とらき》も詩澪《シーリン》も、すぐに様子がおかしいことに気付いた。

「あれぇ？　アイリスさん、どうしたんですか？　ここは顔真っ赤にして『私とユラがカレシカノジョだなんてありえないわよっ！』とかツンデレムーブをかますところ……」

「駄目よ！　すぐに灯里《あかり》ちゃんを連れ戻して！　誤解を解かないと！　ごめんなさいユラ！　私、甘く見てた。どうせ長いことじゃないと思って、だから……！」

「ちょ、あ、アイリスさん？　ちょっと落ち着いて……！」

「どうした、アイリス、おい！」

明らかに羞恥ではない、別の感情がアイリスの表情を支配していた。

「大丈夫。大丈夫よ。ミハルだって分かってくれる。だってアカリちゃんのためだもの。誤解、誤解なんだから……」

アイリスは冷や汗を流し、椅子の上で蹲《うずくま》ってしまった。

「と、虎木《とらき》さん。何ですこれ？　何で今ミハルさんの名前が出てくるんです？」

「いや、俺もよく分からないんだ。この前からこの話題が出てくると、どうしてかミハルにビビってるみたいな話になっちまって……」

「違う、違うのよ、私は本気じゃない。本気になったりしない、だから……」

未晴《みはる》か、そうでなければ何か全く別の恐怖に怯《おび》えている。

赤の他人に関係性を邪推されることを恐れているにしては、あまりに異常だ。

「……おい、アイリス……大丈夫か。一度帰った方が……」

本気で心配になった虎木《とらき》がしゃがみ込んでアイリスの顔を覗《のぞ》き込もうとしたが、

「っひ！」

アイリスは喉で悲鳴を上げて、虎木《とらき》から距離を取ろうとし、椅子から落ちて尻もちをついてしまう。

「……アイリス？」

「ご、ごめんなさいってー。ちょっとからかいすぎましたー。私が悪かったですからちょっと落ち着いて……」

詩澪《シーリン》もさすがにからかい続ける空気ではなくなってアイリスを落ち着かせようとするが、アイリスは全く聞く耳を持っていない。

「分かった、大丈夫だ。アカリちゃんの誤解を解くんだな？　分かった。分かったから」

「……ゆ、ユラ……？」

ほとんど野良猫《のらねこ》か猛獣を落ち着かせるような仕草で、アイリスに穏やかに声をかける。

ここまでパニックに陥っているアイリスを見たのは、池袋の路上での初対面以来だ。

自分と付き合っている程度の誤解の何がここまで彼女を怯《おび》えさせるのかは分からないが、今、『男』の自分が接し方を間違えると事態は余計に複雑になるだろう。

「忘れ物があったとかなんとか言って、灯里《あかり》ちゃんを呼び戻そう。梁《リアン》さん、悪いけどちょっとだけ俺のシフト入るの、待っててもらえるか？」

「ま、まぁいいですけどぉ……これ、灯里《あかり》さんに見せて大丈夫です？　余計になんかこじれそうな気がしません？」

正直虎木《とらき》も同意見なのだが、何せアイリスの様子が普通ではない。

特定人物との関係を他人に誤解されるということが、虎木《とらき》と詩澪《シーリン》の感覚では大したことはなくても、アイリスにとっては重要な問題かもしれないという考えがすっぽり抜けていた。

大人になると軽視しがちではあるが、誰と誰が男女の付き合いをしている、という話は人生設計に関わる問題である。

生まれた国や地域、信じる宗教によっては、結婚を前提としていない男女関係の話題が禁忌かそれに近いであることもあるだろう。

もしくはそれまでの人生経験によってその手の話題に猛烈な不快感を覚えたり、心的外傷を負っているという可能性もゼロではない。

むしろ、以前アイリス本人が語っていた過去の話を思い出せば……。

「ちょっと何してんの三人とも⁉」

そこにかかった声に、虎木《とらき》と詩澪《シーリン》、そしてアイリスはそれぞれ全く違う感情で驚きを露《あら》わに顔を上げた。

明らかにコンビニエンスストアのイートインコーナーで繰り広げられていい状況ではないこの有様《ありさま》を第三者に見られたら、下手すれば警察に通報されてしまう。

だが三人の背後に立っていたのは、つい先刻帰宅したはずの灯里《あかり》だった。

「あ……アカリ……ちゃん？」

アイリスは荒く息を吐きながら、そこにいる灯里《あかり》が幻であるかのように、何度も瞬《またた》く。

「どうしたの、アイリスさん具合悪いの⁉」

「う、ううん、そういうことじゃないの、ごめんなさい、何でもない、何でもなくて……それよりアカリちゃん、あ、あのね、私とユラの……」

アイリスは青い顔で、それでもシスターとしての矜持《きょうじ》か笑顔を浮かべながらよろよろと立ち上がった。

だが、アイリスがそれ以上何か言うよりも先に、

「ねぇねぇ聞いて聞いて虎木《とらき》さん！　ヤバイのヤバイんだってマジで‼　虎木《とらき》さん一体どうしちゃったの⁉　虎木《とらき》さんって何者？」

三人のいびつな輪の中に興奮の面持ちで飛び込んで、虎木《とらき》の手を握りながらぶんぶんと振り回す。

「え？　は？　は？　何者って……は？」

一瞬だけファントムや吸血鬼の事を言われたのかと勘違いするが、灯里《あかり》の顔は、どちらかと言うと敬意混じりの興奮が見て取れた。

「ね、ね、アイリスさん英語の国の人だよね⁉　あれ？　梁《リアン》さんは中国の人だけど英語できるんだっけ⁉」

「は、はあ？」

全方位に話を振る灯里《あかり》の様子に、三人も困惑している。

「と、とにかくヤバいんだって！　あっ！　しまった！　外、外だ！　えーどうしようどうしてうちの店コンビニなの⁉　カフェとかレストランとかなら良かったのに！」

三人の困惑を置いてきぼりに、今度は慌ただしく外に出て行く。

「ど、どうしたんだ？」

「さぁ……灯里《あかり》さん、何か変な慌て方してませんでした？」

詩澪《シーリン》も困惑する灯里《あかり》のテンションに、『誤解』を解きたいアイリスも灯里《あかり》に追いすがろうとして上げた手が下ろせない。

「ええと、こっちどうぞ！　プリーズカモン！　あ、プリーズカムイン？」

すぐに灯里《あかり》は戻ってくるが、開いた自動ドアの外に向かって何かを呼び掛けていた。外にいる何者かはなかなか入ってこないが、灯里《あかり》は虎木《とらき》に目を向ける。

「あのね！　虎木《とらき》さんにお客さんだよお客さん！　すっごい人！」

「俺にお客様？」

店の中にいるせいか、つい接客用語が出る。

「虎木《とらき》さんジャズ全然知らないって言ってたの嘘《うそ》じゃん！　知ってないとおかしいじゃん！」

「は？」

再び突然飛び出してきたジャズという言葉。

そしてその次に喜色満面の灯里《あかり》の口から飛び出したのは、灯里《あかり》の口から絶対出てくるはずの無い言葉だった。

「虎木《とらき》さん、ＺＡＣＨのザーカリーと知り合いだったの⁉」

灯里《あかり》の手招きに応じ、大柄な男性がのっそりと店内に入ってくる。

その姿形を見た虎木《とらき》は、息が止まるかと思った。

記憶にある姿とは、かなり異なっている。

似合わぬハットを脱ぐと、かつては一切手入れされていなかった髪はオールバックに纏《まと》められ、髭《ひげ》は一見無精ひげに見えて、短く刈り込まれ整えられている。

だがロングコートが見せるイメージはかつてのまま、何より変わらないのが、身に纏《まと》うその空気だった。

「うー、寒いっ、あの、どうぞ、もうちょっと中に……」

自動ドアの外から流れ込んでくる冷気は、店内と外の気温差によるものだけではない。

彼本人が纏《まと》う長寿の吸血鬼としての空気が、ただの人間である灯里《あかり》には冷気のように感じられるのだろう。

驚きすぎて息が止まっていた虎木《とらき》は、大きく息を吐くと、ぎこちない笑顔を浮かべて声をかけた。

「……偶然か？　実は今日、久しぶりに会いたくなって尋ね人出したばかりだったんだ」

「お前がここにいると知らせてくれた奴《やつ》がいた」

開かれた口からこぼれる声は、二十年前に聞いたときと変わらぬ錆《さ》びを含んだ低い声。

男は首を横に振ってから、無表情に言った。

「久しぶりだな、ユラ」

「そんなレベルじゃねぇよ、ザック」

間違いなく目の前に立っているのは、かつて虎木《とらき》の吸血鬼としての能力を鍛え上げ、未晴《みはる》に捜索願を出した吸血鬼、ザーカリー・ヒル本人であった。

多少見た目や服装が変わっても、ファントムとしての存在感や気配は全く変わらない。

「誰から俺の居場所を知った。それ以前に一体いつ日本に帰って来たんだ？　俺この後仕事なんだ。話せる時間はあるのか？　ジャズって一体いつから……」

堰《せき》を切ったようにザーカリーにまくしたてる虎木《とらき》に対し、ザーカリーは帽子を取って溜《た》め息《いき》を吐《つ》く。

「落ち着けユラ。お前の居場所を聞いて会いに来たのは確かだが、俺は俺でお前に聞きたいこともあるし、それに驚いてるのはお前だけじゃないんだ」

「うっわー……すっごい。虎木《とらき》さん本当にザーカリーと知り合いなんだ……！」

「ああ、こんな若い日本人のお嬢さんが、俺の顔と名前とバンドを知ってるのも驚いたよ」

傍《かたわ》らの灯里《あかり》に目を落とし、ザーカリーは初めて小さく微笑《ほほえ》んだ。

「ここにいる美しいレディ達は皆、お前の友人か、ユラ」

「ああ。まぁそんなところだ。紹介する。なんだか灯里《あかり》ちゃんはあんたのことを知ってるようだが、彼女は俺の雇い主の娘さんで村岡灯里《むらおかあかり》ちゃん、こっちは俺の同僚の梁 詩澪《リアンシーリン》さん、それでこっちが……」

虎木《とらき》が最後にアイリスを指し示そうとしたとき、

「……アイリス・イェレイ」

ザーカリーの声が、冷たく響く。

「え？」

「どうして、どうしてあなたが……」

そして、アイリスの声は、か細く、まるで魂が抜けたように力が無かった。

そしてその場で崩れるように、がっくりと膝を突いてしまう。

「お、おいアイリス⁉」

「アイリスさん⁉」

糸が切れた人形のように力の無いアイリスの顔が、絶望にも似た色を湛《たた》えてゆっくりと虎木《とらき》を見た。

微《かす》かに開いた唇から細く漏れ出たそれは、真冬の白い息のように霧散する。

「ユラ……どうして……どうしてパパを、知ってるの……」

「な……ん……！」

そのままアイリスの体から力が抜け、倒れそうになったところを虎木《とらき》が慌てて抱き留める。

完全に気絶しているアイリスを、詩澪《シーリン》と灯里《あかり》は動揺を露《あら》わに、ザーカリーは表情を変えずにただ、見つめていた。

「ザック、あんた……」

「こう見えて、外を歩いてるのを見られると色々と面倒な立場だ。この後、仕事だったか？」

ザーカリーは言葉少なに虎木《とらき》に語りかける。

虎木《とらき》は腕の中のアイリスとザーカリーを一度ずつ見てから、絞り出すように言った。

「梁《リアン》さん……すまない、頼めないか」

「……私、午前中から入ってるんです。これでも人間ですから、朝までは無理ですからね？」

「助かるよ、梁戸幇《リアンシーバン》のお嬢さん。ユラと話すのは本当に久しぶりでね」

詩澪《シーリン》に礼を述べたのは、虎木《とらき》ではなくザーカリーだった。

「りゃんしー……何？」

梁戸幇《リアンシーバン》という言葉を知らない灯里《あかり》だけが首をかしげていたが、これで詩澪《シーリン》も一段警戒の色を濃くする。

「虎木《とらき》さん、交代のお礼と情報共有、マストですからね」

虎木《とらき》は初めて詩澪《シーリン》の提案に真剣に頷《うなず》いた。

「ユラ。ワラクは元気か。まだ生きてるか？」

ザーカリーはそこで初めて大きく相好《そうごう》を崩し、そして、

「本当に驚いたよ」

愛おしそうな、だがどこか憐《あわ》れむような目で、虎木《とらき》が抱え上げるアイリスの、苦渋に満ちた顔を見たのだった。

第三章　吸血鬼もやり返したい

DRACULA YAKINI!

話したいことは沢山あったはずだ。聞きたいことも沢山あった。

二十年である。

虎木《とらき》の前から何の予告も無く姿を消し、今日また何の予告もなく姿を現したザーカリーが、当たり前の顔をして隣を歩いているのだ。

だが、口からは何の言葉も出てこない。言うべきこと、聞くべきことが多すぎて、心の中で詰まりを起こしている。

「う……」

耳元で、アイリスが呻《うめ》く。

抱き上げた状態で外を歩くわけにはいかなかったため、背中に背負いなおしたが、アイリスが気が付く気配はなかった。

「そこ右だ」

「ああ」

何とか発したのは、そんな道案内の言葉だけ。

家に帰りつけば何か、虎木《とらき》の今の生活の様子をとっかかりに、会話が始まるだろうか。

いいや、それはあり得ないだろう。

虎木《とらき》はアイリスの部屋の合い鍵を持っていないし、銀のドアノブに触れることもできない。必定アイリスは虎木《とらき》の部屋に休ませるしかなく、そうなればどうしても、尋ねざるを得なくなる。

ザック、あんたは、アイリスの……。

「お前は、ジャズは聴かないのか」

心の詰まりが綻びそうになった瞬間を見透かしたかのように、ザーカリーが突然口を開いた。

「いや、聴かないな」

「そうか」

投げかけられた問いに単純なイエスノーだけで応じるという、会話を長引かせたいならば絶対にやってはいけないことをしてしまった。

虎木《とらき》は暗闇の中で顔をしかめるが、ザーカリーはそんな若い吸血鬼の葛藤を見透かしたように、言葉を重ねてきてくれた。

「お前も明後日《あさって》、ブルーブックのライブに来るといい。招待するぞ。それにアカリと言ったか？　彼女と彼女の両親は見る目がある。いや、いい趣味をしている」

「よその家族の団欒《だんらん》を邪魔する気はねぇよ」

またも、会話を発展させようもない答え。

だが、今できる当《あ》たり障《さわ》りのない会話と言うと、これしかないのも確かだった。

灯里《あかり》が取る物もとりあえずフロートに駆け込み、虎木《とらき》に借金を申し出てまで取ろうとしたチケットこそ、ザーカリーが所属するジャズバンドＺＡＣＨの東京公演のチケットだった。

店を出る間際《まぎわ》にそれを知ったザーカリーはその東京公演に、村岡《むらおか》一家を招待すると言い出した。

しかも、ザーカリー直通の連絡先交換のおまけつきだ。

アイリスの体調不良に心配そうな顔をしていた灯里《あかり》も、ザーカリーの計らいには興奮を押し隠せず、その場で売り場にある色紙とペンを購入して、サインをねだるという悔いのないファンムーブを敢行した。

そして涙さえ流しながら、そのサインを宝物のように抱きしめたものだ。

『お父さんとお母さんも、これで、もしかしたら……』

「彼女は、家庭に何か問題を抱えているのか」

その問いに本来は答えるべきではないのだろうが、虎木《とらき》はまた、短く答えた。

「両親が、離婚寸前なんだ。その両親の出会いのきっかけと共通の趣味がジャズらしい」

「そりゃああの年頃の娘には重い荷物だ」

ザーカリーは帽子を押さえながら小さく微笑《ほほえ》む。

「実際のところ、あんな気軽に招待なんて言って良かったのか？　結構なプラチナチケットだって聞いたぞ」

「なんだ。レディへの気遣いにケチをつける気か？」

「いや……」

「いわゆる関係者招待席ってやつだ。グレード的には普通の席だ。全出演者にその枠があって、たまたま余ってたから未来のジャズシーンを支えてくれる若者にそれをプレゼントしたまでさ」

「そのブルーなんとかってのは、大きなステージなのか」

「大きいと言ってもジャズはクラシックみたいに客を整然と並べて聴かせる音楽じゃない。酒を傾けながらリラックスして聴いてもらう音楽だ。まぁ、詰めに詰めて二百ってとこだな」

「やっぱりプラチナチケットじゃねぇか」

「よっぽど小さなハコでもない限り、関係者席ってのは必ずあるものだ」

「ハコ？」

「いわゆる劇場のことだ。日本語の業界用語だぞ」

「だからそういう芸術的なこととは縁がないって言ったろ」

「おいおい、言っただろうユラ」

ザーカリーは苦笑しながら虎木《とらき》の肩を叩《たた》こうとし、そこにアイリスの腕があることに気付きやり場のなくなった手を曖昧に下ろした。

「吸血鬼として生きるなら趣味を持て。我を忘れて楽しめることがないと、すぐに生き飽きて化け物になるぞ」

虎木《とらき》がザーカリーから最初に教わったことだった。

教わった日のことを思い出した虎木《とらき》は、

「っ……」

体に走った震えを誤魔化すように、少しだけ下がってきていたアイリスを背負いなおした。

「あの頃はあんたがいりゃ退屈しなかったからな。学ぶことも多かったし」

「戦いは仕事になっても趣味にはならん。アイカ・ムロイを追いかけることは、目標にはなるかもしれんが人生を豊かにはしない」

分かっている。

吸血鬼になってから六十五年、そんなことはザーカリーに言われるまでもなく分かっている。

分かっているのに、自分は今こうしてザーカリーを目の前にしても言いたいこと一つ、聞きたいこと一つ言えずに勤務先からの帰宅という、日常のルーチンの中にある行動を繰り返してしまっていた。

「目標だけありゃいいんだ。俺の人生を豊かにするのは、人間に戻ってからでいい」

そしてこれもまた、ザーカリーから何か言われる度に口答えしていた虎木《とらき》の定型文だった。

「相変わらず詰まらん男だ。俺のように趣味が高じてプロになれれば、本当に人生楽しいぞ？」

「自分で言うな。何だＺＡＣＨって。ファントムのくせにバンドに自分の名前つけるなんて、承認欲求が過ぎるぞ」

「本当にジャズのこと何も知らないんだな。あれは俺の名前じゃない。先代のザックから取られてる」

ジャズバンドのメンバーはちょっとしたことでコロコロと変わるという。

ＺＡＣＨはザーカリーが担当するサックスに、ピアノ、ドラム、コントラバスというスタンダードな構成だが、ザーカリーの他にはドラムが結成当初の人間ではないらしい。

「俺がＺＡＣＨに入ったのは八年前だ。先代のサックスは本名がそのままザックでな。ドラムのチャーリーが一番の新参で六年前。だからまぁ、アカリの両親が知ってるサックスが俺のかどうかは分からないんだがな」

そして、さも今思いついたことのように手を打つ。

「ユラ、やっぱりお前も聴きに来い。ジャズはいいぞ。楽器と演者の生命力は他のどんな音楽よりも素晴らしい。指揮者のタクトなんぞに操られるクラシックの楽器よりもよほど生命を感じるんだ。ワラクが元気なら誘ってみても……」

「八年前ってことは、アイリスのおふくろさんが死んだ二年後だな」

趣味の話、生き方の話、好きな音楽の話。

誰もが日常、当たり前にしているその話の中に、アイリスを背負う虎木《とらき》が決して聞き逃してはいけない情報があった。

心から楽しそうに虎木《とらき》と和楽《わらく》を招待しようとしていたザーカリーの表情が、叱られた子供のように曇った。

「……相変わらず人懐《ひとなつ》っこい子だ。そんなことまで人に話したのか」

知っていたのか、とは言わなかった。

まるでアイリスが虎木《とらき》にそのことを話していることを想定するべきだった、とでもいうような、一歩も二歩も状況を予測して先回りした感想。

二人の吸血鬼の足が止まる。

「人懐《ひとなつ》っこいだって？　ザック、誰の話をしてるんだ」

虎木《とらき》は気絶しているはずのアイリスの目からザックを隠すように向かい合った。

「アイリスは極度の男性恐怖症だ。人間の男相手だと会話もできない。正直こんなんでよく闇《やみ》十字騎士団《じゅうじきしだん》の修道騎士なんかやってられると思うぜ」

「……」

「なぁ、ザック」

虎木《とらき》は、まるで自分があの日に戻ってしまったかのように心細くなった。

足元が揺らぎ、吸血鬼として鍛えられたはずの足腰が、棒切れのように頼りない。

一吸血鬼としてその問いを発することは、どうしても『あの日』のことを思い出してしまう。

『だがお前は幸運だ。この上ない幸運だ。衝動任せに身近な人間の血を吸っておきながら、そいつが吸血鬼化していない』

湧き起こる吸血衝動を抑えることができず、和楽《わらく》の首に牙を突き立ててしまったあの日のことを。

「あんた何で、ユーニス・イエレイを吸血鬼にしちまったんだよ」

アイリスの心が虎木《とらき》に一歩ずつ歩み寄る度、彼女は虎木《とらき》に自分の家族の秘密を打ち明けてきた。

人間が吸血鬼になる瞬間を見たことがあること。吸血鬼になってしまった人間は他ならぬ自分の母であること。幼い頃のアイリスはその吸血鬼を父と慕っていたこと。

人間と吸血鬼が、平和に仲良く暮らせると信じていたこと。

その母は、吸血鬼が原因で殺されたこと。

「……大きくなったな」

問いに対する回答としては全く的外れだ。

的外れだが、十年、『娘』から離れていた父親としては、至極当然の反応だった。

吸血鬼・虎木《とらき》由良《ゆら》を育てたザーカリー・ヒルが、アイリス・イエレイの『父』であったことは、運命的と言えなくもないが、偶然と言えば単なる偶然だろう。

「なぁユラ。あの頃な、その子は小さかったんだよ」

「……それがどうした」

「あのとき、その子は九歳だった」

「だからそれがどうしたってんだ。九歳なんか、十分に分別の付く年だ」

アイリスの幼さが何の理由になるというのか。

今の虎木《とらき》が聞きたいのは理由ではない。

それ以前の、肯定か否定かだ。

だがそれまで神妙な顔をしていたザーカリーは、何故《なぜ》かその表情に僅かに呆《あき》れを滲《にじ》ませた。

「何を三十路《みそじ》のガキみたいなことを言ってるんだ」

声の呆《あき》れはより強い色をしていた。

「分別が付くことと正しい判断が下せることは違うことだと、その年齢になっても分からなかったのか」

「全く同意します」

同意の声は虎木《とらき》のものではなかった。

「っ⁉」

アイリスを背負ったまま身構えようとした虎木《とらき》だったが、

「動かないでください虎木《とらき》さん。動けばあなたの命も保証できません」

聞き覚えのある声がいつの間にか自分のすぐ懐《ふところ》から聞こえてきて、一瞬で身動きがとれなくなる。

虎木《とらき》が息を呑《の》むと同時に、周囲にいくつもの気配が湧き上がった。

動けない虎木《とらき》の視界の中だけでも十人はいるだろうか。

夜の闇に紛れて見づらい黒い装束だらけ……かと思いきや、いくらか白い部分も見え隠れするその姿は、今虎木《とらき》が背負っているアイリスが普段纏《まと》う服と全く同じものであった。

「分別が付くことと正しい判断が下せることは全く違うこと。人は大人になっても老人になっても、付くはずの分別を置き去りに判断を誤るものです。まして、齢《よわい》三百年の大吸血鬼ともなれば、ね」

LED街灯の光を跳ね返すその冷たく固いものは、副都心の中にあってのどかな住宅街である雑司《ぞうし》が谷《や》の風景に全く似合わぬものだった。

聖銃デウスクリスの銃口が四方八方からザーカリーに向けられている。

ザーカリーは皮肉げな笑みを浮かべながら観念したように手を上げ、修道騎士の騎士長中浦《なかうら》節子《せつこ》は、ザーカリーの手が、人間並みの挙動をする限りにおいて届く少し外から狙いを過《あやま》たず、ザーカリーの首筋に銃口を向けていた。

「場所を考えないか、シスター・ナカウラ。六本木か新宿、せめて横浜なら少しはサマになったかもしれないが、ここは雑司《ぞうし》が谷《や》だ。ロングコートの風来坊が銃口に囲まれるってシチュエーションが似合わんにも程がある。ロマンが無い」

中浦《なかうら》はザーカリーの軽口に全く取り合わず、デウスクリスの引き金をギリギリまで絞った。

「待て中浦《なかうら》！　そいつを殺すな！　そいつには聞かなきゃならないことが……ぐっ‼」

中浦《なかうら》を止めようとする虎木《とらき》だったが、その瞬間虎木《とらき》の鳩尾《みぞおち》を狙っていた殺気が灼熱《しゃくねつ》となって虎木《とらき》の皮膚を刺した。

全身を駆け巡る不快感と激痛に、虎木《とらき》はたまらず膝を突くが、背負ったアイリスを落とさないためになんとか片膝だけで耐えた。

「どうかこれ以上は動かないでください！　命の保証ができなくなります！」

目を丸くして、何ら呵責《かしゃく》の無い声で膝を突いた虎木《とらき》を見下ろしているのは、百万石優璃《ひゃくまんごくゆうり》であり、その手に握られているのは聖槌《せいつい》リベラシオンと白木の杭《くい》であった。

聖槌《せいつい》に撃ち込まれた白木の杭《くい》など、弱い吸血鬼なら触れただけで灰になりかねない組み合わせだ。

実際優璃《ゆうり》の構えた杭《くい》の切っ先は、服の上から少し強く当てられただけで、服を破って虎木《とらき》の肌を傷つけたわけではない。

だが虎木《とらき》程度の吸血鬼では、服の上から押し込まれただけでも吸血鬼としての命が脅《おびや》かされ、抵抗すらできなくなるのだ。

「シスター百万石《ひゃくまんごく》。そのまま虎木由良《とらきゆら》を制圧していなさい」

「承知いたしました。シスター中浦《なかうら》」

中浦《なかうら》も優璃《ゆうり》も、一切目線を動かさずに会話をしている。

もはや虎木《とらき》は指一本動かすこともできなかった。

優璃《ゆうり》や中浦《なかうら》だけではない。

この場に集った修道騎士全てが、ザーカリーと同時に虎木《とらき》すら殺気の射程に収めている。

例えばもしここですぐそばの家で、何かの間違いでガス爆発が起こったとしても、彼女達は虎木《とらき》とザーカリーから目を離すことは決してなく、虎木《とらき》とザーカリーが僅かでも不審な動きを見せれば、聖銃の弾丸が無慈悲に二人を貫くだろう。

「ザーカリー・ヒル。英国ダーク・クロス・ナイツの勅命により、あなたを誅殺《ちゅうさつ》します。何か言い遺《のこ》すことは」

「遺言を聞いてもらえるとは嬉《うれ》しいね。切腹する罪人に辞世の句を詠《よ》ませた名残かな？」

ザーカリーは手を上げたまま、変わらぬ調子で肩を竦《すく》めた。

「三つほどいいか。まず一つは、そこのユラ・トラキは今回の俺の日本での行動とは何ら関係ない無実の吸血鬼だ。手荒なことはしないでやってくれ」

「承りました。元々彼は、我々のパートナー・ファントムですから」

「もう一つはあんた達に忠告をしておきたい」

「シスター中浦《なかうら》っ‼」

異常を察した優璃《ゆうり》の警告は、既に遅かった。

誰も目を離していなかったはずのザーカリーがいつの間にか中浦《なかうら》の背後にいて、中浦《なかうら》が構えていたはずのデウスクリスを手に持ってくるくると下手なガンスピンの真似事《まねごと》をしているのだ。

「吸血鬼を殺す予定ならまず撃って息の根を止めろ。そこからが本番だ」

「撃ちなさいっ‼」

優璃《ゆうり》以外の全ての修道騎士が構えたデウスクリスが轟音《ごうおん》と共に銀の弾丸をザーカリーに向けて一斉に放った。

下から上以外の、ザーカリーを囲む全ての方向から通った射線はしかし、その音すらザーカリーを掠《かす》ることは無く、

「いいとこのお嬢さんが電柱に登るなんてはしたないぞ」

電柱の上で身構えていた修道騎士の耳元で囁《ささや》いたと思ったら、

「公園で鉄砲ごっこか。俺も昔はよくやった」

公園の遊具の陰から狙っていた修道騎士の傍《かたわ》らで、懐《なつ》かしそうに彼女のデウスクリスを取り上げる。

「潜伏した人の家の庭木を折るなんて、れっきとした犯罪だ。敵にも音で気取《けど》られる。鍛錬不足だな」

「車の陰は良くないぞ。最近の車はシルエットが丸いから遮蔽物としては微妙だ」

「靴紐《くつひも》が緩いぞ。従騎士から上がりたてで油断しすぎじゃないか？」

「退魔の香水って未《いま》だにこの香りなのか。古い奴《やつ》らには嗅ぎつけられるだけだからやめておいた方がいい」

「こ、これはっ！」

中浦《なかうら》だけではない。

虎木《とらき》の視界の範囲に見える修道騎士全ての傍《かたわ》らに、ザーカリーが同時に出現したのだ。

中には構えていたはずのデウスクリスを奪われたり、咄嗟《とっさ》に腰のリベラシオンを引き抜こうとしながらポーチごと奪われて手が空《くう》を切ったりと、誰一人として突如出現した無数のザーカリーに反応できていない。

「ザーカリー・ヒル!!」

「あまり大声で叫ぶな、シスター・ナカウラ。近所迷惑だぞ」

その誰もが瞬《また》きした次の瞬間には全てのザーカリーが消失し、虎木《とらき》や中浦《なかうら》達から少し離れた場所に立つ雑居ビルの屋上に、地上の修道騎士達をあざ笑うかのようにロングコートをはためかせて立っていた。

「お、おのれ……っ！」

日頃の穏やかな物腰からは考えられないほどの憤怒《ふんぬ》を湛《たた》えてザーカリーを睨《にら》む中浦《なかうら》。

その手には奪われたはずのデウスクリスが戻っている。

だがそれを雑居ビルの屋上目掛けて構えないのは、

「忠告、聞いてくれたかい。諸君の今後の作戦の参考になれば幸いだ」

屋上のザーカリーの手から、煌《きらめ》く小さな粒がぱらぱらと投げ出されたからだ。

虎木《とらき》の目は夜を貫き、その粒一つ一つが弾丸の形であると判断した。

あれだけ完全な包囲網を形成した修道騎士達の銃からは、既に銃弾が抜かれていたのだ。

「それと、最後に三つ目だ。ええと、シスター・ナカウラ入れてざっと三十人くらいか」

ザーカリーは地上に集まる修道騎士を指さし確認しながら、コートのポケットからスリムフォンを取り出す。

「たった今、明後日《あさって》の東京公演のチケットが完売してしまってね。もしライブに来たいのなら、悪いがキャンセル待ちになる。流石《さすが》の俺も三十人は招待できないものでな」

「ザック！」

「ユラ！　お前もライブに来るなら、あの子伝いに連絡をよこせ！　あと三席なら融通してやれる！　またな！」

虎木《とらき》の呼びかけに帽子を押さえながら答えるザーカリーの姿が霞《かす》み始める。

コートの裾が少しずつ黒い霧となって消え始めた。虎木《とらき》も用いる吸血鬼の基本技だ。

夜空を背景に黒い粒子となって消失すれば、まず人間に追跡する手段はない。

そのまま夜の闇に消えるかと思われた。

だがそのとき。

「っぐっ！」

虎木《とらき》の鼓膜が激しい衝撃を受け、

「おお！」

朧《おぼろ》に消えかけていたザーカリーの姿がまた実体を取り戻した。

「…………何、今の音……」

その時、虎木《とらき》の背でアイリスが身じろぎする。

「ユラ？」

「アイリス、動くなよ。今ちょっと面倒なことになってるからな」

「え…………えっ」

ぼんやりと目を開いたアイリスは急激に意識が覚醒したのか、自分が置かれている状況にすぐに気付いた。

「……な、な、なななななななななななな！」

「お、おい暴れるな！　アイリス！」

「お、下ろしてユラ！　何で私こんな……！　きゃあっ！」

「おいっ！」

優璃《ゆうり》の白木の杭《くい》と今の轟音《ごうおん》で膝を突き姿勢を崩していた虎木《とらき》の背は傾いていて、暴れたアイリスは無様にアスファルトの道路に尻もちをついてしまった。

「ったぁ……ゆ。ユラ！　一体何なの！　誤解を招くようなことやめてって……！」

「状況を見ろ！」

「な、何を……！」

目が夜に慣れたのか、アイリスはようやく自分が大勢の修道騎士に囲まれていることに気付く。

「大丈夫ですかシスター・イェレイ！」

「え、し、シスター・ユーリ、こ、これは……」

アイリスを助け起こそうとする優璃《ゆうり》の肩越しに、アイリスは、その人物を見た。

雑居ビルの上に立つ吸血鬼のザーカリーではない。

「やあ、四十分ぶりだね、シスター・イェレイ」

何もない空中に立つ、人間の女性だった。

褐色の肌に、青い瞳、夜のように黒い髪。

「シスター・ナカウラには、君は日本で立派に勤めを果たしていると聞いていたけど、どうしたのかな。今日は体調がすぐれないのかな？」

穏やかな笑みと物静かな佇《たたず》まい。

だが、地に足を着けている吸血鬼と空にその身を置く人間となら、果たして怪物と呼ぶべきはどちらなのか。

「……し、シスター・オールポート……」

アイリスは目を見開き、その修道騎士の名を呼ぶ。

ジェーン・オールポートの手には、水平二連式の、銀色のショットガンがあった。

アイリス達が持つハンドガンタイプのデウスクリスと比べれば口径も威力も段違いであることが素人目《しろうとめ》にも分かる。

街灯の光をわずかに反射するその銀の銃身が、常人ならば片手で持ちうるものではないということも。

「これは参ったな。まさか騎士団長《きしだんちょう》様直々のお出ましとは」

ザーカリーは帽子を押さえたまま、不敵に笑う。

「齢《よわい》三百年の大吸血鬼が相手だからね」

「住宅街でそんな大砲撃つつもりか？　流石《さすが》に警察が黙っちゃいないと思うが」

「警察！」

オールポートはザーカリーとは違い、愉快そうに笑い飛ばした。

「はっ！　警察大いに結構！　是非呼んでいただこう。今の一撃でスリムフォンが壊れていないのならどうぞ。確か日本では１１０だったか？」

「……何考えてる」

「以前も話したと思うが」

オールポートは巨大なデウスクリスの銃口の狙いを、その細腕で再びザーカリーに定める。

「私の活動の目的は、いつだってファントムが人間の目に映らない世界、だよ」

「不可能だ」

「しなければならない」

「俺達は生きている」

「ならば滅ぼすまでだ」

「同じことを、ユーニスを前に言えるか」

オールポートの目から、初めて笑顔以外の感情がこぼれた。

憎悪《ぞうお》だ。

「今こそ言えるさ。それみろ、私の言った通りだったろう、とね」

「ザック！」

次の瞬間、虎木《とらき》が叫ぶ間もなくオールポートの引き金は絞られた。

銃口から噴き出したのは無数の銀の礫《つぶて》。

デウスクリス・ショットガンとでも呼ぶべきその弾丸の速度は、中浦《なかうら》達のデウスクリスの弾速とさほど違うわけではない。

だがザーカリーは避けられなかった。

「ふんっ！」

コートのすそを翻《ひるがえ》して礫《つぶて》を受け止めるが、そんなことで銃弾が止まるはずもなく、無数の礫《つぶて》がザーカリーの肉体を貫いた。

「ぐ、ぬ……」

ザーカリーはたまらずその場に膝をつく。

「パパ……んぐ！」

アイリスはまるで自分がその痛みを受けたかのように悲鳴を上げかけるが、それを抑えたのは優璃《ゆうり》だった。

アイリスの口を手でふさぐだけでなく、肩の関節を極《き》めて動きを制そうとする。

「抑えて下さいシスター・イエレイ！　団長の前です！」

「おいっ！　テメェ！　アイリスに何を……！」

「死にたくなければ黙っていてくださいっっ!!!!」

「っ……！」

十四歳の従騎士。アイリスが研修を見ているというその少年騎士の迫力に、虎木《とらき》は気圧《けお》されて言葉を呑《の》み込んでしまった。

オールポートは地上のそんな一幕に一瞥《いちべつ》をくれてから、まるで普通に道を歩くようにザーカリーのいる雑居ビルまで歩みを進め、跪《ひざまず》くザーカリーの頭にピタリと銃口を当てて、問答無用で引き金を引いた。

「ザック！」

至近距離で銀のショットガンの弾を頭に食らって吸血鬼が無事でいられるとはとても思えなかった。

事実ザーカリーの頭は跡形もなく吹き飛び、跪《ひざまず》いた体だけがそこに残り、そして、

「逃がしましたか」

オールポートがさほど悔しそうでもなくそう言った途端、ザーカリーの体が黒く溶けて消える。

「え……？」

「……シスター・オールポート」

虎木《とらき》と、そして中浦《なかうら》が違うベクトルで目を見開き驚くと、ビルの上からひらりと飛び降りてきたオールポートは頰を掻《か》きながら苦笑した。

「ちゃんと名を捕らえたと思ったんですけどね。パトカーがそろそろ来るんじゃないかと思って焦《あせ》って術式を横着したら、やっぱり捕らえきれなかったみたいです」

「流石《さすが》はユーニス・イエレイを倒しただけはある、ということでしょうか」

「それだけじゃない気がするんですよ。ねぇ、ユラ・トラキ、そうじゃないかい？」

中浦《なかうら》の問いを曖昧に否定したオールポートは、ふと虎木《とらき》の方を見ると、

「動かないでくれよ」

そう言うなり、常人では目にもとまらぬ速度で右手を払う。

「っ‼」

だが警告に従わず虎木《とらき》は、オールポートが投擲《とうてき》したものを回避した。

虎木《とらき》に向かって投げつけられたそれは、あり得ない力で虎木《とらき》の足があったアスファルトに突き立った。

細い白木の杭《くい》が固い路面に突き立っているのを見て、虎木《とらき》は身震いする。

アイリスが超常的な身体能力を持っていることは知っていたし、優璃《ゆうり》や中浦《なかうら》もまた騎士である以上常人とは比較にならない力を持っていることは分かる。

だが、このオールポートはあまりに規格外すぎる。

愛花《あいか》や烏丸《からすま》、天道《てんどう》のようなファントムの実力者とは全く異質なこの力に抗《あらが》う術を、虎木《とらき》は想像できなかった。

「ほら、動ける。名前を縛ったと思ったのに」

「し、シスター・オールポート！　何をするんですか！」

驚き声を上げたのは虎木《とらき》ではなく優璃《ゆうり》だった。

「彼は東京駐屯地のパートナー・ファントムです！　それを無暗《むやみ》に攻撃するなど……！」

「何を言っているのかな？」

優璃《ゆうり》の抗議に、オールポートは心底意味が分からないという風に首を傾《かし》げた。

「彼はちゃんと回避できただろう？」

「ですが……！」

「それに死んだら死んだで別に構わないさ。パートナー・ファントムなんていれば便利、いなくて元々なんだから適当にまた見繕えばいい。私は元々、この制度には反対なんだ」

一切の悪意も悪気もなく、殺しかけた虎木《とらき》の目の前でこれを言う。

握手を求めたその手で、虎木《とらき》を殺そうとする。

「あんた、一体何なんだ」

「自己紹介はしただろう。それ以上でも以下でもない。シスター・ナカウラは平和主義だからあなたにやさしく接しておられるが、日本以外の修道騎士は基本こんな感じだよ。むしろシスター・イエレイが異色なんだ。それよりも……」

虎木《とらき》は瞬《まばた》きしていない。できないのだ。

一瞬でも視線を外せば、このオールポートは何をするか分からない。

だから意識して瞬《まばた》きをせず、彼女を凝視し続けていた。

それなのに、数メートル先の中浦《なかうら》と並んで立っていたはずのオールポートは一切の音もなくへたり込む虎木《とらき》の側《そば》に立っていた。

それどころか、顎を掴《つか》み上げられ、目を覗《のぞ》き込まれるまでそうされたことにすら気付けなかった。

「うぐっ！」

「やっぱりおかしい。名前は本名だしフックはかかっている。それなのに捕らえ切れていない。先ほどのザーカリーにもミスター・トラキと同じ感覚があった。これは何だろうね」

子供が珍しい色の小石を拾ったような顔で、虎木《とらき》の顔を無表情とも違う、だが特段の感情も無しにじろじろ覗《のぞ》き込み、細腕に見合わぬ膂力《りょりょく》で虎木《とらき》の首をぐりぐりとねじ回す。

「ちょっと、ここから逃げてみてもらえるかい？」

「ふ、フザけ……」

「ほら、このままだと握りつぶしてしまうから試しに、ね」

「ぐ、が……」

全く何の血も摂取していない上に、白木の杭《くい》で弱っている虎木《とらき》の体が単純に動かない。

黒い霧になろうとするが、顎と首の痛みが邪魔して指先すら変わる気がしなかった。

「あれ？　もしかして気のせいで、ちゃんと捕らえられてるのかな？　逃げないのかな？」

「く、そ……」

痛みと脱力で意識が朦朧《もうろう》としてきた虎木《とらき》は、

「……あ？」

先ほどと同じように、気が付くと目の前からオールポートが消え、自分は地を舐《な》めていた。

朦朧《もうろう》とする視線の先に、白い足袋と草履。

そして、道路の側溝に素早く身を隠す鼠《ねずみ》が一匹いるのに気付いたところで、虎木《とらき》の意識は闇に呑《の》まれた。

※

「……ん」

目を開くと、幸いにしてそこは見慣れた自宅の天井と照明。

体を起こそうとするが、力が入らずに上手《うま》く起き上がれない。

仕方なく体を捻《ひね》って転がした途端、

「……」

「………うわっ⁉」

転がった先に丸々と太った鼠《ねずみ》がいて、思いきり目が合ってしまった。

驚き過ぎて跳ね起きた虎木《とらき》だが、

「きゃっ！」

誰かにぶつかって、背後から悲鳴が上がる。

「あっ、悪い！　わる……い……？」

振り返るとそこには未晴《みはる》がいて、何故《なぜ》か虎木《とらき》のコートを抱えてその匂いを嗅いでいた。

「お、おはようございます虎木《とらき》様……」

「……一応聞くが、さすがのお前もちょっと気まずいとか思ってるか?」

「す、少しは……すー……はー……」

「だったらやめろよ」

目撃されてなおも中断しないその精神力はさすがと言うほかない。

「すー……」

「だからやめろって……ってかそうじゃない! 鼠《ねずみ》! 家の中に鼠《ねずみ》が!!」

「落ち着いてください虎木《とらき》様。それは鼠《ねずみ》ですが鼠《ねずみ》じゃありません」

「何!?」

慌てた虎木《とらき》が鼠《ねずみ》がいた場所を振り返ると、

「っっ!?」

そこには鼠《ねずみ》ではなく、男が仏頂面《ぶっちょうづら》で座り込んでいた。

「な、な、な……あ」

部屋の中に大きな鼠《ねずみ》と見知らぬ男がいたら、恐怖の度合いは大体同じであることに気付いた虎木《とらき》だったが、落ち着いてよく考えてみると鼠《ねずみ》も男も、知っている相手だった。

「……あ、網村《あみむら》?」

「思い出すのが遅すぎだろうがよ」

それは、アイリスと灯里《あかり》が知り合うきっかけとなった音楽イベントの主催者にして吸血鬼、網村勝世《あみむらかつせ》だった。

大陸系のファントム組織と繋《つな》がっているとされ、アイリスの日本での聖務対象ファン第一号になった男でもある。

結局その聖務では比企《ひき》家の横やりが入り、網村《あみむら》は比企《ひき》家の預かりとなったのだが、その後豪華客船で横浜にやってきた室井《むろい》愛花《あいか》を撃退するために、客船内にアイリスのデウスクリスとその弾丸を持ち込むことに協力した。

だが虎木《とらき》との交流はそのわずかな間だけで、ヒト型の網村《あみむら》と顔を合わせるのはこれが二度目だった。

「何で網村《あみむら》がうちにいるんだよ」

「うちにって言うか、今夜割とずっとお前の近くにいたんだが」

「あ？」

虎木《とらき》が眉を顰《ひそ》めると、答えは後ろからやってきた。

「網村《あみむら》には、この夜ずっとザーカリー・ヒルを見張らせていたんです。彼に虎木《とらき》様の居場所を直接教えたのは、この網村《あみむら》です」

「何だって⁉」

未晴《みはる》の種明かしに、虎木《とらき》は目を剝《む》いた。

「まぁ、何と申しましょうか」

未晴《みはる》は珍しく虎木《とらき》から目を逸《そ》らした。

「だってほら、虎木《とらき》様の前に、あの闇十字《やみじゅうじ》の塵芥《ちりあくた》どもが私のオフィスに来ていたでしょう？　彼女達の目的は最初からザーカリー・ヒル氏だったわけで……」

「てことは、じゃああの時点で既にザックがどこにいるのか知ってたのか？」

「……」

珍しく未晴《みはる》は虎木《とらき》に問い詰められて黙りこんでしまうが、沈黙に耐えられなくなったのか抱えていた虎木《とらき》のコートを放り出して、虎木《とらき》の胸に縋《すが》りついた。

「許してください虎木《とらき》様っ！」

「わあっ⁉」

「私には東京の比企《ひき》家を率いる立場があるのです。シスター・オールポートの申し出は比企《ひき》家といえども完全に無視するわけにはいかず……ああ、そのせいで私は愛《いと》しい虎木《とらき》様を裏切ることになってしまって……このお詫《わ》びは、どのようなことでもさせていただきます！　どうか、どうか、未晴《みはる》を許していただけませんか！」

未晴《みはる》は胸に縋《すが》りつき、上目遣いに虎木《とらき》を見上げる。

「いや、そりゃ、まぁ……」

「くすん……ああ、でも虎木《とらき》様のそんな優しさに甘えていてはいけませんね」

「え？」

「どうか、気の済むまで私のことを好きにしていただいて結構です」

「はぁ⁉　い、いやお前そんなこと」

「私と虎木《とらき》様は結ばれることが決まっているのですから、早いか遅いかの違いだけでべっ⁉」

頬を染めて熱い吐息を漏らす未晴《みはる》の顔から逃げようとする虎木《とらき》は、

「な、に、を、してるのよミハルぅ……‼」

急激に未晴《みはる》の圧が遠ざかったことに気付き顔を上げた。

「あ、アイリス！」

そこには、目の下にクマを浮かべたアイリスがファントムの形相《ぎようそう》で未晴《みはる》の襟首をつかんで虎木《とらき》から引きはがしていた。

「ちいっ！　いいところで目覚めないでくださいこのポンコツ修道騎士！　着物が着崩れるでしょうが離しなさい！」

「あなたこそ何こっそりまたユラのコートに手を伸ばしてるの離しなさい！」

そのまま取っ組み合いを始めかねないアイリスと未晴《みはる》からすぐに状況を聞き出すのはとてもではないが不可能だと判断した虎木《とらき》は、

「……頼む、一体何があったんだ、教えてくれ」

女子二人のキャットファイトを冷めた目で眺めている網村《あみむら》に素直に頭を下げた。

「そりゃまぁいいんだがよ」

「ん？」

「……いや、俺は何でこんな連中に負けて従わされて、その上あんな化け物とやりあわなきゃならねぇのかなって、ちょっと人生が嫌になっただけだ」

心底嫌そうに溜《た》め息《いき》を吐《つ》いた網村《あみむら》は、それでもぽつぽつと状況を説明してくれた。

先程未晴《みはる》が言った通り、ザーカリーに虎木《とらき》の勤め先を直接教えたのは網村《あみむら》だった。

未晴《みはる》はオールポート達がザーカリーを討伐する作戦を知っていたが、それを邪魔しないことを約束させられていた。

そんな折に虎木《とらき》からザーカリー捜索の依頼が来て、何とか比企《ひき》家のメンツを保ちながら虎木《とらき》の依頼を優先させたいと考えた未晴《みはる》は、鼠《ねずみ》に変身できる網村《あみむら》に『仕事』としてザーカリーへの接触を命じた。

接触してからやることとは、虎木由良《とらきゆら》がザーカリーに会いたがっていることと虎木《とらき》の居場所を伝えること。

ザーカリーの居場所は周辺からザーカリーに関係のないファントムを退避させるために教えられていたし、そもそも彼のジャズバンドの逗留《とうりゅう》先は特定されていたので、公演が行われるジャズハウスで張り込んでいればすぐに発見できた。

多くの人目がある都心で闇十字《やみじゆうじ》がザーカリーを襲わず動向を見張っているだけであることを計算に入れ、網村《あみむら》は誰の目に留まることもなくジャズハウスの楽屋に潜入してザーカリーと接触。

フロントマート池袋東五丁目店に誘導することに成功した。

「あとはお前も見た通りだ。想定に無い行動をしたザーカリーを追って闇十字《やみじゆうじ》が集まって、殺しても問題ないお前だけになったところでザーカリー討伐作戦を開始したってことだ」

「殺しても問題ない……」

オールポートは『問題ない』という考えすらあったかどうか。

あの目に特に虎木《とらき》を殺そうとする意図はなかった。

ただ、何かのはずみで死んでしまったらそのときは仕方ない、と、まるで乱暴にザリガニ釣りをしてザリガニの鋏《はさみ》を悪意無く千切る子供のような、そんな目だった。

「最後にお嬢が」

網村《あみむら》は未《いま》だにアイリスと取っ組み合いを続けている未晴《みはる》に目をやる。

「お嬢」

「ああ。お嬢があのオールポートとかいう化け物に、協定違反の抗議をしてあの場は解散だ。ザーカリーを殺すことは見逃すが、比企《ひき》家の管轄でそれ以外のファントムに手を出すことは許さない、とな」

気を失う前に見たのは、未晴《みはる》の足元だったということか。

「未晴《みはる》、すまない。助かった」

「愛《いと》しの虎木《とらき》様のためですから！　でも、お返しも期待させてくださいね！」

まだアイリスと取っ組み合いを続けている未晴《みはる》だが、虎木《とらき》の呼びかけには敏感に反応した。

「おい、その辺にしとけアイリス」

「でもユラ！　未晴《みはる》のヘンタイ行為はさすがに見過ごせなくて……」

「命を助けられたらしいから、それくらいは許す」

「虎木《とらき》様っ！　…………こっそりやるのがいいのであって、あっさり許されるとそれはそれで燃えないと申しますか……」

「何なんだよ」

虎木《とらき》に止められてアイリスと未晴《みはる》はとりあえず落ち着く。

「……ねぇ、ユラ……」

未晴《みはる》が襟元を直すのを横目で見ながらアイリスは、今まで未晴《みはる》と取っ組み合っていたのが嘘《うそ》のように悄然《しょうぜん》としてしまう。

クマの浮いて疲れ切ったアイリスの顔を見て、虎木《とらき》は一気にまくし立てた。

「ザックは俺の吸血鬼としての師匠だ。育ての親が死んで和楽《わらく》が独立した後、俺に吸血鬼の生き方や戦い方を教えてくれた恩人だ」

「……そう、なんだ」

「お前が生まれるずっと前のことだ。最後に会ったのは二十年前でな」

「お店で……探していた、みたいなこと言ってたのは？」

虎木《とらき》は、そんなに深刻な話じゃない、と前置きする。

「俺は人間に戻りたい。だが、愛花《あいか》と出会っても、烏丸《からすま》さんみたいな敵と出会っても、俺は一人で戦えない。お前や未晴《みはる》の助けがないと、俺は何もできない……それは、嫌だったんだ。だから、未晴《みはる》に依頼してザックを探してもらおうとした。もう一度、修行したいと思ってな……まさか」

アイリスは、下を向いている。

「ザックが、アイリスの言っていた『父親』だなんて、思いもしなかった」

「父親？」

その単語に反応したのは未晴《みはる》だった。

「ジェーン・オールポートは、ザーカリー・ヒルはユーニス・イェレイ殺害の犯人だとしか言いませんでした。父親とは、どういうことです？　アイリス・イェレイ、あなたまさか吸血鬼と人間の……」

「私の本当の父親は人間よ！」

未晴《みはる》を遮るように強い声を出すアイリスだが、それでも前を向くことはなかった。

「……でも、私は本当のお父さんのことをほとんど何も覚えていない。私が三歳のときに、病気で亡《な》くなったって聞いてる。だからザーカリー……は……、パパ、は……言うなればお母さんの、再婚相手みたいなものよ」

「再婚……？　ユーニス・イェレイが、吸血鬼と？」

信じられないという面持ちで、未晴《みはる》は目を見開いた。

「お嬢、そんなに驚くようなことなのか？」

「凡百のファントムと人間が結ばれるのとはわけが違います。ユーニス・イェレイは、闇十《やみじゅう》字《じ》史上最強とも呼ばれたイェレイの騎士。闇十字《やみじゅうじ》の看板のような存在です。そんな人物がファントムと結ばれたら、どんなことが起こるか想像してごらんなさい」

網村《あみむら》に教え諭す未晴《みはる》。

「イェレイの騎士の面汚《つらよご》し。闇十字《やみじゅうじ》への反逆行為。人類の裏切り者……ママは、そう呼ばれたわ。私が歴代イェレイの騎士最弱なのは……ママの判断の影響で、私に対する幼少期の騎士教育が禁止されたからなのが大きいわ」

アイリスが最弱なのかどうかは虎木《とらき》にも未晴《みはる》にも分からない。

だが、アイリスが比企《ひき》家や闇十字《やみじゅうじ》がイェレイの騎士イェレイの騎士ともてはやすほど圧倒的な力を持っているかと問われれば、なるほど、確かにそこまでではない。

「特に、シスター・オールポートはママを厳しく糾弾したらしいわ。元々ママとシスター・オールポートは本国の騎士団《きしだん》ではエース・バディだったから……」

「あんたの母親は、あんな化け物とバディが勤まる騎士だったのか……」

慄《おのの》いたのは網村《あみむら》だった。

網村《あみむら》はこの中で、唯一アイリスの戦闘能力を敵として肌身で感じたことがあるため、その驚きもひとしおなのだろう。

「俺はさっきの騒動を側溝の中で見てたんだ。あいつは本当に人間か？　あんなこと出来る奴《やつ》、吸血鬼にはいないぞ。空を歩いたり、瞬間移動したり……」

「その力があったからこそそのオールポート騎士団長《きしだんちょう》であり……それに並び立っていたのが、イエレイの騎士なのよ」

「……マジかよ」

網村《あみむら》は眼鏡の奥で顔を青くして黙り込んでしまう。

「それで……あ、いや」

虎木《とらき》はアイリスにあることを確認しようとして、この場に未晴《みはる》と網村《あみむら》がいることに気付き、話題を変えた。

「……お前、灯里《あかり》ちゃん置いて部屋出てったのは、仕事で呼び出されたからって言ってたな。会ってたお偉いさんってあのオールポートのことなんだろ。まさか……」

アイリスも修道騎士だ。

本国の騎士団長《きしだんちょう》がやってくるファントム討伐に、アイリスも参加させられるのだろうか。

「それはあり得ませんよ」

答えはドアの外からやってきた。

「シスター・イェレイは、ザーカリー・ヒル討伐聖務から外されることは最初から決まっています。虎木《とらき》さんにはお話ししたでしょう」

「シスター・ユーリ？」

いつの間にか、優璃《ゆうり》が玄関に立っていた。

優璃《ゆうり》が音もなくそこにいたことについては、虎木《とらき》を部屋に運び込んだ未晴《みはる》か網村《あみむら》が玄関のカギをかけ忘れたんだと強引に納得することにした。

オールポートの力を目の当《ま》たりにした今となっては、こんなマンションの玄関の鍵がかかっているかどうかなど誤差の範囲だ。

「申し訳ありません、シスター・イェレイ」

優璃《ゆうり》は玄関から上がることなく、その場で頭《こうべ》を垂れた。

「僕は……実は、東京駐屯地の従騎士ではないんです」

「え？」

「シスター・イェレイは、闇十字騎士団《やみじゅうじきしだん》日本支部の、金沢駐屯地をご存知ですか？」

「カナザワ？」

「金沢に闇十字《やみじゅうじ》の駐屯地があるなど初耳ですね。名古屋より西に、駐屯地は無いはずでは？」

剣呑《けんのん》な空気を纏《まと》うのは未晴《みはる》である。

比企《ひき》家との協定で名古屋より西に闇十字《やみじゅうじ》は進入できないが、一般的な認識では金沢市の経度は名古屋よりわずかに西にあるからだ。

「比企未晴《ひきみはる》さんもご存知ないのですね。天道《てんどう》様は、ご存知のはずですよ。金沢駐屯地は市の東端に位置していて、名古屋市の西端とぎりぎり経度が重なっている位置にありますから」

「何ですって？」

とんちのような駐屯地の位置取りに、未晴《みはる》は毒気を抜かれたような顔になった。

「僕は、金沢駐屯地の正騎士です。金沢駐屯地は代々我が百万石《ひやくまんごく》家が騎士長の任についてきました」

「そんな話聞いたことないわ。日本の駐屯地はサッポロとセンダイ、トーキョーとナゴヤ、フクオカにしかなくて、あとはニーガタとナガサキに小さな基地があるだけだって……」

「私もそのように記憶していますね」

未晴《みはる》がアイリスに同意する。

「虎木《とらき》さん、それに網村勝世《あみむらかつせ》、今から聞く話は、他言無用に願います。と言っても、日本の古いファントムにはよく知られた話ですが……」

優璃《ゆうり》は一拍置いてから、言った。

「日本の闇十字騎士団《やみじゅうじきしだん》の発祥の地は金沢なのです。その理由は、日本の闇十字騎士団《やみじゅうじきしだん》創設者の故郷が、金沢だったからです」

「まさか、千々石紀子《ちぢわのりこ》のことですか」

虎木《とらき》がその名を聞くのは京都以来となる。

未晴《みはる》の祖母である比企天道《ひきてんどう》と、京都ののっぺらぼう一族の統領、六科興春《むじなきょうしゅん》とともに、戦後の混乱に乗じて日本に潜入した室井愛花《むろいあいか》討伐に協力した、人間の騎士。

「僕の苗字《みょうじ》、百万石《ひゃくまんごく》は、千々石《ちぢわ》の本家を室井愛花《むろいあいか》をはじめとした多くの古妖《エンシェント・ファントム》を欺くための隠し名です。そして百万石《ひゃくまんごく》家の治める金沢駐屯地の騎士は、闇十字《やみじゅうじ》の内部統制のための組織です。騎士団《きしだん》は様々な思惑が動きますから、綱紀粛正や組織の治安維持のために活動します。今回、金沢からやってきた僕の任務は……シスター・イェレイ。あなたをザーカリー・ヒルの任務から遠ざけること」

「……え」

「警察でも、身内が絡《から》む事件では捜査から外されたりするでしょう？　虎木《とらき》さん、旅行券、まだお持ちですよね？」

虎木《とらき》は、戸棚に乱暴に突っ込んだ二十万円分の旅行券の封筒を取り出す。

「旅行券って……」

「僕はシスター・イェレイをザーカリー・ヒル討伐作戦から引き離さなければならなかった。

それで、シスター・イェレイとお付き合いをしているという虎木《とらき》さんに、旅行に連れ出してもらう予定でした」

「は？」「付き合う？」「ちょっと⁉」

未晴《みはる》と網村《あみむら》と、そしてアイリスがそれぞれに反応し、虎木《とらき》は頭を抱えた。

「……バカ野郎」

「ちょっと聞き捨てなりませんね。アイリス・イェレイ、それにそこの修道騎士。誰と誰が付き合っていると？」

「修道騎士と吸血鬼が付き合ってるって、それさっき滅茶苦茶《めちゃくちゃ》問題になってたって話だろう？　あんたら、そんな関係だったのか？」

「違うわ！　シスター・ユーリ！　いい加減なことを言わないで！　私とユラはそんな関係じゃ……！」

「だ、だって隣同士の部屋に住んで、一緒に食事やお風呂《ふろ》まで……」

「アイリス・イェレイっ‼‼」

黒き修羅が、修道騎士の背後に湧き上がった。

「何もかもが初耳ですよ……ただでさえ隣に住んでいるというだけでも許しがたいのに、一緒に食事？　あまつさえ、一緒にお風呂《ふろ》……お風呂《ふろ》ぉぉぉ⁉」

「ああ、もう……」

「違うわミハル！　それはシスター・ユーリの誤解なの！」

「虎木《とらき》様も……私という許嫁《いいなずけ》がありながら……」

「正式に許嫁《いいなずけ》になった覚えはない！　おい百万石《ひゃくまんごく》！　お前どうすんだこの状況‼」

「待ってください虎木《とらき》さん！　比企未晴《ひきみはる》さんの許嫁《いいなずけ》ってどういうことですか⁉　シスター・イエレイという人がありながら！」

「風呂《ふろ》……風呂《ふろ》ぉお？　これはもう、虎木《とらき》様を殺して私も死ぬしか……」

「私これでも聖職よ！　そんなことするわけないでしょうっ！　ミハルいい加減にして！」

「シスター・イエレイ！　やはり吸血鬼なんてダメです！　その、あの、僕だったら、その！」

「俺帰るわ」

すったもんだする虎木《とらき》とアイリスと未晴《みはる》と優璃《ゆうり》を置いて、網村《あみむら》は気の抜けた顔で優璃《ゆうり》の横を抜けて出て行こうとする。

「何でもいいけどよ、お嬢。俺は身の安全のためにあんたについてるんだ。これ以上あんな化け物の相手させられるってんなら、相良《さがら》と一緒に国外にでも逃げさせてもらう。正直、ザーカリーとかいうおっさんだって俺なんか足元にも及ばない怪物なんだ。頼むから……バカやってこれ以上俺を巻き込むなよ」

網村《あみむら》がドアを閉める頃には、

「ぐはっ！　……何なんだよ、ったく……」

玄関には、虎木《とらき》を下敷きにアイリスと未晴《みはる》と優璃《ゆうり》が詰み上がっていた。

「ユラ！」

「虎木《とらき》様！」

「虎木《とらき》さんっ！」

「とりあえずお前ら全員落ち着けっ‼」

三人の下敷きになりながら、虎木《とらき》は喚《わめ》く。

「適当な思い込みで騒ぐな！　俺はアイリスと付き合ってなんかいないし、未晴《みはる》と許嫁《いいなずけ》でもない！　俺がアイリスん家《ち》でメシ食ってたのは俺が吸血鬼だってこと知らない人間をアイリスが俺の部屋に連れ込んだせいで、風呂場《ふろば》にいたのは百万石《ひゃくまんごく》、テメェに関係を誤解されたくないがためのごまかしだ！　未晴《みはる》と許嫁《いいなずけ》だなんて話も未晴《みはる》と比企《ひき》家が言ってるだけだ！」

「……そうなんですか、シスター・イェレイ」

「はぁ……ええ、ユラの言う通りよ」

アイリスが嘆息するのを見て、優璃《ゆうり》は大きく狼狽《ろうばい》した。

「ぼ、僕の勘違い？　あ、も、申し訳ありませんシスター・イェレイ……虎木《とらき》さんも、僕、何て失礼なことを……！」

「分かってくれて何よりだよ！」

優璃《ゆうり》の誤解を解くまで長かったが、これでようやく一つ、面倒事が片付いた。

だが、未晴《みはる》の方はまだ不満があるのか納得しない。

「私はまだ納得していませんよ！　それ以前の問題としてそもそも何故隣に住む必要があるのかって話です！　アイリス・イエレイ！　そこが分からないなら私は……！」

「人間の男の人が怖いのよ!!　だからユラの助けが無いと生活できないの!!」

喚《わめ》き散らす未晴《みはる》すら驚くほどの声で、アイリスは叫んだ。

虎木《とらき》は上階の住人に文句を言われないかハラハラしながらも、推移を見守る。

「なんですって？」

「シスター・イエレイ、今なんて……？」

「人間の……男が怖いのよ……」

虎木《とらき》が知る限り、アイリスが未晴《みはる》の前で人間の男性と会話をしたのは、詩澪《シーリン》がフロントマートに勤め始めたときに強盗未遂事件があった際、村岡《むらおか》と一緒に警察から事情聴取をされた際の一度だけ。

それも、あのときは未晴《みはる》が強盗未遂犯を取り押さえたために主に聴取されたのは未晴《みはる》であり、アイリスは身分証明以上の会話をしていない。

だからこそこの告白は、アイリスにとって自ら致命的な弱点を晒《さら》すに等しい行為だった。

「そ、そんな話、信じられると思いますか。修道騎士が人間の男が怖いだなんてつまらない言い訳をして！　大体そこの騎士は男でしょう！」

信じられないのは仕方がない。

虎木《とらき》だって、未《いま》だに何故《なぜ》アイリスがそんな性質で日常生活を送れているのか不思議なくらいだ。

「気持ちは分かるが、本当のことだ」

だが現実問題として、愛花《あいか》や烏丸《からすま》のような強大なファントムに立ち向かえるアイリスが、どんな非力であろうと成人男性を前にすると平常心を保っていられなくなる。

「虎木《とらき》様……」

「和楽《わらく》も知ってることだ。アイリスは、本当に人間の男と話せない。修道騎士のくせに、人間の男に組み伏せられてるとこも見たことがある。百万石《ひゃくまんごく》が大丈夫なのは、ガキだからだそうだ。それでもギリギリだそうだがな」

「うえっ……？　そ、そんな……」

「そんなバカな」

虎木《とらき》が説明すると、優璃《ゆうり》はショックでその場に崩れ落ち、未晴《みはる》も信じられない様子で顔を赤くしているアイリスの横顔をまじまじと見る。

「……虎木《とらき》様も、見た目は人間ですよ」

「出会ったときにはもう吸血鬼だって分かってたから……ファントムなら最悪、どんな手段で対抗しても、誰にも何も言われないし……」

「滅茶苦茶《めちゃくちゃ》な論法ですね……」

それは初めて聞いたとき、虎木《とらき》もそう思った。

思ったが……。

「仕方ないじゃない……だって」

アイリスは目に涙を浮かべて、言った。

「私がこうなったのは……ママが死んだ日からなのよ……」


時計は夜の十一時を差している。

虎木《とらき》の部屋は照明が落とされ、宵の口の喧噪《けんそう》は最早《もはや》どこにも無い。

アイリスは奥の和室の布団《ふとん》で横になって寝息を立てている。

優璃《ゆうり》は、アイリスから男性とみなされていなかったのがショックなのか、呆然自失《ぼうぜんじしつ》の体で部屋の隅で足を抱えて動かない。

未晴《みはる》もアイリスの隣で、気が抜けたような寝息を立てている。

「はぁ……」

虎木《とらき》はそんな様子を一通り見まわしてから、唯一起きている優璃《ゆうり》の足元に部屋の鍵を投げ落とした。

「俺、シフトを梁《リアン》さんに代わってもらってるからこれから出るわ。どっか出かけるならそれで鍵かけてくれ。じゃあな」

「……待ってください。危険ですよ」

「何も危険なことなんかねぇよ」

虎木《とらき》は気のない様子で言う。

「修道騎士どもの目的はザックであって俺じゃない。あのオールポートだって、別に最初から俺を殺したいわけじゃないんだろ。だったら普通に出勤する俺に何の危険があるってんだ」

「それもそうですね」

優璃《ゆうり》の方も、気のない様子ですぐに前言を翻《ひるがえ》した。

これは相当に落ち込んでいる。

「フラれたからって、急に気ぃ抜くなよ。正騎士なんだろ」

「フラれる以前の問題だから落ち込んでるんじゃないですか。まさか人間の男の時点でダメだなんて」

優璃《ゆうり》にしてみれば、生まれた時点でエントリーできなくなっているような状態なのだ。

伝統ある家柄の修道騎士だろうと、思春期の少年には辛《つら》すぎる事実であることは想像に難《かた》くない。

「ま、それも経験だ。大人になれば、良い思い出になるさ」

「大人のそういうの、マジでウザいです」

「ようやくお前の年相応のとこを見た気がするよ」

虎木《とらき》は特段励ますつもりでもなく、優璃《ゆうり》の肩を叩《たた》く。

「お前、これからどうすんだ。全部ネタ晴らししちまった以上、アイリスにくっついてる必要もないんだろ」

「……正式に任務が解かれれば、金沢に帰るだけです。あなたこそ、どうする気ですか」

「どうするって言われてもな。ザックがあんな調子じゃ、すぐ修行つけてくれってわけにもいかないだろうし、アイリスだってまだまだ俺達に話してないこともあるだろうしな」

男性恐怖症が始まったのは、母ユーニスの死以来。

アイリスの独白はそこで止まっていた。

憔悴《しょうすい》が激しく、またユーニスとザーカリーの関係性で、アイリスがまだ明らかにしていないことがあるのは明らかだったが、それを無理に聞き出すことは、アイリスの心を踏みにじることに繫《つな》がりかねないし、もっと言うと、

「家族の問題は家族にしか理解できないってのはある意味での真理だ。純粋な第三者の常識的な正義や憶測が、相手を救うことになるとは限らない以上、アイリスが何か言ってくるまでは、踏み入るにも踏み入れない」

時計を見上げると、オールポートの襲撃からまだ三時間ちょっとしか経《た》っていない。

「まぁ、とりあえず目の前の仕事を片付けるだけだ」

とりあえず今は、店に戻らなければならない。

ザーカリーが来たことで夜のシフトを無理に詩澪《シーリン》に代わってもらっている。

詩澪《シーリン》のシフトは午前からなので、いい加減交代しないと合計勤務時間が十二時間に迫ってしまい、後から何を言われるか分からない。

「虎木《とらき》さん」

「何だよ。これ以上話があるなら明日にしてくれないか」

玄関で靴を履きかけていた虎木《とらき》は、声で追いかける優璃《ゆうり》を振り向く。

「ザーカリー・ヒルは、倒されるでしょうか」

「俺に聞くなよ。お前らの胸三寸だろ。俺もザックもずっと静かに暮らしてるってのによ」

虎木《とらき》はさほど深く考えずに答え、それ以上の問答をせずに家を出た。

深夜の雑司《ぞうし》が谷《や》はザーカリーの大捕り物の気配など微塵《みじん》も残さず静かで、修道騎士もファントムも、気配すら無い。

池袋東五丁目店の光が見えても、やはり何ら状況に変化はなく、ちょうど買い物を終えたらしいお客とすれ違いに店に入ると、

「やっと帰って来た」

仏頂面《ぶっちょうづら》の詩澪《シーリン》が出迎えてくれた。

「生きてたんですね」

だが、帰りが遅いことを咎《とが》められるのかと思いきや、かけられた言葉は意外なものだった。

「これ、つけっぱなしだったんで聞こえてたんです。特有の鈍い銃声。あれ、デウスクリスってやつでしょ」

詩澪《シーリン》が言うのは、耳の道術札だ。

「闇十字《やみじゅうじ》ですか？」

「ああ。ザックを狙ってきた。街中で大立ち回りやらかしてくれたよ」

「どっちが人間の世界に迷惑かけてるんだって話ですよね。本当迷惑！」

詩澪《シーリン》は苦笑する。

「でも、虎木《とらき》さんが無事ってことは、あの吸血鬼さんも無事なんですか？」

「闇十字《やみじゅうじ》の騎士団長《きしだんちょう》ってとんでもねぇバケモンが来てて、ザックも苦戦してた。多分大丈夫だろうが……」

これからどうすると虎木《とらき》は優璃《ゆうり》に聞いたが、虎木《とらき》は虎木《とらき》で、折角ザーカリーが見つかってもとてもではないが本来の目的を果たせる状況ではないため、どう動くのが良いものやら分からないでいた。

「結局あのザックさんって何なんです？　虎木《とらき》さんの知り合いなんだってことは分かりました

けど、アイリスさん、あの人のこと、パパって呼んでませんでした？」

「その辺のことも、今度落ち着いたときにな。情報共有はちゃんとするけど、今日はもう疲れてるだろ？」

「交代したら着替えてきますから話してくださいよ。こんなこと保留にされたら今日眠れなくなっちゃいますから」

確かに詩澪《シーリン》の言うことももっともだと思った虎木《とらき》は、スタッフルームで手早く着替える。

入れ替わりで詩澪《シーリン》がスタッフルームに引っ込んでから、さてどこから話したものかと考え始めたときだった。

入店音が鳴り、自動ドアを見ると、

「あ、村岡《むらおか》さん」

いつぞやのように、シフトに入っていないはずの村岡《むらおか》が現れて、虎木《とらき》の顔を見るなりレジ前に駆け寄ってきた。

「トラちゃん！」

「えっ⁉　あ、あの、すいませんっ！　実は俺、さっきまで梁《リアン》さんにシフトを勝手に代わってもらっちゃってて……！」

その剣幕に虎木《とらき》は思わず何も言われない内から謝罪してしまうが、

「そんなことどうでもいいよ！」

どうでも良くはないだろうが、村岡《むらおか》は店内に客がいないのを確認してから、虎木《とらき》に恐る恐るといった様子で尋ねた。

「と、トラちゃん！　ザーカリー・ヒルと知り合いだったって、マジで⁉」

「えっ？　あ、ああ、灯里《あかり》ちゃんに聞いたんですか？」

「う、うん！　って言うか、さっきザーカリー本人から、灯里《あかり》に電話が来てね！」

「さっき？　いつです？」

「ほ、本当についさっきだよ。三十分くらい前」

わざわざ灯里《あかり》に電話する余裕があったということは、少なくとも現時点でザーカリーは闇《やみ》十字《じゅうじ》からは無事に逃げおおせたということになるだろう。

「俺知らなかったんですけど、そんなに有名人だったんですね」

「ZACHの二代目サックスだよ！　そりゃあ有名だよ！」

全くピンとは来ないのだが、父娘《おやこ》揃《そろ》ってそう言うのならば本当なのだろう。

「知り合った頃はいっつもへたくそなハーモニカ吹いてましたけどね、何がどうなってそんなことになったんだか」

「そ、そうなんだ。とにかくそれで信じられないんだけどさ、灯里《あかり》と僕と……あと妻を、ブルーブックのライブに招待してくれるって……」

「灯里《あかり》ちゃんみたいな若い子がザックのグループ知ってるのが嬉《うれ》しかったみたいですよ」

「そ、それでね……それを、灯里《あかり》が妻に話したんだ……そしたら」

村岡《むらおか》は、絞り出すように続けた。

「来てくれるって……三人で、行くことになった……」

それは、決して村岡《むらおか》が抱える問題の解決を意味しない。

場合によっては、なまじ楽しいはずのイベントであるだけに、余計に残酷な結末を迎える可能性もあるだろう。

それでも村岡《むらおか》は、大人らしい、控えめな笑顔になった。

虎木《とらき》も、思わずそれにつられて微笑《ほほえ》んでしまう。

「灯里《あかり》ちゃん、喜んだでしょ」

「ああ！　ザーカリーのサインを自慢げに妻に見せてたよ」

村岡《むらおか》は荒く息を吐く。

「もちろんだからって、妻とのヨリが戻るわけじゃない。それは分かってるんだ。でも……これまでけんもほろろだった妻が、一緒に来てくれるってだけで、僕には……もう」

嬉《うれ》しいとは言えない。でも嬉《うれ》しい。

痛いほどにその気持ちが伝わってくる。

「ありがとう、ありがとうね、トラちゃん」

「俺は何もしてないですよ。俺はザックがジャズプレイヤーだってことも知らなかったんです。

灯里《あかり》ちゃんがもたらした幸運です」

「幸運……そうだね。この幸運は、逃がさないようにする」

「ライブは明後日《あさって》だって聞きました」

「そうなんだ！　幸い、僕は店にいなくていい日でね！　この前みたいに急に代わってもらうなんてことはないから安心して！　っていうかさ」

「はい？」

「トラちゃんは来ないの、ライブ。ザーカリーと知り合いなんでしょ？」

「俺は……」

灯里《あかり》を通せば招待すると、闇十字《やみじゆうじ》が襲ってくる直前に言っていた気がするが、

「え、何？」

虎木《とらき》はふと、冬なのに顔いっぱいに喜びの汗をかいている村岡《むらおか》の顔を見る。

その瞬間、先刻までてんで定まっていなかった先への道筋が、一瞬で一本の道になった。

「……ええ、行きますよ。明後日《あさって》なら俺もシフト入ってないし、ザックに連絡すれば、招待してもらえると思うんで」

「そっか！　うん！　それがいいよ！　ザーカリーのサックスは絶対聴くべきだ！」

今すぐにでもお勧めのＣＤを懐《ふところ》から取り出しかねない村岡《むらおか》だが、虎木《とらき》は彼の明るい顔を本当に久しぶりに見た気がして、つい自分も釣られて笑ってしまった。

村岡《むらおか》はその後もひとしきりZACHの良さを語った後に帰っていき、詩澪《シーリン》がスタッフルームから出てきたのは、村岡《むらおか》が帰ってすぐのことだった。

「……本当に間の悪い雇い主ですよ。こっちは予定に無いシフト入れられて眠いのに」

文句を言う詩澪《シーリン》だが、彼女の耳には道術札がついたままで、恐らく村岡《むらおか》の話も聞いていたのだろう。

「良かったですね、村岡《むらおか》さんち、ちょっとはいい方向に転がりそうじゃないですか？」

「本人も言ってたろ。そう簡単にはいかないさ。奥さんだってそれだけでほだされたりはしないだろうし……でも……」

「ふふ」

詩澪《シーリン》は、虎木《とらき》の横顔を見て微笑《ほほえ》んだ。

「何だよ」

「いえ、今気付いたんですけどね、私、虎木《とらき》さんの前向きな明るい顔って初めて見たかも」

「え？」

「虎木《とらき》さんっていっつも機嫌悪そうな無表情というか、諦め顔というか、お疲れ顔というか、不景気顔というか、ダメ顔というか……とにかく顔付きが暗くて重いんですよ」

散々な言われようだが、自覚もあるため否定ができない。

だが裏を返せば、今はそうではないということ。

「何する気なんですか」

「聞いてたろ。灯里《あかり》ちゃん達が招待されてるライブは明後日《あさって》だ」

「なるほどなるほど。ところで私の記憶が正しければ、明後日《あさって》って虎木《とらき》さんシフトに入ってましたよねぇ？　村岡《むらおか》さん、シフト覚えてないんですかねぇ。切羽詰まりすぎじゃないです？」

本気で眠そうな目で、うんざりしたような目で睨《にら》む詩澪《シーリン》だが、

「頼めるか」

迷いなく言い切る虎木《とらき》に、さすがに苦笑するしかなかった。

「虎木《とらき》さんって、女の子に借り作ってばっかですね。悪い男」

「世界は男女平等を目指してるらしいからな。だったら男が女から借りを作ったっていい世界のはずだろ？」

虎木《とらき》はそう言うと、思わず拳を掌《てのひら》に打ち付ける。

「いい加減、闇十字《やみじゅうじ》の横暴には嫌気がさしてたところだしな」

「それは同感です」

この後帰宅して、優璃《ゆうり》に今後どうするかと尋ねられたら、即答してやるのだ。

村岡家《むらおか》のためにも、ザーカリーは絶対闇十字騎士団《やみじゅうじきしだん》には殺させない。

ライブを完遂させ、終わった後も村岡《むらおか》家にライブの記憶が幸せなものとして残るよう、ザーカリーが日本を離れるまで、闇十字《やみじゅうじ》の邪魔をし尽くすのだ。

「でもいいんですか？　アイリスさんの事情は放っておいて」

そのことについては、虎木《とらき》はあまり気にしていない。

その他のこと、十年前にアイリスとザーカリーの間に何があったかなど、過去の真実の解明については、今、灯里《あかり》達の平穏と幸せよりも優先するべきことではないと考えていた。

かつてアイリスの母、ユーニスの相棒だったというオールポートは、ザーカリーを憎悪《ぞうお》していた。

ザーカリーは、ユーニスを吸血鬼にしてしまったことを否定しなかった。

だがアイリスは、ザーカリーが母の死の直接の原因だと認めながら、実の父親ではないはずのザーカリーを『パパ』と呼んだ。

ユーニス・イエレイを取り巻く者達の、噛《か》み合《あ》いそうで噛《か》み合《あ》わない反応に、虎木《とらき》が知るザーカリー・ヒルの記憶を統合すると、導き出される結論は一つだった。

「アイリスにもザックにも、誰にも話していない裏がまだある。それが明らかにならない間は、考えたって意味がない。……どんなに親しかろうが、他人が踏み入っちゃいけない『家族』の領域ってもんは尊重しなきゃな」

「そーいうもんですか。私は家族がいないから分かりませんけど、まあ」

詩澪《シーリン》はつまらなそうに鼻を鳴らす。

「誰かにそう思ってもらえるアイリスさんは、幸せものですね。ぶっ飛ばしたくなります」

そして毒を吐くその顔は、確かにファントムの世界で生きてきた人間の顔だった。

第四章　吸血鬼は聖職者の過去を聞く

DRACULA YAKIN!

翌日の午後五時、風呂場《ふろば》から出た虎木《とらき》を最初に出迎えたのは、アイリスでも、未晴《みはる》でも、優《ゆう》璃《り》でもなかった。

「……お、おはよう、ユラ」

「あれ、和楽《わらく》？」

「邪魔してるぞ」

和楽《わらく》が困惑したような、呆《あき》れたような、それでいてどこか苦笑したいような、複雑な顔で虎《とら》木《き》を見ていた。

ダイニングテーブルにはこれまたアイリスと未晴《みはる》が和楽《わらく》と向かい合って神妙な顔で座っており、二人は虎木《とらき》が起きてきたことに若干驚いたような顔だった。

「えっと、どうした？」

虎木《とらき》は、まだ和楽《わらく》の連絡先をアイリスに教えていないし、その逆も然《しか》りだ。

前日の夜に色々なことがありすぎて、この日の朝の虎木《とらき》は帰宅するなり歯を磨いただけで眠ってしまった。

アイリスも未晴《みはる》も優璃《ゆうり》もめいめい眠っていたこともあって、今後の相談は次の夕刻に目覚めてからだと考えていたためだ。

「私が和楽《わらく》長官をお呼び立てしたんです」

最初に答えたのは未晴《みはる》だった。

「目が覚めて虎木《とらき》様がお勤めに行ってお帰りになっていたことに気付いた時、心臓が止まるかと思いました。ジェーン・オールポートはファントムの命など紙屑《かみくず》より軽いと思っているのです！　踏み込まれたらどうするおつもりだったのですか」

どうやら未晴《みはる》は、虎木《とらき》の不用心さを嗜《たしな》めているようだ。

「昨日百万石《ひゃくまんごく》にも言ったけどな、紙屑《かみくず》には紙屑《かみくず》の価値しかないんだよ。オールポートはザックを追い詰めるのに俺の命や情報なんか必要としてない。必要なら」

虎木《とらき》は欠伸《あくび》混じりに言った。

「俺もアイリスも、今ここにいねぇよ」

「……で、ですが、万が一ということもあります！」

未晴《みはる》も、心のどこかで虎木《とらき》の物言いには納得しつつも、少し拗《す》ねて見せた。

「連中が雑司《ぞうし》が谷《や》でザーカリー相手に行った無法は目に余ります！　和楽《わらく》長官からご子息の良明《よしあき》様にお伝えいただいて、警察権力で闇十字《やみじゅうじ》を取り締まることも視野に入れてはいただけないかとお願いしていたところです！」

「まぁ、アイリスさんもいると言うんでな。前に言った話もしたかったし、比企《ひき》家のお嬢さんとアイリスさんが友達付き合いしていたとは驚いたが……」

「『友達じゃありませんっ！』」

「仲の良いことだ」

声を揃《そろ》えるアイリスと未晴《みはる》に、和楽《わらく》は相好《そうごう》を崩す。

「まぁおかげで連絡先も交換できたし、アイリスさんにも、それに比企《ひき》のお嬢さんにもしたい話はできた。だからまぁ、特に今後兄貴を仲立ちにということはしなくていい」

「そうか。何の話だったんだ？」

「いや、大したことは無い。なぁ？」

和楽《わらく》が二人に同意を求めると、

「え、ええ……その」

「まぁ、確かに世間的にはよく耳にする話ではありましたけど……その……」

これまたアイリスと未晴《みはる》は少し気まずそうに虎木《とらき》から目を逸《そ》らす。

「……なんだよ？」

怪訝《けげん》な顔をする虎木《とらき》が二人に何か突っ込むよりも早く、和楽《わらく》が話題を変えた。

「それにしても、町内でザックがイギリスから来た闇十字《やみじゆうじ》の騎士と大立ち回りとはな。何故《なぜ》兄貴はこうも、俺の老後を騒がせるのかね」

「俺は何もやってねえ。俺の周りが勝手に騒いでるだけだ」

「室井《むろい》愛花《あいか》と大立ち回りをして、梁戸幇《リアンシーバン》の僵尸《キョンシー》と働きながら、比企《ひき》家との縁談に臨むような人が何もやっていないは無理があるでしょう」

「うわっ！」

その瞬間まで気付かなかったが、風呂場《ふろば》のドアのすぐ脇に優璃《ゆうり》が膝を抱えて蹲《うずくま》っていた。

「何してんだよそんなところで」

「ザーカリー・ヒル討伐の聖務に関わることから正式に外されたので、暇を持て余してるんです」

「金沢帰れよ」

自分の仕事があるのであまり気にしたことが無かったが、そう言えば普段、聖務とやらが無いときのアイリスはどうやって過ごしていたのだろう。

コンビニに張り付いているからと言って特別何かしているわけではなく、虎木《とらき》や詩澪《シーリン》から目を離していることも少なくない。

「な、な、何よその目は！」

実は聖務の無い日は好き勝手していていいのではという疑惑が湧いたものの、一方では聖務と名が付けば街中で通行人に目撃されないように銃をぶっ放さなければならないのだから、滅《め》茶苦茶《ちゃくちゃ》な仕事だと改めて認識する。

「今は東京に派遣されてる身なので、勝手に帰るわけにはいかないんです」

「闇十字《やみじゆうじ》にも派遣事業が幅を利《き》かせてるとは初耳だな……それで、何をどこまで情報交換したんだ」

「言ったろう。兄貴が探してたザックがひょっこりやってきて、勝手に兄貴を巻き込んでアイリスさんの上司と大げんかしたってところまでだ」

あまりに端的すぎる要約に、虎木《とらき》も苦笑してしまう。

「比企《ひき》のお嬢さんが、兄貴が危ないとまくしたてるからとりあえず来たが、話を聞く限り静観するしかないんじゃないのか？　この場合は、ザックが闇十字《やみじゆうじ》に討伐されるか、ザックがライブツアーを終えて日本を出るか、決着はこの二択だろう？」

「……」

和楽《わらく》の至極正しい分析に、アイリスは目を伏せる。

恐らく和楽《わらく》にザーカリーとの関係を話してはいないのだろう。

「下手にちょっかい出せば、兄貴も、闇十字《やみじゆうじ》のアイリスさんも比企《ひき》のお嬢さんもみんな立場が悪くなるだけで何の得も無いようにしか聞こえなかった。比企《ひき》のお嬢さんだって、俺に兄貴の警護以上のことを望んでるわけじゃあるまい？　現実問題として、今のところ警察の立場でそのジェーン・オールポートとやらに干渉できるとは思えん」

「それは……そうなのですが……」

未晴《みはる》もアイリスも頷《うなず》くしかないが、

「ザックに何かあったら、俺が困るんだ」

虎木《とらき》が首を横に振った。

「修行がどうとか言ってたやつか」

「ああ」

「ザックの方が兄貴よりも強いんだろう。足手纏《あしでまと》いにしかならないんじゃないか？」

「それでも俺はザックと闇十字《やみじゅうじ》の衝突を静観できない」

「理由を話せ。何か俺に言ってないことがあるだろ」

和楽《わらく》の厳しい目を、虎木《とらき》は真《ま》っ直《す》ぐ見返す。

「この間な。村岡《むらおか》さんから社員にならないかって誘われたんだ」

「ほう」

「何でかって言ったら、この前も話したけど、村岡《むらおか》さんちの家庭問題の影響で、村岡《むらおか》さんが今よりきちんと休めるように、池袋東五丁目店を俺に任せたいんだと」

「まぁ、今のままじゃ無理だな」

「ああ無理だ。日中灰になる店長なんか話にならん」

「そうだな」

和楽《わらく》の顔が少しだけ緩む。

「だから、俺は一刻も早く人間に戻る必要があるんだ」

「コンビニの店長になるためにか？」

「その方が、お前も安心だろ」

一息に言いきれなかったのは、虎木由良《とらきゆら》の弱さ、勇気の無さによるものだった。

それでも老いた弟にそれを言わなければならない。

「確かにな」

弟は、若い兄の振り絞った勇気を、何の逡巡《しゅんじゅん》も無く受け止めた。

「兄貴の場合、戸籍がきちんとあるからな。その外見で七十過ぎだなんてどんな勘繰りされるか分からん。細かいことを考えずに生活を支えてくれて、しかも関係の良い就職先があるのなら、それに越したことは無い」

「就職先でしたら、この私の所に永久就職してくだされぱいいのに……」

理解しあう兄弟の側《そば》で未晴《みはる》が小さく呟《つぶや》き、未晴《みはる》をアイリスは横目で睨《にら》む。

そしてそんな二人の様子をきちんと目の端で捉えていた和楽《わらく》は、また二人に向き直った。

「兄貴の生活を助けてくれる二人には心から感謝するが、兄貴の独立心は尊重してやってくれ。一度自分の身を自分で立てるという過程を経た方が、きっと兄貴の男ぶりは上がる」

「……ま、和楽《わらく》長官がそう仰《おつしや》るのでしたら……」

「わ、わ、わ、私はべべ、別にどちらでも……」

未晴《みはる》は渋々、アイリスは慌てたように首を振る。

「ですが、これだけは確認させてください。私もですし、アイリス・イェレイもそうだと思いますが……」

未晴《みはる》は居住まいを正して和楽《わらく》を正面から見据えた。

「『吸血鬼にされた人間が、人間に戻る』などということが本当のこととは思えないのです。虎木《とらき》様と知り合ってから比企《ひき》家の文献や資料を当たってみましたが、そんな資料はどこにも存在しませんでした」

「……そ、それはわ、私も、疑問におも、思ってました……方法は、ゆ、ユラから前にも聞いたけど、神学校の、ざ、ざ、座学でも、そ、そんな話は無かったなって思って……」

「不思議でならないのです。虎木《とらき》様はもちろん、虎木《とらき》様以外のファントムとの交流がほぼ無いはずの和楽《わらく》長官までが、その話を無条件に信じていらっしゃるのが……」

兄弟は少し驚いたように目を大きくし、一度顔を見合わせてから同時に言った。

「「ザックがそう言っていたから、だな」」

「えっ……！」

これに驚いて顔を上げたのは、アイリスだった。

「俺達がザックと知り合ったのは、俺が吸血鬼になった後に身元を引き受けてくれた叔父が亡《な》くなって少ししてからなんだ。それまで俺は……ただ、誰の目にも留まらず家の奥に隠れるだけの、世捨て人だった」

「吸血鬼になって二十年くらい経った頃か。兄貴は限界が来てたんだ。ありゃあ痛かった」

和楽《わらく》は笑いながら、筋張った自分の首元を手で叩《たた》いた。

「俺が初めて血を吸った人間は、和楽《わらく》なんだよ」

「……っ！」

「そ、そんな……」

未晴《みはる》は息を呑《の》み、アイリスもはっとして口元を押さえる。

知り合ったばかりの頃、虎木《とらき》もまた、人の血を吸ったことがあると事実上の告白をされたことがあった。

だがその誰かがまさか、実の弟であったとは思いもしなかったのだ。

「警察人生もそれなりにしんどかったが、あの時ほど死を覚悟することはなかったなぁ」

「だからいつも悪かったたって言ってんだろ」

だが兄と弟はその非業《ひごう》の経験を、酒席の失敗程度の軽さで笑い合っている。

「隠居生活がたたって俺は完全に参ってたんだ。そんなときに俺を訪ねてきたのがザックだったんだ。『アイカ・ムロイの子を探してる』って言ってな」

「それからだな。兄貴が外に出られるようになったのは」

和楽《わらく》の笑顔は複雑だった。

「複雑だったよ。俺一人じゃ兄貴の面倒を見切れなくなりはじめてたのは確かだった。だが、吸血鬼の生き方を知ることで、兄貴が今度こそ人間でなくなっちまうんだって思うと切なくてな。人間なんて勝手なもんだ。だからザックには感謝してるし、どこかで恨んでもいる」

「ワラクさん……」

虎木《とらき》が愛花《あいか》の手によって吸血鬼にされてから実に二十年余り。

それだけの時間、虎木《とらき》は夜の世界ですら知らなかったということになる。

「ザーカリー・ヒルは、どうして室井《むろい》愛花《あいか》の子を探していたのですか？」

「最初あいつは俺を殺しに来たんだよ」

「「えっ！」」

未晴《みはる》とアイリスは同時に声を上げた。

「当時、愛花《あいか》の『子』の吸血鬼が世界中で悪さしてたらしくてな。静かに生きてる吸血鬼の邪魔になるってんで、ザックはあちこちで愛花《あいか》の『子』を殺してまわってたんだそうだ」

だが、ザーカリーが極東で出会った青年吸血鬼は、十二の歳《とし》で吸血鬼にされてから、一度たりとも血を吸わず、己を失いかけながらも家族に守られて生きていた。

『お前みたいな奴《やつ》は俺にとっては救いだが、それでもお前みたいな奴《やつ》が生まれないのが一番なんだ。吸血鬼なんてもんは、この世にいない方がいい。三百年近く吸血鬼やってる俺が言うんだ、間違いない』

虎木《とらき》は、自分を月の光の下に連れ出した男の正体を、男を『パパ』と呼んだアイリスに告げた。

「ザックは、元人間の吸血鬼なんだそうだ」

「……そんな……そんなこと」

「ザーカリー・ヒルが、元、人間……」

蹲《うずくま》る優璃《ゆうり》も、僅かに顔を上げた。

「でも、ザックはもう人間に戻れないって言ってた。いや、正確には方法は無くはないらしいが、恐ろしく時間がかかるし犠牲も多いから、ザックはそれがどうしてもできなかったって言ってた。だから……俺を育ててくれたんだ」

「そこまでおっしゃるからには、具体的にどうすればいいのか、虎木《とらき》様も和楽《わらく》長官もご存知なのですよね？」

「ザックが言うのを信じるならば、って前提付きだけどな」

虎木《とらき》は、歯を食いしばって二人に見せる。

その歯並びは人間とまるで変わらぬものだった。

「アイリスには前にも話したよな。『親の吸血鬼』の血を吸う。だから俺は、何が何でも愛花《あいか》と戦えるだけの力を手に入れる必要があるんだ。そのためにも今……闇十字《やみじゅうじ》にザックを殺させるわけにはいかない」

吸血鬼が同族の血を吸うとどうなるのかは、諸説あって判然としない。

と言うのも、そもそも人間側からその現象を観測した資料が存在しないことと、吸血鬼側としても同族からの吸血という行為に対し生理的欲求が起こらないからだ。

同族の血を吸うと、血液型の違いで自分の血が凝固してしまうという研究者もいれば、体が受け付けずにアナフィラキシーショックを起こすという者もいる。

極端な話だと同族吸いをした途端に体が爆発するなどという話もあるらしいが、いずれにしろ同族の血を吸った吸血鬼がどうなるのか、虎木《とらき》は知らないし、ザーカリーも教えてはくれなかった。

だが、ザーカリーは『人間に戻る手段があること』だけは確信をもって語っていた。

虎木《とらき》にとってはそれだけが人生の指針であり、それだけにザーカリーが姿を消した二十年前から今日にいたるまでは、迷走の連続だったと言ってよい。

「半年近く行方不明になった兄貴が、畑に撒《ま》かれてたって話を聞いた時には、さすがの俺もどう反応すべきか迷ったもんだ」

「そ、そ、それ、ほほ、本当の話なん、なんですか？」

和楽《わらく》が、以前虎木《とらき》が言っていたことと同じことを言うが、アイリスは信じていなかったのか眉根を寄せた。

「こう聞けば単なるギャグにしか聞こえんだろうが、あのとき以来、兄貴は愛花《あいか》を追うのを一度やめたんだったな」

「ああ。ザックと別れてから、全く進歩できてなかった自分に絶望もしたしな」

「私はあの件で、虎木《とらき》様の灰と畑の土を分けるために初めて遠心分離機というものを使いました」

「遠心分離機ってそういうことに使えるんですか」

アイリスと優璃《ゆうり》の疑惑の目に、和楽《わらく》と虎木《とらき》と未晴《みはる》は至極真面目に答える。

「古《いにしえ》の吸血鬼は、棺《ひつぎ》の中に墓土を入れて寝所にしたと聞いたことがありますが、畑に灰を撒《ま》かれたくらいなら復活できそうですけど」

「実際できなかったんだよ。畑に灰撒《ま》くのは土のpH《ペーハー》値調整のためだって聞いたことあるけど、アルカリ性の土だと吸血鬼の体に悪いとかあるんじゃないか？　まぁとにかく」

笑えない冗談で場を濁した虎木《とらき》は、話を元に戻す。

「とにかく、ザックにはまた修行をつけてもらいたい。俺よりずっと長生きで、俺よりずっと器用に生きてきたあいつから学びたいことは沢山ある。……それに、まだこの二十年何をしていたのか、何も聞けてないしな」

「……この後、どうするの」

「今日明日とシフトは梁《リアン》さんに代わってもらった。ザックがライブやるっていうジャズハウスに行こうと思ってる」

「行ってどうするの。シスター・オールポートと戦うつもり？」

「最終的にはそういうことになるかもな。正直、今この瞬間だってザックが襲われていないとも言えないしな」

「危険です。シスター・オールポートは聖務の邪魔をするファントムを放置するほど優しくありませんよ」

思いがけないことだが、優璃《ゆうり》は真剣に虎木《とらき》の身を案じているようだ。

「だろうな。でも、闇十字《やみじゅうじ》がザックを狙うならライブを逃す手はない。実際俺とアイリスも、前にそういう計画立てただろう？」

池袋西口の繁華街で網村《あみむら》を捕縛する聖務に於《お》いて、未晴《みはる》の邪魔が入らなかった場合、小火《ぼや》を演出するのは虎木《とらき》達のはずだったのだ。

ライブ会場のブルーブック東京は、南青山にあるという。

繁華街の性質こそ違えど、多くの人が行き交い多くのお客が入るライブ会場で混乱を引き起こせば、闇十字《やみじゅうじ》の騎士達の力をもってすれば潜入も暗殺もお手の物だろう。

近年では有名アーティストのライブ会場では入り口で荷物検査をされることも多いが、せいぜいカバンの中身を上から少し見て不審物がないか確かめる程度のこと。

女性ばかりの闇十字《やみじゅうじ》の修道騎士ならば、服の下にデウスクリスを忍ばせれば会場内での狙撃すら容易《たやす》いだろう。

ザーカリーや虎木《とらき》の目に見られていてなお姿を眩惑《げんわく》することのできるオールポートなど、それこそチケットを持たないまま正面入り口からだって会場内に潜入できそうだ。

「もちろんザックだってそんなことは分かってるだろうし、俺の力でオールポートをどうこうできるなんて思ってない。ただそれでもザック……と言うより、あいつのライブを俺は、最後まで守らなきゃいけないんだ。村岡《むらおか》さんと、灯里《あかり》ちゃんのためにな」

「アカリちゃん？」

「村岡《むらおか》さんご夫婦が、ザックのバンドのファンなんだ。家族三人でザックに招待されてる」

「そ、それって……」

「ザックが殺されればきっと、灯里《あかり》ちゃんの心に消せない傷が残る。それだけは、絶対に許しちゃいけない」

破綻まで秒読みの夫婦を寸前で繋《つな》ぎとめたのが、家族共通の趣味であるジャズであり、ザーカリーと彼のバンドであるZACHだった。

もしこれで闇十字《やみじゅうじ》とオールポートの暗躍により、ライブが中止になれば、延期になれば。たとえ無事楽日を過ぎても、ザックがこの世から消え、それが事件や事故など、人間世界に暗い影を落とすニュースとして報道されれば。

家族三人を繋《つな》ぎとめた淡い光は儚《はかな》く霧散することだろう。

「アカリちゃんと、ムラオカさんが……パパの、ライブに行くのね。間違いないのね」

久々に、アイリスの瞳に強い光が灯《とも》る。

「……パパ？　さっきからちょいちょい気になっておったんだが、アイリスさんは、ザックとどういう関係なんだ？」

「そこは俺達も、正確なところをつかみかねてるんだが……」

虎木《とらき》はアイリスにそのあたりの話を促そうとするが、アイリスは首を横に振る。

「今は……ザーカリー・ヒルが、私のステップファザー《継父》だった、ということしか、お話しできないんです」

「ザックが、アイリスさんの？」

「それよりも！　アカリちゃん達がライブに行くなら、私、シスター・オールポートを止めることが……パパの討伐聖務を止めることできるかもしれない」

「は？」

虎木《とらき》には、全く話が繋《つな》がっているようには思えなかった。

村岡《むらおか》のことは、かつて中浦《なかうら》に調べられている。ひょっとしたら家族構成の裏を取って、灯里《あかり》の存在も知っているかもしれない。

だが、調べれば彼らがファントムなど全く関係ない世界で生きている普通の人だと分かるはずで、実際中浦《なかうら》も闇十字《やみじゆうじ》も、フロントマート池袋東五丁目店で虎木《とらき》や詩澪《シーリン》と接触するときは、必ず村岡《むらおか》が不在の時間帯を選んでいる。

だからこそ、村岡《むらおか》と灯里《あかり》の存在が何故《なぜ》、闇十字《やみじゆうじ》の聖務を止めることに繋《つな》がるのか、虎木《とらき》は分からなかった。

「この前からお前の話、前後の繋《つな》がりが全く無い気がするんだが」

「何がよ」

「色々だよ。灯里《あかり》ちゃんに俺達が付き合ってるって思われてることが未晴《みはる》にバレたら怖いとか、灯里《あかり》ちゃんがいるとあの化け物騎士《きし》団長《だんちょう》を止められるとか……」

「それは……！」

するとなぜかアイリスは、はっとなって虎木《とらき》から目を逸《そ》らすが、逸《そ》らした先で未晴《みはる》と目が合い、また慌てて別の方を向く。

薄暗い共用廊下の下で、それでもアイリスの頬ははっきりと赤くなっていた。

「だって……仕方ないじゃない……」

「だから何が」

「わ、私が……してるって思われたら……ミハルが……シスター・ナカウラに……そしたら…………ママと、パパみたいに……」

「あ？」

「……私が、何だと言うんです、アイリス・イェレイ。んん？」

「……〜っ」

ここにきて全くはっきりとしないアイリスにしびれを切らしそうになる虎木《とらき》だったが、目を

D.C.K

潤ませ、頬を染めながらもはっきりと虎木《とらき》を見据えるその視線に、一瞬たじろいだ。

「でも、アカリちゃんのことは裏切れない。あの子を見捨てたら、私は騎士以前に、修道士ですらいられなくなるわ……ねぇ、ユラ」

アイリスが、虎木《とらき》に向かって手を伸ばす。

「……なんだよ」

「私達、まだ終えていない聖務があるの。いい加減、終わらせなきゃいけないわ。そのためにも……私を」

アイリスは、伸ばした手で虎木《とらき》の袖をつまんだ。

「私を、パパのジャズハウスに連れて行って。あなたがいないと私……夜の繁華街なんて、絶対一人で歩けないから」

※

虎木《とらき》も東京に住んで長いが、いわゆる『金持ちっぽいエリア』にはとんと縁が無かった。

麻布だ赤坂だといった地名は、知っていても二十三区のどこにあるのか即答できないし、当然足を踏み入れたことも無い。

そして『ブルーブック』のある南青山も、雑司《ぞうし》が谷《や》から地下鉄で二十分程度の距離であるというのに、足を踏み入れたのは初めてのことだった。

虎木《とらき》はこれまで、池袋や新宿、渋谷の駅周辺の繁華街しか知らなかったが、南青山には居酒屋の看板やキャッチ、道端のゴミや公共物に張り付けられている謎のステッカー、ギラギラと光るネオンサイン、遊興施設からこぼれ出る大音響などは一切存在しない。

ＬＥＤ街灯一つとってもシックなデザインに纏《まと》められ、商店や飲食店も一見しただけで何を提供しているのか分からないものが多い。

ビジネス街や住宅街も近く、町全体が落ち着いた雰囲気であるせいか、夜間の外出に怯《おび》えていたアイリスも、虎木《とらき》に縋《すが》りついて離れられない、ということは無かった。

「言うだけあって、しゃれたライブハウスだな」

表参道駅からそんな街中を歩いて十数分。

ＺＡＣＨの東京公演が行われるジャズハウス『ブルーブック』の前で、虎木《とらき》とアイリスはショーケースに掲示されたＺＡＣＨのポスターを見て複雑な顔をする。

四人の男女がそれぞれに楽器を構えるスタンダードな構図のポスターのセンターに、輝くサックスを携えたザーカリーが立っていた。

「ふふ、何これ。なんだからしくない」

アイリスはそのポスターを見て声を上げて笑った。

ザーカリーに絡《から》んだところで、アイリスの明るい顔を見たのは初めてかもしれない。

それは彼女が今回の『聖務』に対し吹っ切れたからなのか、はたまたヤケを起こしているだけなのかは分からない。

だがただ一つ信じられるのは、ザーカリーもオールポートも関係ないところで見た、アイリスの聖職者としての矜持《きようじ》。

『心の重荷を共に背負う』と灯里《あかり》に告げた、日本に来たばかりの頃のアイリスの言葉だ。

闇十字《やみじゆうじ》は確かにその存在が表に出ない秘密結社的な側面があるが、それでも聖十字教会の一会派であることには変わりなく、修道騎士達には世界中の聖十字教会の聖職者と同じ義務が課されている。

即《すなわ》ち、『救いを求めている神の子を、決して見捨てることなかれ』。

神の子を救う『聖務』に貴賤《きせん》や優劣は無く、複数の聖務がある一点でバッティングした場合、修道騎士は可能な限り双方の達成に努力しなければならない。

アイリスはそのルールに則《のっと》り、騎士団長《きしだんちよう》が日本入りしてまで遂行しようとしている『ザーカリー・ヒル討伐』の聖務に対し、『ルームウェルの現場で保護した村岡灯里《むらおかあかり》の傷ついた心を救う』聖務で対抗しようというのだ。

ザーカリーにもしものことがあれば、灯里《あかり》の家庭が崩壊し、灯里《あかり》の心は永遠に救われず、聖務は達成されなくなるという理屈である。

アイリスがその理屈を披露したときは、倫理的な問題をさておけばとても天秤《てんびん》のつり合いが取れているとは思えなかった虎木《とらき》だが、意外な人物がアイリスを援護した。

「今回の件に限定するなら、案外通用するかもしれません」

聖務に聖務をぶつけるアイデアに、アイリスと同じ闇十字《やみじゅうじ》の修道騎士である優璃《ゆうり》が賛成したのだ。

「ザーカリー・ヒル討伐作戦は、彼にシスター・イエレイのお母様、ユーニス・イエレイを殺害した『容疑』がかかっているからです」

「それは私のところに来た書類の中身とも一致していますね」

未晴《みはる》が、とりあえず優璃《ゆうり》の言うことを肯定する。

「ですが、あくまで『容疑』です。ユーニス・イエレイの死の真相は、未《いま》だに完全に解明されたとは言えない状況なんです」

優璃《ゆうり》はアイリスを横目で気遣うが、アイリスが何も言わないので、おずおずと続ける。

「ザックがアイリスのおふくろさんを吸血鬼にしたのは間違いないんだろう？　アイリス自身も前にそう言ってたし……」

「ええ、当時のシスター・イエレイの証言と現場の状況から、そういうことになっています。ですが一つだけ、どうしても不自然な部分があるんです」

「もったいぶるな。何なんだ」

「歴代最強のイェレイの騎士とまで呼ばれたユーニス・イェレイが、何故《なぜ》ザーカリー・ヒル程度の吸血鬼に殺されてしまったのか、ということです」

「ザック……程度？」

愛花《あいか》を除けば、虎木《とらき》がこれまで出会った吸血鬼の中でザーカリーの強さは別格中の別格だ。

教えを受けていた三十年間は、ハーモニカの腕を除けばザーカリーに勝てることは何一つなかったし、日本語や日本の知識すら、ザーカリーの方がよほど詳しかった。

そのザーカリーをして、程度、と言わしめるのが、イェレイの騎士なのだろうか。

「十年前、ザーカリー・ヒルによって吸血鬼に変化させられたユーニス・イェレイは、変化しきる前に自ら命を絶ったと、当時九歳だったシスター・イェレイの証言を元に調書が作成されています」

「十年前って、お前まだ幼児だろう」

「シスター・イェレイと御一緒することが決まってから資料を当たったに決まってるでしょうバカですか」

玉砕した件がまだ尾を引いているのか、虎木《とらき》の言うことに対するあたりが強い。

「調査の陣頭指揮に当たったのはシスター・オールポートでした。ですが、現場のイェレイ邸が火事で焼け落ちたことと、目撃者がシスター・イェレイお一人だったことから、どうしてもこれ以上事件を裏付ける証拠は見つかりませんでした。ですが、状況証拠的にはそれ以外の結論はあり得ないとされ、そうして今回ザーカリー・ヒルが、我々闇十字《やみじゆうじ》が容易に把握できるルートを通って突然日本に渡ったため、作戦が立案されることになったのです」

「……警察の立場で言わせてもらうなら、悪いがおよそ村岡灯里《むらおかあかり》さんの家庭問題が、ザックの対処と同等の案件とは思えんが」

和楽《わらく》の疑問に、優璃《ゆうり》は頷《うなず》く。

「通常ならば我々だってそうです。でも、そんなことはシスター・イェレイだって理解されているはずです。それでもなお、そう仰《おつしや》るということは……」

アイリスは寂しげに微笑《ほほえ》むだけ。

「……当時の事件は、アイリスの証言を元に構成されてる部分が大きい。何か、お前しか知らないことがあるんだな？」

虎木《とらき》の問いに、アイリスは素直に頷《うなず》いた。

「当時の私の証言……嘘《うそ》だから」

かつての事実を歪《ゆが》め、そして今、事態をひっくり返し得る要素はそこしかないだろう。

「パパは、ママを吸血鬼にしたのは本当。でも、殺したのは、嘘《うそ》」

「どうしてそんな嘘《うそ》をついたのです？　当時シスター・イェレイは九歳だった。それがどんな事態を招くか、想像がつかない年齢ではないはずです」

「分かってて嘘《うそ》をついた。そうしなきゃならなかった。違うか？」

詰問するような優璃《ゆうり》から守るように虎木《とらき》が擁護した。恐らくこの場の誰よりも『九歳』の記憶が鮮明な優璃《ゆうり》には、理解できなかったのかもしれない。

「分別《ふんべつ》がつくことと、正しい道を選べることは全く違うことなんだとよ」

「はぁ？」

怪訝《けげん》な顔をする優璃《ゆうり》を放置し、虎木《とらき》はアイリスに尋ねる。

「で、どうするつもりだ」

「シスター・オールポートに真実を話さないといけない。でもそのためには……パパの、許可をもらう必要があるわ。だから出来るだけ早いうちに、パパに直接会って話さないと」

「事の優先順位がおかしいんじゃありません？　ザーカリー・ヒルの討伐が中止されることを全てに優先するのなら、そこは事後承諾で問題ないでしょう」

未晴《みはる》は厳しい口調で言うが、それはアイリスをバカにしているわけではなく、どこか理解を示すような、そうできない理由を促して話させるような声色だった。

「パパとママの誇りに関わることよ。私の一存じゃ決められない……だから、皆……お願いがあります」

アイリスは立ち上がると、虎木《とらき》と、和楽《わらく》と、未晴《みはる》と、優璃《ゆうり》に向かって深々と頭を下げた。

「どうか、パパの命と、アカリちゃんの心を守るために力を貸してください。皆の力が必要なんです。今は何もできないけど……必ず、その御恩には報います」

アイリスらしくない、だが真摯な物言い。

「今回に限っては、お前の『パートナー・ファントム』で良かったと思ってる」

虎木《とらき》はアイリスの肩を叩《たた》き、下げられた頭を上げさせた。

「ザックと灯里《あかり》ちゃんのためだ。俺が動かないわけがない。どうすればいい」

「……ユラ！」

「ぼ、僕だって！」

虎木《とらき》に機先を制されたと思ったか、優璃《ゆうり》も前のめりに飛び出してくる。

「表向きの書類上、僕はシスター・イェレイの研修を受ける従騎士です！　聖務に協力する義務がありますし、どんな指示でもこなしてみせます！」

「……仕方ないな。先々アイリスさんにはお願いしたいこともあるし、今のうちにできることはさせてもらうとするか」

「シスター・ユーリ……ワラクさん……！」

和楽《わらく》がアイリスにお願いしたいことが何なのか、虎木《とらき》は未《いま》だに分からないが、仕方がない、と言う割に和楽《わらく》の顔は満更でもなさそうだった。

そして。

「……元々、ちょっと釣り合わないとは思っていましたから」

「え？」

アイリスとは目を合わせないように、未晴《みはる》が小さな声で言う。

「……京都でお祖母様《ばあさま》の救出に力を借りたでしょう」

「え、ええ……でもそれは」

京都の比企《ひき》家の騒動に力を貸した件は、アイリスの仲では京都入りを不問に処されたことで解決したと思っていたのだが、

「お祖母様《ばあさま》の命を救われておきながら、あなたの京都入りをシスター中浦《なかうら》に黙っているだけというのは釣り合っていないでしょう!!」

未晴《みはる》の内心は、そうではなかったようだ。

「ミハル！」

「その代わり！　こちらの持ち出しが多くなったと判断したときには容赦なくその分は貸しにしますからね！　せいぜい物言いには気をつけなさい！」

「うん！　ありが……！」

「で！　何をどうしてほしいって言うんですか！」

アイリスに決して礼を言わせない未晴《みはる》の勢いに、和楽《わらく》も優璃《ゆうり》も、そしてアイリスも笑ってしまう。

「ユラとシスター・ユーリには聖務の体裁を整えてもらいたいの。ワラクさんとミハルには、

私とパパが話すだけの時間を、確保してほしいわ。そのためにはまずパパの居場所を知る必要があるんだけど……」

アイリスがそう言うと、未晴《みはる》は面白くなさそうに肩を竦《すく》めた。

「網村《あみむら》を呼び戻してもう一度コンタクトを取らせるほかありませんね。後はザーカリーが万一アジトを変えている可能性も考えて、周辺のホテルや似たような劇場、或《ある》いは地下施設を探れるだけの人員を揃《そろ》える必要がありそうです。それで、聖務の体裁を整えるとは？」

「ええ。シスター・ユーリに、サンシャイン60の駐屯地に戻って、私達の『再出動』の申請をしてほしいの。ついでに東京駐屯地の騎士達の動静を知らせてくれると助かるわ」

「再出動？」

「言葉通り、何らかの理由で完遂されたか中断された聖務を再開するための申請です。今回はお膝元で起こったルームウェル事件の延長ということになるので、申請した時点ですぐにシスター中浦《なかうら》の目に留まりますし、ザーカリー討伐聖務とのバッティングポイントの検討もされるでしょう。その間は、シスター中浦《なかうら》を足止めできます」

「本気度を示すためにも、ユラは私と現場に来て。ルームウェル事件と同じ体裁を整えて動き出してしまえば、シスター中浦《なかうら》も私が本気だって分かるはずよ」

二人で、というところに未晴《みはる》が反応するかとも思ったが、虎木《とらき》の視界の端で、未晴《みはる》は特に表情を動かさずアイリスの話を聞く姿勢を取っている。

やはり、こういう場面の未晴《みはる》は公私の別が出来るようだ。

「そう上手《うま》く行くか？」

虎木《とらき》が疑問を挟むと、優璃《ゆうり》が力強く答えた。

「大丈夫。必ずシスター中浦《なかうら》の審査を通して見せます。もし難色を示すようなら、そのときは僕の百万石家《ひゃくまんごく》の正騎士の顔の出番です。綱紀粛正の名の下に、必ずシスター中浦《なかうら》を足止めしてみせます」

「じゃあ、俺はどうすればいいかな。今から良明《よしあき》に連絡を取ってもそう簡単に地元警察は動かせないとは思うが……」

和楽《わらく》に期待されるのは、当然のように警察権力の行使だと虎木《とらき》も思った。

だがアイリスの返事は、ある意味予想を超えていた。

「わワラクさん、さん、は……お願いします。わ、私とゆ、ユラがパパと、パパと話している間……側《そば》にいていただけませんか？」

和楽《わらく》に期待された役割は、行ってしまえば人間の盾だった。

対ファントム組織である闇十字《やみじゅうじ》は、多くの人間にファントムの存在や闇十字《やみじゅうじ》の作戦の存在を露見することを好まず、また特段の理由なく聖務の最中の『人間の犠牲者』を決して許容しない。

その点で言えば和楽《わらく》は退官したとはいえ社会的な地位があり、人間社会の秩序を守る側の存在だ。

アイリスとザーカリーの会談の場にただいるだけで、闇十字《やみじゅうじ》やオールポートの暴力的な介入を防ぐ盾となり得る。

和楽《わらく》はそのあまりに都合よく使われるアイデアを、二つ返事で了承した。その際、

「まぁ、先払いだと思うとしよう」

と言った理由に関して、虎木《とらき》はよく分からなかったが、恐らく虎木《とらき》が眠りから目覚める前の会話で、なにがしかの取引が和楽《わらく》とアイリスとの間に成立したらしいことだけは分かった。

役割が決まれば即時行動。

未晴《みはる》と優璃《ゆうり》は必要な手配を済ませるためにサンシャイン60に戻った。

残る三人は、未晴《みはる》から、最初のザーカリーのアジトは東京公演の会場であるブルーブックであることと、アジトを変えていたとしてもそう遠くには移動していないだろうという予想を教えられ、まず南青山に移動。

未晴《みはる》と優璃《ゆうり》からの連絡を待つ間、一度公演の現場であるブルーブック周辺を実地で観察することになったのだが、現場に修道騎士が詰めていて戦闘に発展する最悪のケースに備え、和楽《わらく》は一旦近場のカフェで待機。

虎木《とらき》とアイリスが最大限周囲を警戒しながら今、ブルーブックの前に立っている。

今のところ、虎木《とらき》もアイリスも、周囲に不穏な気配は一切感じていないが、それでも警戒は怠らない。

「お前は音楽やるのか？」

何も知らない人間には、たまたま目に留まった公演パンフレットを見ているだけのカップルに見えることだろう。

虎木《とらき》は自然な会話を装《よそお》いながら尋ねた。

「ええ、一応私も、神学校でピアノとオルガンは勉強してるから。プロ並みとは言わないけど、キンダーガーデンの子供相手なら十分通じるはずよ」

「へぇ、今度聴かせてくれよ」

「急にどうしたの？　らしくない冗談言って」

「そんなつもりは……あ」

そのとき、虎木《とらき》のポケットでスリムフォンが電話の着信を知らせた。

『虎木《とらき》様。網村《あみむら》から連絡が入りました。ザーカリーはブルーブックにいるようです。コンタクトに成功すれば、あと五分もすれば劇場のドアが開くので待機していてください』

「ああ、分かった」

『それと、これは杞憂《きゆう》かもしれませんが、闇十字《やみじゅうじ》の動きが妙に静かです。網村《あみむら》以外にも何人か比企《ひき》の配下を南青山に散らして情報を集めさせていますが、闇十字《やみじゆうじ》らしい者の目撃情報が一切ありません。ブルーブックは、どういうわけか警戒されていないようです』

「……そんなことあり得るか？」

『無いと思うからご忠告申し上げています』

「分かった。百万石《ひやくまんごく》の方はどうなってるか分かるか？」

『同じビルにいても、私と彼が連携しているところが露見したら面倒なことになるでしょう？　そちらに連絡がないなら、こちらも彼について詳細は知りかねます。虎木《とらき》様、刻印は今日もお持ちですよね？』

　虎木《とらき》は胸に手を当てる。服の下には、未晴《みはる》が虎木《とらき》の異常を察知するために作った秘術『血の刻印』のペンダントが下がっていた。

『アイリス・イエレイがどうなろうと知ったことではありませんが虎木《とらき》様に異常があれば、私は闇十字《やみじゆうじ》と何かあったと判断し即座に全面戦争の用意をします。どうか……ご無事で。私もすぐに南青山に向かいます』

「ああ、分かった」

「ミハル？」

　虎木《とらき》が通話を切ったタイミングでアイリスが声をかける。

「ああ。比企《ひき》家のファントムに周辺を警戒させてくれてるらしいが、騎士は一人も見当たらないってさ。どういうつもりか分からんが、隙があるなら今の内じゃないか？」

「ええ。すぐワラクさんに連絡するわ」

アイリスは毅然《きぜん》と言うと、スリムフォンを取り出しなんと和楽《わらく》に電話をかけたではないか。

「もしもしワラクさん。大丈夫そうです。ええ、ブルーブックの前で、はい、失礼します」

対面さえしていなければ、和楽《わらく》とスムーズに会話できる。

これは、非常用にとアイリスと和楽《わらく》が通話したときに判明した発見だった。

アイリス自身、電話越しに人間の男性とスムーズに会話できていることに驚き、また喜んでいるようだ。

「すぐこっちに向かうって！」

電話を切ったあと、どこか誇らしげに鼻息荒く虎木《とらき》を見上げてきて、虎木《とらき》としては、

「……よくできました」

そう言うしかないのである。

「これは自分でも本当に不思議なんだけど、革命的な新発見だわ！　これならもう少し、人間の男の人と交流できるようになるかも！」

アイリスが調子に乗るとロクなことが起こらない予感がするが、本人が喜んでいるのに水を差すこともない。

元から何とか対面で会話が可能な和楽《わらく》相手の電話でリハビリを重ねつつ、現状子供枠の優璃《ゆうり》

がこれから成長してゆく中で自然な会話や関係を維持できれば、アイリスの男性恐怖症は寛解に向かうのかもしれない。

そうなればアイリスが虎木《とらき》に依存することもなくなり、虎木《とらき》の周囲をうろちょろすることも少なくなるのだろうか。

「さっきお前のピアノを聴いてみたいって言ったのは、割と本気だからな」

そう思った途端にそんなセリフが口を突いて出て、アイリスはその真剣な口調に驚く。

「そ、それなら、うん、機会があれば弾いてもいいけど……本当に、どうしたの？」

「……いや」

何故《なぜ》急にそんなことを口走ったのか、自分でもよく分からなかった。

分からなかったのだが、今これを言わなければ、激しい後悔に襲われる気がしたのだ。

だが言ってしまってから、急に自分が浅ましい感情を抱いたのではという思いにかられ、虎《と》木《き》は軌道修正を試みる。

「今回何事も無ければ、ザックのライブを聴けるわけだろ。折角だから少しは音楽に興味を持ってみようかって思っただけさ」

「あ、そ、そういうこと」

「ザックも吸血鬼として生きていくなら絶対に趣味を持てって昔からうるさかったからな。幸い時間はいくらでもある身だから、まずは聴いてみるってのもありだろ？」

妙に早口になってしまう。言う必要の無いことを言ってしまっている感が酷《ひど》い。

それでも口は滑るのをやめない。

「ただ、日中ピアノ教室に通うってわけにもいかないからな。何だったら教えてくれよ」

アイリスが息を呑《の》むと同時に、眉を顰《ひそ》め怪訝《けげん》な顔になった。

その姿を見て、虎木《とらき》は急に自分が信じがたいほどの短慮をしでかしたことを確信した。

今の自分は間違いなく、あのとき衝撃を受けて部屋の隅で項垂《うなだ》れていた百万石優璃《ひやくまんごくゆうり》を笑えないことをしでかしたのだ。

「……別にいいんだけど、ただ、ちょっとだけ気になることがあって……」

「な、何だよ」

何か良くないことを言っただろうか。アイリスの機嫌を過度に損ねるようなことを。

一瞬心胆を冷やした虎木《とらき》だったが、アイリスが次に発した言葉は、あらゆる想像の斜め上をゆくものだった。

「私が弾ける曲って讃美歌《さんびか》ばっかりなんだけど大丈夫なの？」

「……え？」

「基本聖性に属するものばっかりだから、吸血鬼には嫌な音に聞こえたりしないのかしら。耳が灰になっちゃったりしない？」

虎木《とらき》の申し出を、虎木《とらき》が吸血鬼であることを踏まえて真剣に悩む姿を見て、虎木《とらき》は小さく、だが確かに胸を撫《な》でおろした。

「昔、江津子《えつこ》の結婚式に出席したことがあるんだ」

和楽《わらく》の娘で虎木《とらき》の姪《めい》にあたる江津子《えつこ》が結婚したのは、もう三十年も前のことだった。

「式場に無理言って日没からの開催でさ。俺、人生で初めてチャペルの結婚式ってのを見た」

アイリスは、虎木《とらき》が言わんとしていることを理解して頷《うなず》く。

「十字架は見なけりゃいいし、讃美歌《さんびか》はへたくそだが一緒に歌った。だから、問題ない」

「そっか。それじゃあ……約束ね」

そう言うとアイリスは、ごく自然に小指を差し出してきた。

虎木《とらき》も自然にそれに応じようとして、ふと気付く。

「指切りって、イギリスにもあるんだな」

尋ねられたアイリスはきょとんとしてから自分が差し出した小指を見て、

「あっ……そ、その、ちょ、ちょっと子供っぽかったわよね。その……」

慌ててその手を自分のスカートに叩《たた》きつけるように引っ込めた。

「あ、あるのよ!?　UK《イギリス》じゃなくてUS《アメリカ》の文化だけど！　ピンキースウェアって言ってね!?　ちょ、ちょっと子供っぽいから、自分でも驚いちゃっただけで……！　でも、し、親しい間柄での大切な約束の時は大人でもやることがあって……！」

「落ち着けって。そこまで気負う約束なんてしなくていいよ、気が向いたらというか、機会があったらで……」

「ううん！　それはしましょう！　絶対！　だってピンキースウェアは……！」

アイリスが食い気味で迫ってきたので、勢いに押された虎木《とらき》は、

「じゃ、じゃあ」

自然にアイリスの手を取って、小指同士を絡《から》ませた。

「んにぇっ？」

その瞬間、アイリスが小さく奇声を発すると、急に顔を赤くして目を伏せてしまった。

虎木《とらき》も、この年齢で往来で指切りをするのが何だか気恥ずかしくなり、こちらもらしくもなくアイリスから少しだけ目を逸《そ》らす。

「指切りげんまんでいいのか？　それとも、そっちの流儀でやった方がいいのか？」

「あ……う、あ、そ、その、えっと……じゃあその、指……ううん、ピンキースウェア、で」

「どうやるんだ？」

「……ユラから、ピンキースウェア？　って私に聞いて」

「ん。ピンキースウェア？　でいいのか」

「う、うん。そうしたら私が答えるの。pinky……す、swear……」

指切りげんまんのように、お互いの手を高く掲げたり揺らしたりせず、ただ言い合って二人の指が離れる。

「似てるようでやっぱ違うな」

「う、うん……そ、そうね」

クリアスープやシチュードティーのときのように、虎木《とらき》の方は単に知っている習慣が異なる文化圏では微妙に形を変えていることに興味を引かれているだけだったが、アイリスの方は顔を両手に当てて今にも蹲《うずくま》ってしまいそうになっていた。

ピンキースウェアの起源は定《さだ》かではない。指切りげんまんと同じく基本的には子供じみた仕草であるが、日本の『指切り』に比べ、約束の重さが『誓い』や『宣誓』に近い。

当然心にかかる負担も段違いであり、ピンキースウェアで交わされた誓いを裏切ることは恥とされる。

だからこそピンキースウェアは、心から信頼関係が結ばれていると思い合っていなければ成立しないのだ。

「アイリス、どうした？」

「……ちょっと……嬉《うれ》しいかなって、思っちゃって」

「え？」

「何でもない！　何でもないわ！　そ、それよりワラクさん遅いわね！」

「ん？　あ、ああ、そうだな……っと？」

「……」

アイリスが殊更大きな声でそう言った途端に、少し離れた小道から和楽《わらく》がふらっと現れた。

「あー、待たせたかな」

「あっ！　ど、ど、どうも！」

やはり対面すると緊張は隠せないらしい。

虎木《とらき》は、和楽《わらく》が出てきた路地を見てから、少し首をかしげる。

「待ってたのってもう少し向こうの路地のカフェじゃなかったか？　迷ったのか」

「ん、まぁな」

歯切れの悪い和楽《わらく》は、軽く咳払《せきばら》いをしてからブルーブックの建物を見上げる。

「それで、どうなんだ、網村《あみむら》君の手筈《てはず》は」

「気配がしないからまだ手間取ってるのかもしれないが、一度は入ったことがある場所だってんだからそろそろ……あ」

そのときまるで図ったように、ブルーブックの扉が薄く開いた。

「向こうが会えるそうだ。全員揃《そろ》ってるのか」

「……え、ええ」

顔をのぞかせたのは、鬱々とした表情の網村《あみむら》だった。

吸血鬼だからということを差し引いても顔色が悪く、今すぐにでもここから逃げ出したいと全身の雰囲気が言っている。

「なぁ、あんたらの面会が終わったら、俺はさっさと逃げ帰っていいんだよな」

「ミハルが良いって言ったらね」

「……勘弁してくれ」

三人はアイリス、虎木《とらき》、和楽《わらく》の順で扉に滑り込み、和楽《わらく》が入ると網村《あみむら》がその背後で青い顔をしながら厳重にドアをロックした。

「さぁ、こっちだ。爺《じい》さんは足元暗いから気を付けろよ」

「ああ。すまんな」

そして、何かに追い立てられるようにそのまま先に立って奥へと進む。

客のいないライブハウスの中はシンと静まり返り、踏み出す足音だけがやけに耳に響いた。

アイリスは口を引き結んで網村《あみむら》の後に続き、虎木《とらき》もそれに倣おうとしたとき、突然和楽《わらく》に、尻を思いきり叩《たた》かれた。

「痛っ！　な、何だよ」

「折角気を遣ってやったのに、何が迷ったのかだ。少しは上手《うま》く立ち回れ」

和楽《わらく》は憤慨した様子で一気にまくし立てると、薄暗い中を確かな足取りでアイリスの後を追って行った。

虎木《とらき》は苛立《いらだ》たしげな弟の背をやや呆然《ぼうぜん》としながら見送るが、叩《たた》かれた尻を軽くさすってから、溜《た》め息《いき》を吐《つ》いた。

「ンなこと言われたって、今の俺には何をどうしようもないだろ……ん？」

アイリス達は、数歩先で立ち止まっていた。そこに迎えが立っていたのである。

「やあ、いらっしゃい。君達がカツセの言っていた、ザックの友人だね」

やや母語の干渉が見られるが、流暢《りゅうちょう》な日本語。

ザーカリーと似た雰囲気を纏《まと》った男が、入り口に入ってすぐのベンチに腰かけていた。

「僕はチャーリー。ZACHのドラムだ。普通の人間だよ」

虎木《とらき》達が何かを言う前から、チャーリーと名乗った男は自分が『人間』だと告白した。

ザーカリーが、自分よりもバンドの中では新顔だと言っていた男の名だ。

「君が、アイリス・イェレイだね」

「あ、は、は、はい……」

アイリスが狼狽《うろた》え、言葉をうまく発せられなくなっている。

だからと言ってチャーリーを人間だと断じるのは早計ではあるが、その物腰からは一切の殺気は感じられないし、もっと言えばザーカリーの外見年齢と同年代で、やや腹の出たその体軀《たいく》は、およそ戦闘には向いていなさそうだった。

「大きくなった、って僕が言うのはおかしなものかな。でも僕達は、君の幼い頃の姿を知ってるんだ。ザックがいつも大事に持ち歩いている写真でね」

「ぱ……ぱ、パパは、あなた達に……」

「いつもユーニスとその夫、そして娘の君の昔話を聞かされていたよ。今のＺＡＣＨは、ザーカリー《Z》とアナ《A》がファントム。僕《C》とヒューバート《H》が人間だ」

顔を上げると、暗がりには二人の男女がアイリス達を出迎えるように立っていた。

アナ、と呼ばれた女性がどの種のファントムなのかは分からないが、少なくとも外見は人間と全く区別がつかなかった。

「俺が知らんだけで、そういうものなんだな」

和楽《わらく》は端的に感想を述べる。そこには、人間とファントムがごく自然に共存し、志を同じくしながら生活していることに対するある種の畏敬と感動が込められていた。

「何言ってんだ爺《じい》さん、あんたと兄貴だってそうだろう」

それを敏感に感じ取ったのが他の誰でもない網村《あみむら》だった。

良《よ》し悪《あ》しは別として、人間の世界に溶け込んでいた吸血鬼の言葉に、和楽《わらく》は意外そうに目を見開くが、すぐに小さく頷《うなず》く。

「そうか……そう見えるなら、何よりだ……」

「さあ、ザックが待ってる。闇十字《やみじゅうじ》が攻めてくる前に話を済ませてちょうだい。私達も明日の公演に向けて、練習が大詰めなんだから」

アナはそう言ってウィンクすると、初対面の修道騎士であるアイリスにためらいなく背を向け、先頭に立って虎木《とらき》達を案内した。

「ありがとうございます」

アイリスも小さく会釈《えしやく》して礼を述べ、それに続く。

真っ暗な客席の中で、不思議と虎木《とらき》は、光の道を歩いているような気持ちになった。

※

「俺が無事だったことを、まずは喜んでくれるものだと思ったがな」

「あんたが尻尾巻《ま》いて逃げ帰った後、オールポートにいたぶられてな。ろくに話もできない内からあんな目に遭ったんだ。唾吐きかけられないだけ感謝しろ」

ブルーブックの地下。楽屋と呼ばれる場所に、ザーカリーの寝床はあった。

稀《まれ》にテレビ番組に映るようなテレビ局の芸能人の楽屋とは違い、多くのライブハウスの楽屋は公演に必要な荷物を運び込んだら、後はメイク用の鏡の前に出演者が座ってしまうと立錐《りつすい》の余地がなくなるほど手狭である。

「吸血鬼が劇場入りしたら、まずそこから拠点を動かすことなんてないからな」

未晴《みはる》がザーカリーの居所を網村《あみむら》に探らせた際は、近隣のホテルにZACHのメンバーの名前で宿泊しているデータがあり、そこを探らせる予定だったのだという。

網村《あみむら》は自身の経験に基づいて未晴《みはる》の資料を無視し、最初からこのブルーブックに潜入し、ごく短時間の内にザーカリーとの接触に成功したらしい。

「ユラもあんな街中のマンションじゃなくて、カツセが言うように、こういう隠れ家を作るべきじゃないのか」

「コンビニバイトに無茶言うな。今の家賃払うだけで精一杯だ」

「お嬢に作ってもらえばいいじゃないか。お嬢はあんたに熱上げてんだろ」

「雑談は後にしてもらえんか」

兄とザーカリーと網村《あみむら》の吸血鬼トークを遮ったのは和楽《わらく》だった。

「お互い時間は無いはずだろう」

楽屋の椅子に腰かけたザーカリーは、コートも帽子も脱がずにいる和楽《わらく》を真《ま》っ直《す》ぐに見た。

「老《ふ》けたな、ワラク」

「あんたもな、ザック」

「お前が青二才の頃から見た目は変わっちゃいないはずだが」

面白そうに眼《め》を細める吸血鬼に、老人は静かに言った。

「自分の子供と真《ま》っ直《す》ぐ向き合うことができなくなったら、もうそいつは老人だよ」

鼻白むザーカリーの返事を待たず、和楽《わらく》は自分達の背後に隠れるように立っていたアイリスを前に押し出した。

「……アイリス」

「パパ……」

楽屋に入ってから、わざとらしく目を合わせなかった二人の目が初めて合う。

そのまましばらく待ってもどちらからも切り出せないのを見た和楽《わらく》が、再び口を開いた。

「手短に聞くぞ。あんた、何でこんな目立つやり方で日本に来た」

「……」

「あんたがアイリスさんと並々ならぬ因縁を抱えてることは分かった。それが家族の問題で、アイリスさんもあんたもおいそれと他人に話せないこともな。だが、そういうことを抜きに、こんな目立つ方法じゃなけりゃお互いもっと平和に会えたんじゃないのか」

「……半分お前のせいだ、ワラク。お前、二十年前と住所も携帯電話の番号も変わってやがるだろう。おまけに今は退官して勤め先を見張ってりゃ会えるって状態でもない。二十年前ユラは携帯電話も持ってなかったし、お前に連絡できなけりゃ、俺は直接ユラに連絡を取る手段が無かった。アイリスなんかもっとだ。闇十字騎士団《やみじゅうじきしだん》だぞ、コンタクトすればその場でハチの巣だ。だったら多少の危険を冒してでも、人間に紛れられるように目立って、そっちから見つけてもらうしかなかった」

思いがけず、現実的すぎる理由にさすがの和楽《わらく》も面食《めんく》らう。

「……それは、んむ……だ、だがならば何故《なぜ》二十年前俺にも兄貴にも何も言わず……」

「闇十字《やみじゅうじ》が大規模なアイカの討伐作戦を立てているって情報を得た。アイカを殺されたら、ユラが人間に戻れなくなるって話はしただろう。一刻を争う事態だったが、ユラに知らせれば未熟なユラを、戦場に連れて行かなきゃならなくなるやもしれん。黙って出て行くしかなかった」

『吸血鬼の親』の血を吸うことが、元人間の吸血鬼が人間に戻れる唯一の道。

古くから対ファントムの叡智《えいち》を積み重ねてきた闇十字《やみじゆうじ》の文献はもちろんのこと、歴史あるファントム家系である比企《ひき》家にも伝わっていないその方法に、アイリスは未《いま》だ半信半疑であった。

「それは……本当のことなの」

だから、つい口から出たその言葉。

ザーカリーはきっと、その言葉を待ち構えていた。

「本当だ。だがそれが出来る奴《やつ》はわずかだ。大体の奴《やつ》は吸血衝動に抗《あらが》えず、吸血鬼の能力に魅了され、人間であった己を忘れる。環境さえ整えば、吸血鬼の能力はこの世の大体の生き物を凌駕《りようが》できるからな」

吸血衝動と聞いて思い出すのは、虎木《とらき》とアイリスの出会いのきっかけを作った吸血鬼、小此《おこの》木嘉治郎《ぎかじろう》だ。

和楽《わらく》のデータが正しければ彼もまた元人間であり、虎木《とらき》やザーカリーと違って吸血衝動に支配され、人間を隷属し、その能力を社会を乱すために使っていた。

「……せめて、俺が現役の間に戻ってきてくれていれば、兄貴ももっと違う道を歩んでいたかもしれんのに……」

どこか恨み節にも似た和楽《わらく》の言葉に、ザーカリーは苦笑した。

「お前のそういうとこは、変わらんな」

「人生の大きな目標の一つだからな。兄貴があんたのことを必要とするなら、俺はその手伝いをする。反対したのは十年前に一人暮らしするって言い出したときくらいだ」

「なんだユラ、お前六十過ぎて保護者に一人暮らしに反対されたのか」

「六十過ぎの吸血鬼だ。業界ではひよっこだろう？」

「……何で俺に振るんだよ」

急に水を向けられた網村《あみむら》はたじろぐ。

「言っとくが、俺は生粋《きっすい》の吸血鬼だから、元人間だって奴《やつ》の気持ちは分からねぇよ」

「「えっ！」」

アイリスと虎木《とらき》は声を揃《そろ》える。

「何だよ。別にこの世界珍しくないだろ。俺の両親は吸血鬼だ。俺は今年でまさに六十歳だけど、闇十字《やみじゅうじ》みたいな奴《やつ》らがはびこってる世界でよくこの歳《とし》まで生きてられたと思ってるよ」

アイリスに対する僅かな憎しみと嫌味はあったが、そこに大きな敵意は無かった。

「比企《ひき》のお嬢に取り入った今、俺と相良《さがら》は人生をやり直せるチャンスなんだ。だから、これ以上あんたらの面倒事に巻き込まれたくない。さっさと本題に入ってくれ。こっちはあんたらの過去になんか何の興味も無いんだ」

　何の街《てら》いもない網村《あみむら》の言葉に、虎木《とらき》はつい、その言葉を口にする。

「あんたは、陽《ひ》の光の下に出たいって思ったことはないのか」

　それに対し、網村《あみむら》は吐き捨てるように言った。

「あんたは吸血鬼になりたくてなったんじゃないんだろうな。それでも、吸血鬼の力に助けられたって心底思ったことくらい、あるんじゃないのか」

「……ああ。ある」

「なら分かるだろ。吸血鬼として生きててよかったって思うことはいくらでもある。人間になりたいと思ったことは一度もねぇよ。それを貫き通して大成したのが、比企《ひき》の連中だろ」

　元人間、という認識から、虎木《とらき》はどこかで自分が『中間』の存在だとばかり思っていた。

　だが、自分の現在の本質は目の前の『生粋《きっすい》の吸血鬼』と全く変わらず、人間の世界はすぐそばにあるのに、果てしなく遠い。

「俺達はいつだって人間はそういうもんだって認めてる。俺達が俺達として生きることを認めていないのは、いつだって人間の側だ」

「……あの男はその認識のずれからくる争いを、クロマニヨン人とネアンデルタール人の関係に似てると言っていたよ」

網村《あみむら》の、個人的な恨みも多分にこもった感想を、ザーカリーが継ぐ。

「現在の研究で、ネアンデルタール人は高度な文化や文明を持ち、頂点捕食者であり、何なら体格はクロマニヨン人より大きく寒冷地に高度に適応できたことが分かってる。だがかつてネアンデルタール人は、クロマニヨン人より劣った野蛮な時代の人類とされ、クロマニヨン人との生存競争に単純に敗北したと思われていた。何なら今もそう思ってる大人は多い。何故《なぜ》なのか、単純に、『知られていないから』。ならば、知られれば良い、ってな」

「知られれば、良い？」

その考え方をする存在に、虎木《とらき》もアイリスも、ごく最近出会っていた。

「あの男は最近日本のファントムに革命を起こそうとし、失敗したらしいな」

「……烏丸《からすま》さんと、知り合いだったのか」

「俺は奴《やつ》を、人間とファントム双方に危険をもたらす敵だと思ってるが、奴《やつ》はどうも俺を取り込みたいらしくてな。昔から何かとコンタクトを取ってくる。京都で比企《ひき》家のお屋敷《やしき》が焼けたって話は、奴《やつ》が絡《から》んでいるんだろう？」

絡《から》んでいるどころか、虎木《とらき》とアイリスはその現場で烏丸《からすま》と対峙《たいじ》し、

「あの男？」

「奴《やつ》から、アイリスとユラが一緒に行動していると聞かされた」

ザーカリーはそのことを烏丸《からすま》から聞いたらしい。

「いても立ってもいられなかった。メンバーを説得してすぐに日本ツアーを組んだよ。アイリスもユラも……一度は守ってやろうと決めた、俺の子供だ。俺にはまだ、ユラにもアイリスにも伝えきれていないことが山ほどあった」

「……パパ、私……！」

こらえきれず前のめりになったアイリスを、ザーカリーは制する。

「アイリス。今のお前は修道騎士で、俺は聖務のターゲットの吸血鬼だ。ここの警備は一応万全だと思ってるが、どこに盗聴器やら何やら仕掛けられてるか分からん。お前の立場が悪くなるようなことは避けなさい」

正しく親が子に言い聞かせるような言葉だった。だが、アイリスは、ただの子供ではない。

「立場なんかどうでもいいわ。パパ。私は修道騎士として、正しいことをしに来た。そのために、パパにお願いしなきゃならないことがあるの！」

「……アイリス？」

強い語気で身を乗り出すアイリスにザーカリーが首を傾《かし》げたそのとき、突然楽屋に、ZACHメンバーのヒューバートが転がり込んできた。

「ザック逃げろ！　闇十字《やみじゆうじ》だ！」

その場の全員に緊張が走る。

だが、ヒューバートの慌てぶりに比して、楽屋の外からは特に大勢が踏み込んでくるような物音は一切聞こえない。

聞こえないことが、その場の全員の緊張をさらに高めた。

「な、何人踏み込んできたんですか⁉」

「ひ、一人だ、背の高い女が一人で……！」

その瞬間、全員の脳裏に浮かんだのは、たった一人の騎士だった。

「シスター・ユーリは失敗したのね！　私が説得しないと！」

ポーチのリベラシオンを引き抜き戦闘態勢に入るアイリスを止めたのは、虎木《とらき》だった。

「お前は親父《おやじ》と話してろ。俺が行く」

「ユラ⁉　無茶よ！　殺されるわ！」

「だから俺が殺される前にさっさと話を終わらせろよ！　網村《あみむら》お前も来……」

虎木《とらき》がそちらを向いたとき、網村《あみむら》の姿は影も形も無かった。

「逃げやがった。そりゃそうか」

今頃鼠《ねずみ》の姿になって、人間の手の届かないルートから逃げようとしているのだろう。

「ザック。アイリスはお前に大事な話があるらしい。きちんと聞いてやってくれよ。俺達の今後にも関わることだからな」

言い終えた虎木《とらき》はアイリスの返事を聞かずに楽屋を飛び出し、ヒューバートがそれを追う。

「さて、それじゃあ俺も外に出ていようか。元警察として、不法侵入の知らせを聞いちゃ黙っておれん。出来るだけ早く、話を終えてくれ」

「ワラクさん！」

「あんたの上司は、無実の人間を殺したりはしない。だろう？」

軽く帽子を上げてから、和楽《わらく》もまたしっかりした足取りで兄を追った。

虎木《とらき》兄弟を見送ったアイリスは口を引き締め、決然と『父』に向かい合う。

「シスター・オールポートが来たなら話が早いわ。確認したいことがあるの。あの日の事を」

「……ああ」

二人きりになった楽屋で、すれ違い続けた父娘《おやこ》が、真《ま》っ直《す》ぐ見つめ合う。

「私……あの日の約束を破ろうと思うの」

※

時間は午後九時より少し前。

薄暗いステージで、右手にアナの首を摑《つか》み上げ、左手で拘束された優璃《ゆうり》を引っ立てながら、ジェーン・オールポートは虎木《とらき》と和楽《わらく》に微笑《ほほえ》みかけた。

「やあ、ユラ・トラキ。良い夜だね」

ジェーン・オールポートが立っている。両手は塞がっている。

それでもオールポートには、生命力そのものと言っても過言ではないエネルギーの圧があり、虎木《とらき》が空手《からて》、オールポートの両手が塞がっているというこの状況でなお、虎木《とらき》は彼女に勝てるビジョンが思い浮かばなかった。

「百万石《ひゃくまんごく》とアナをどうするつもりだ」

「どうもしないさ。シスター・ヒャクマンゴクは聖務の服務規程違反の疑いがあるから拘束しているだけ。この女ファントムはいきなり殴りかかってきたから抵抗させてもらったまでだよ。こいつを殺す予定はない。邪魔さえしなければね」

そう言うと、オールポートはアナの体を無造作に投げ捨てた。

客席の並べられたテーブルに叩《たた》きつけられたアナはぐったりしており、様子を見守っていたチャーリーとヒューバートが慌ててアナに駆け寄る。

「さて、シスター・イェレイはどこかな。ここにいることはシスター・ヒャクマンゴクから聞き出した。君達が詭弁《きべん》を弄して我々の聖務を妨害しようとしていることもね。中心人物の彼女から話を聞く必要がある。出してくれるかい？」

「アイリスは取り込み中だ。用があるなら、パートナー・ファントムの俺が聞く」

瞬間。オールポートから笑顔が消え、一歩前に出る。

「あまり私を挑発しない方がいい。今この瞬間、君一人を灰にするのは造作もないことだということを忘れないでほしいね。私がそれをしないのは」

　オールポートの笑顔の瞳が、一人の老人に向けられる。

「我々の世界に関わりのない方がこの場にいるからだ」

「あんたが話に聞いた通りの人物なら、俺一人の口くらい塞ぐのは訳ないんじゃないか？」

「まさか！　そんなことはできませんよ。ワラク・トラキ元警察庁長官」

　オールポートは和楽《わらく》に対して、しっかりと敬語になる。

「長年日本国民のため、日本の治安維持のために力を尽くしてこられた方だ。あなたと私の人生の目的は、手段こそ違えど多くの人々の平和な暮らし。志を同じくした先輩に、そんな無礼は働けません」

　オールポートの言葉に嘘《うそ》は無い。彼女はファントムの命を塵《ちり》以下の存在としかみなしていないが、虎木和楽《とらきわらく》個人に対する敬意は本物だった。

　それだけにファントムの命に頓着しない残虐さと人間に対するまっとうな敬意が、同じ人格の中に共存していることがあまりに不気味であった。

「ならば話を聞いてもらえるかな。ここにいる虎木由良《とらきゆら》は、なりはこんなだが俺の兄でな。きちんと日本に戸籍があり、日本の法に守られた存在だ。手を出さんでくれるか」

「御令兄《ごれいけい》は吸血鬼です。我々の目的はザーカリー・ヒルの討伐。御令兄《ごれいけい》がそれを邪魔すると仰《おつしや》るのであれば、我々は御令兄《ごれいけい》を討伐対象とすることに躊躇《ちゆうちよ》いたしません」

　更に一歩踏み出すオールポート。

「なら、人間の世界の理屈で、ここであんたを逮捕してもいい。このブルーブックであんたは招かれざる客だ。不法侵入に傷害、器物損壊、脅迫、百万石優璃《ひゃくまんごくゆうり》君に対する逮捕拘禁。どれで引っ張っても良い」

オールポートは目を丸くして、そして笑った。

「はははははは！　なるほど、一本取られましたね。我々に敵対する者が警察に駆け込むなんてことは通常あり得ないものですから、つい油断しました」

オールポートはひとしきり笑うと、優璃《ゆうり》から手を離し、軽く指を鳴らす。

それだけで優璃《ゆうり》を拘束していた縄が解かれ、優璃《ゆうり》はがくりとその場に座り込む。

「シスター・ヒャクマンゴク。君の服務規程違反の審議はシスター・ナカウラにお任せしよう。私もチヂワの子孫を積極的に敵に回したいわけじゃない。それと、そこの君、後でこちらのシアターの責任者の連絡先を教えてくれ。然《しか》るべき弁償をして、正式に謝罪しよう」

オールポートは、彼女を睨《にら》むチャーリーとヒューバートに、ごく自然に語りかけた。

「ですが、たとえ日本警察に逮捕されることになろうとも、ザーカリー・ヒル討伐は成し遂げなければならない。それを邪魔するなら御令兄《ごれいけい》も殺す。逮捕されるなら、その上でご自由にどうぞ。私は逃げも隠れもいたしません。闇十字騎士団《やみじゅうじきしだん》も、それを了承するでしょう」

「……参ったな」

一切己の保身を考えず、ただ使命感のみに突き動かされている人間の行動は、法や規範では縛ることは出来ない。

縛り得るのは、その使命感を突き崩したときだけだ。

「アイリスは今『聖務』の真っ最中だ。俺もあいつのパートナー・ファントムとして、たとえ騎士団長《きしだんちょう》さん相手だろうとパートナーの邪魔はさせねぇよ」

笑顔は笑顔。

だが、もし自分の上司がこんな笑顔を浮かべて迫ってきたら、それだけで萎縮してしまうほどの迫力だった。

「シスター・イエレイに今課せられている聖務は、従騎士の研修監督だったと聞いているが」

「百万石《ひゃくまんごく》は正騎士なんだろ。前提が間違ってる聖務なんか無効だ」

「だとしても、シスター・イエレイは、ザーカリー・ヒル討伐の聖務に関わることは認められていない」

「だから別の聖務だって言ってんだろ」

虎木《とらき》はアイリスのいる楽屋を振り返ってから、言った。

「あいつがこの国で受けた二つ目の聖務を完遂するために、ザックとの接触は避けて通れない。百万石《ひゃくまんごく》にも、そう申請させたはずだが？」

「ならば、シスター・イエレイ本人が申請しに来るべきだ」

「書類上、百万石《ひゃくまんごく》はアイリスの研修担当従騎士なんだろ。書類上、何か問題あるのか」

虎木《とらき》は『書類上』を強調する。

無理筋かとも思ったが、意外にもオールポートは困惑した顔になった。

「彼女の一つ目の聖務は、カジロウ・オコノギの討伐または確保。二つ目は、カッセ・アミムラ率いるイベント会社ルームウェルの壊滅及びカツセ・アミムラの拘束だったと思ったが、それはヒキ・ファミリーとの交渉で手打ちになったはずだ」

「あんたがルームウェルの件について把握されているのは、それだけか？」

オールポートは怪訝《けげん》そうに眉を寄せると、少し記憶を探るような仕草をする。

「私がシスター・ナカウラに聞いた限りでは、現場には想定外の吸血鬼がいたこと、ヴェア・ウルフがいたこと。ミハル・ヒキの邪魔が入ったこと。それから……何だったかな」

「お前らが互いに敬意をこめて呼ぶ『シスター』とは、ただ便宜上そう呼んでいるだけか？」

虎木《とらき》の語調が強くなり、なんと、オールポートの顔から余裕が消える。

「俺達はルームウェルの現場で一人の女の子に会った」

「……アカリ・ムラオカ。ユラ・トラキの勤務先のオーナーの娘だね」

オールポートが村岡《むらおか》家のことを知っていること自体は驚かない。

むしろ、アイリスの聖務の詳細を把握しているだろうと予想していたからこその、聖務に聖務をぶつけるアイリスの作戦だったのだ。

「アイリスは灯里《あかり》ちゃんに、ファントム被害だけではない、彼女が心に抱える不安を共に分かち合うと約束したんだ。その灯里《あかり》ちゃんは、明日の公演に、家族で招待されている。その公演を家族全員で楽しめるかどうか。公演が幸せな記憶になるかどうかで、灯里《あかり》ちゃんの未来が決まるんだ。百万石《ひゃくまんごく》。この辺、ちゃんと書類に書いて申請したんだよな」

「……書きました。目を通していただけているかどうかは、分かりませんが……」

「俺はお前達が気に入らない。気に入らないが、それでもお前達が神の使徒で、多くの人間を救済する『シスター』であることは信じてる。あの日、アイリスが俺にそれを信じさせてくれたんだ。だから……今、俺はアイリスのためにも、灯里《あかり》ちゃんのためにも、あんた達にザックを殺されるわけにはいかないんだ」

網村《あみむら》のルームウェルが原因でアイリスと知り合った灯里《あかり》は、家庭環境の問題を詳《つまび》らかに明かした末、心の救いをアイリスに求めた。

灯里《あかり》側にそんな認識は無かっただろう。アイリスに話したのも、自分の通常のコミュニティから外れた人物に心に抱えた重いものを吐き出してすっきりしたい、程度のことでしかなかったかもしれない。

だが修道士として灯里《あかり》に接したアイリスにとって、それは神が愛し守り救うべしと定めた、迷える子羊の危難であった。

この場合、灯里《あかり》が直面している危難とは、両親の不仲と離婚問題。

ルームウェルが壊滅してからも、折につけて灯里《あかり》と交流していたアイリスは、灯里《あかり》が抱えている問題は解決していないと判断する。

そして昨日、村岡《むらおか》家がZACHのライブに招待されたことが、破綻寸前だった村岡《むらおか》家の絆《きずな》をほんの僅かではあるが取り持つことになった。

もしライブが開催されなくなったり、開催されたとしても後日ザーカリーの訃報や行方不明の報を村岡《むらおか》家が聞くこととなれば、辛《かろ》うじて繋《つな》がれていた『家族全員が好きなもの』が失われ、ボロボロの絆《きずな》は今度こそ悲しみに切り裂かれ、二度と戻らなくなるだろう。

オールポートは、ただ虎木《とらき》の目を真《ま》っ直《す》ぐに見ていた。それは、言葉に詰まっているようでもあるし、詭弁《きべん》を弄する吸血鬼を侮《あなど》っているようにも見えた。

「吸血鬼の言うことを、私は信じない」

「……何」

「それを信じたせいで、私のバディは死んだ」

オールポートの圧が、一段階強くなる。

「昨日今日闇十字《やみじゅうじ》と関わっただけの吸血鬼が偉そうな口を叩《たた》くな。君の話に信じるに足る証拠は無い。闇十字《やみじゅうじ》の意思決定はファントムの意見では覆《くつがえ》らない」

そして、虎木《とらき》に対し一歩踏み出した。

「そこを退《ど》くんだ」

「退《ど》かない。今アイリスは、ザックと大事な話の最中だ」

「ユラ・トラキ！　ザーカリー・ヒル討伐の妨害行為とみなし、処断する」

「やってみろ。俺の意思決定も、あんたには覆《くつがえ》させやしねえよ！」

薄暗いステージの中で、その銀色の光は的確に虎木《とらき》の心臓を貫いた。

「兄貴ッ！」

ショットガン・デウスクリスの弾丸に貫かれ、和楽《わらく》の傍《かたわ》らで虎木《とらき》の体が吹き飛び、壁際《かべぎわ》に叩《たた》きつけられた。

和楽《わらく》の悲鳴が響くがしかし、異変は直《す》ぐに起こった。

叩《たた》きつけられた虎木《とらき》の体からは一滴の血も流れず、そのまま黒い霧になって消えたのだ。

「何！」

「室内でショットガンなんか撃つな馬鹿。和楽《わらく》に当たったらどうする」

「く！」

次の瞬間、虎木《とらき》はオールポートの正面に現れ、デウスクリスの銃身を制圧した。

「ユラ・トラキ！」

オールポートは恐るべき膂力《りょりょく》で虎木《とらき》の手をはじき返し、再び一撃を虎木《とらき》に見舞う。

だが今度は吹き飛ばされることすらなく、その場で虎木《とらき》は黒い塵《ちり》となって、オールポートにまとわりついた。

「おのれ……っ！　どうして！　名を、捕らえたはず……確実に、何故《なぜ》だ！」

「お前が捕まえたってのは、これのことか」

オールポートの前に黒い塵《ちり》が運んだのは、赤黒い十字架だった。

「比企《ひき》家特製『血の刻印』。比企末晴《ひきみはる》が俺の生命反応を抽出して作った術式だ。これも、俺なんだよ。あと……」

「……吸血鬼め」

「おいおい……」

オールポートだけでなく、和楽《わらく》も帽子を押さえて嘆息した。

いつの間にか、オールポートを前後で挟むように、二人の虎木《とらき》が身構えている。

いずれの虎木《とらき》の爪からも血の筋が吹き出し、片方は構えられたデウスクリスの銃口に、片方はオールポートの首筋に血の刃を突き付けていて、オールポートの次の一手を封じていた。

「ザックみたいに街中に何人もってわけにはいかないけどな」

それは、ザーカリーが雑司《ぞうし》が谷《や》で闇十字《やみじゆうじ》相手に見せた分身術と同じ性質のものだった。

黒い霧になったり、実体化したりの技の応用で、単純に二か所で実体化する技。吸血鬼の持つ能力によって、実体化できる数や範囲は増えていくが、今の虎木《とらき》ではこれが精いっぱい。

「すっぽんの血じゃ胸やけするくらい飲んでもこの程度だ。人間の血なんか吸ったら、どんなことになるんだか」

「この程度の小技で、私の動きを封じたつもりか」

オールポートの顔には焦《あせ》りより怒りが宿るが、虎木《とらき》は苦笑して首を横に振る。

「そんなわけないだろ。元々あんたに勝とうだなんて微塵《みじん》も思ってない。俺はただ」

二人の虎木《とらき》のうち、オールポートの背後にいた方が消え、正面の側に黒い霧が集合する。

そしてその背後に現れた二人の人影を庇《かば》うように立ち、言った。

「パートナーとその親父《おやじ》が納得するまで話し合えるよう、時間を稼いでただけさ……ぐ」

身構えられたのは一瞬だけ。途端に膝に力が入らなくなり、その場に崩れ落ちてしまう。

「ユラ！　大丈夫！」

現れたアイリスが虎木《とらき》に駆け寄り、

「俺の弟子ならせめてあと二体は出してもらいたいとこだったな」

ザーカリーがハットを胸に当てながら、座り込んだ虎木《とらき》を背後に庇《かば》った。

「……シスター・イエレイ……ザーカリー・ヒル」

水平二連式のショットガン・デウスクリスは既に撃ち切られている。

だが、リベラシオンはまだ姿を見せていないし、白木の針があればオールポートはまだまだ戦える。

「オールポート！　お前は俺を撃った！　だが俺はお前に指一つ触れちゃいない！　ザックもこうして出てきたぞ。それでもまだ、無理を通す気か」

「ユラ、大丈夫。少し休んで。あとは私が」

押し寄せてくる疲労に抗《あらが》いながら叫ぶ虎木《とらき》を、アイリスは落ち着かせて立ち上がった。

結果として、アイリスとザーカリーが虎木《とらき》を守りながらオールポートに対峙《たいじ》する形となる。

「……シスター・オールポート」

アイリスは、緊張した声色で呼びかけた。

「私は今、東京駐屯地の騎士です。私はザーカリー・ヒルが東京にいる限り、私自身の聖務のために彼を保護します。彼が明確に人間に対し、害意を抱き罪を犯すその日までは」

「ザーカリー・ヒルは既に咎人《とがびと》だ。奴《やつ》はユーニス・イェレイを……」

「殺していません」

そのとき、アナが投げ飛ばされた際に壊れたテーブルの一つが客席の傍《かたわ》らで崩れ落ちた。

空を歩き、強大な吸血鬼を手玉に取った騎士団長《きしだんちょう》が、その音に驚いたかのように一瞬アイリスから目を離し、再びアイリスに顔を向けたとき、その顔は、鳩《はと》が豆鉄砲を喰《く》らったという表現にこれ以上相応《ふさわ》しい表情はないというレベルで、目を丸くしていた。

「ザーカリー・ヒルは確かに、母を吸血鬼にしました。でも、母を殺してはいません。母を殺したのは……」

アイリスは、笑顔を浮かべた。

「母を殺したのは、イェレイ家が代々治めた村、イェレイ荘《しょう》の、村の男達です」

「馬鹿なっ‼」

人形のように、ある意味間抜けな顔を晒《さら》していたオールポートが突然激昂《げっこう》した。

アイリスの言葉を信じられないのか、激しく首を横に振る。

「あり得ない！　君は自分が何を言っているのか分かっているのか！」

「……はい。もちろんです。十年前の私が言ったことと、まるで違うことを話している、と」

「何故《なぜ》イェレイ荘《しょう》の人間達がユーニスを殺す！　いや、どのような理由があるにしろ、ユーニスが、ただの村人にむざむざ殺されるはずがない！　それなのに吸血鬼にされたのは本当だと!?」

「母が死亡した事件については、二年にわたり聞き取り調査に協力しました。その全てで、私は母の死の真相について嘘《うそ》をつき続けました」

「何故《なぜ》だっ！」

「それが母の……いいえ、ママと、パパの望みだったから。……ママとパパが決めたことを、私一人でひっくり返すことは、できませんでした」

「何を……っ」

狼狽《うろた》えるオールポートに、アイリスが一歩踏み出すと今度はオールポートが一歩下がった。

そのままよろめくように数歩下がったオールポートは、ソファ席に踵《かかと》をぶつけてそのまま座り込む。空を歩けるはずのオールポートがソファに躓《つまず》いて逡巡《しゅんじゅん》しているのを見たアイリスは、封印された真実を語り始める。

シスター・オールポートは、よくご存知ですね。

ママが……ユーニス・イェレイが何故《なぜ》、ザーカリー・ヒルと一緒に暮らし始めたかを。

ママとパパは、深く愛し合っていたんです。

二十年前のアイカ・ムロイ討伐作戦でファントム側に立って戦ったパパを、ママは捕らえました。デウスクリスに貫かれて虫の息だったパパを、ママはなんとか死なせないように看病したそうです。

最初は、アイカ・ムロイを含めた吸血鬼コミュニティの情報を探ることが目的だったと言っていましたが、照れながら話していたので本当かどうかは分かりません。

ただ、パパには世界中に元人間の吸血鬼の弟子がいて、アイカ・ムロイの軍勢に加勢したのは、その弟子のためだったんだと話してくれました。

私の実の父、ジョージ・イェレイもまた、最初からパパの話を熱心に聞いていたそうです。

父の初恋の人はヴェア・ウルフの少女だったそうです。闇十字騎士団《やみじゆうじきしだん》の関係者だった父の家系ではヴェア・ウルフと交流するなどもっての他で、時代のせいもあってその少女の人生は不幸なものになったそうです。

そういった背景もあって、両親はパパを、一方でファントムを理解するツールとして、一方で友人のように扱いました。

パパが邸《やしき》の地下に軟禁されるようになったとき、既にママは私を身ごもって半年の頃でした……修道騎士としては極めて非合理的で危険な行動だとは私も思います。

ただ、ママも父も、以前からファントムをただ害虫のように処理するイングランド本国の方針に疑問を抱いていました。

ええ。シスター・オールポートは、最初からそんな私の両親の考えに反対していらしたと、聞いたことがあります。

それでもパパを邸《やしき》に匿《かくま》っていることを騎士団《きしだん》本部に秘密にしてくださっていたことを、ママはいつも感謝してました。

転機は、私が三歳のとき。父が病気で亡《な》くなったときのことです。

既に父とパパは、捕らえた者と捕らえれた者という歪《いびつ》な間柄ではありましたが、良き友人関係となっていました。

現代医療でも闇十字《やみじゅうじ》の知識でも治らない病に自らが冒されたと知った父は、心を病んでしまったそうです。

娘が生まれたばかりで、まだ四十前の男性にとっては辛《つら》すぎる運命であろうことは想像できます。

……父は、パパに頼んだそうです。

『自分を、吸血鬼にしてくれ』と。

そうすれば病に負けて死なずに済むと考えたのでしょう。

パパは、断りました。

軟禁生活が長引いている中、人間の側から吸血を求められて、吸血鬼にとってどれほどの誘惑だったかと思います。でも、パパはそれをしなかった。

『元人間の吸血鬼』がどんな運命をたどることになるか、よく知っていたからです。

父は騎士ではなかった。決して身も心も強い人間ではありません。

イェレイ荘《しょう》の領主として、庭の花を愛《め》で、読書をしているのが何よりも似合う人でした。

パパは、血を吸わせようと幽閉室を開けた父をその場に残し、わざわざママのところまで行って自分を幽閉をし直すように言ったそうです。

パパは父を誠心誠意説得し、やがて自身も聖十字教徒だった父は、自分が神の御許《みもと》に召される運命を受け入れたそうです。

父が天に召されてから少しして、物心ついて間もない私は、初めてパパと出会いました。

ママは、吸血鬼であるにもかかわらず、父に聖十字教徒として人の命の定めを全うする道を説いたパパを、心から信頼していました。

父の死から一年後、ママはパパを軟禁部屋から解放しました。

何も知らなかった私が、ザーカリー・ヒルを父親か、それに類する親戚の誰かだと認識するまで、時間はかかりませんでした。

パパがママや私に対して吸血衝動を見せたことは、一度たりとも無かったと断言できます。

シスター・オールポートと母が袂《たもと》を分かたれたのはこの頃ですね。

パパの存在を看過できなくなったシスター・オールポートが、幾度となくパパのことを処分すべきだと主張し、ママと喧嘩《けんか》になっていたのを覚えています。

正直に申し上げて、私はその頃、シスター・オールポートが大嫌いでした。

パパはこんなに優しくて素敵な人なのに、何でこの人はこんなひどいことを言って、ママやパパに悲しい顔をさせるんだろう、って。

闇十字騎士団《やみじゅうじきしだん》やファントム、吸血鬼がどのような存在なのか朧《おぼろ》げに理解し始めていた年頃でしたが、今思えば『お巡りさんは泥棒を捕まえる人』と同程度の認識でしたね。

だから私はパパに言いました。

『私とパパは仲良しなんだから、もっと他の子や他の吸血鬼も、仲良くすればいいのに』

パパは悲しそうな顔で言いました。

『あまり吸血鬼を信用しない方がいい』

私は驚きました。ママとパパは、深く信頼し合っているようにしか見えなかったのに、どうして急にそんなことを言うんだろうって。

『人間は人間同士ですら理解し合えないのに、種族の違う吸血鬼とどう理解し合えるっていうんだい？　人間にとって吸血鬼は敵だ。そして吸血鬼にとっても人間は敵だ。その前提を忘れれば、お互い、不幸な結果を迎えることになる』

ママからパパに向ける信頼と、パパからママに向ける信頼は、どこか性質の違うものだとこのとき気付きました。

それでも、私達は平和に暮らしていました。

シスター・オールポートがママとバディを解消してくださったおかげで、ママは普段から家にいて、私と遊んでくれました。

パパは月夜に一緒に父のお墓に行って、父との思い出を語って聞かせてくれました。端《はた》から見れば歪《いびつ》だったでしょう。ですが私達は確かに一つの家族でした。

……あの日までは。

ええ。母が殺された日のことです。

その日、イェレイ荘《しょう》の対ファントム結界に、極めて強力な吸血鬼が侵入し、そのファントムは邸《やしき》の窓を破って飛び込んできました。

夕食時でした。

『どうしてなの！』

とママが叫んだのをよく覚えています。

ママとパパは即座に対応していましたが、私を庇《かば》いながら戦うには、その吸血鬼は強すぎました。

デウスクリスを二発撃ち込んでも死ぬどころか怯《ひる》みすらしなかったあの吸血鬼……。

二人がかりでどうにか撃退しましたが、ママは致命傷を負い、パパも立ち上がれないほどの重傷でした。

使用人も皆殺されて、騎士訓練も受けていない九歳の私にはどうにもできなかった。

だから……パパは……。


アイリスが言葉に詰まる。

話の途中からずっと顔色は蒼白《そうはく》だったが、実の父親が亡《な》くなったあたりから、立っているのも不思議なほどだった。

「だから、パパは……ママを……」

だが、その言葉は大きな影に遮られることとなった。

「これ以上、親の罪を子供に告白させるわけにはいかんだろう」

「ザーカリー・ヒル……！」

オールポートの目に新たな憎しみが宿るが、それでも動かないのは、彼女もまた、アイリスの言葉に動揺しているからなのだろう。

「俺がユーニスを助ける方法は一つしかなかった。ジョージに人間としての生き方を説いて見殺しにしたくせに、俺は……目の前でユーニスが死ぬのを、見ていられなかったんだ」

ザーカリーは致命傷を負ったユーニスを吸血鬼に変化させることで、その命を救おうとし、その試みは成功した。

だが、事態はそこで終わらなかった。

「邸《やしき》に侵入してきた吸血鬼は、二重の罠《わな》を用意していた……イェレイ荘《しょう》の村人たちを扇動したんだた。ユーニス・イェレイが吸血鬼に襲われて、吸血鬼にされた。このままでは村全体がユーニスに襲われ滅ぼされる、とな」

デウスクリスを二発撃ち込んでも倒せなかった吸血鬼が、イェレイの騎士を瀕死《ひんし》の淵《ふち》に追いやりながら止《とど》めを刺さなかった理由を、よく考えるべきだった。

その吸血鬼は最初から、ユーニスを吸血鬼に変えることが目的だったのだ。

「奴《やつ》は……『俺と同じ』だった。だから、ユーニスは俺と同じように接することで、吸血鬼と人間が融和できると考えてしまった。甘かったんだ。奴《やつ》はそんなタマじゃない。血と悪意を何より求める吸血鬼……とてもじゃないが、あれが元人間だなんて信じられん」

「何だって!?」

これに驚いたのはオールポートではなく虎木《とらき》だった。

虎木《とらき》は、ユーニス・イェレイとその『パートナー・ファントム』が、誰と戦ったかを知っている。外《ほか》ならぬその吸血鬼から聞いたのだ。

「まさか愛花《あいか》が……元人間？」

古　妖《エンシエント・ファントム》ストリゴイ。

原初の吸血鬼とさえ呼ばれるあの悪魔が、元人間の吸血鬼だと言うのか。

「元人間だろうと、お前が倒すべき相手であり、今現在世界最強の吸血鬼であることは間違いない。カラスマもそうだが、何よりアイカと接触したお前達が無事でいることで、俺は人生の残りの幸運を使い果たしたと思ってる。奴《やつ》は、生きてちゃいけない悪魔なんだ」

愛花《あいか》は、ザーカリーがユーニスを吸血鬼化させてから、村人を扇動し邸《やしき》を囲ませた。

村人は闇十字《やみじゆうじ》最強の騎士が吸血鬼を匿《かくま》っていた挙げ句、その吸血鬼に変えられてしまったことに恐慌《きようこう》をきたし、また興奮もしていた。

かがり火を手に農具やスコップ、鳥撃ち用の銃まで持ち出してイェレイ邸を囲むのは、昨日まで笑顔を交わし合った村の男達だ。

『逃げろ！　このままではユーニスもアイリスも殺される！』

村人達の様子は、とてもではないが話が通じる状態ではなく、逃げる以外に選択肢はないはずだったが、しかしユーニスは動かなかった。

『あなたも吸血鬼、私も吸血鬼。なのに、アイリスは人間。こんな家族が生きていける場所なんて、世界中どこにもないわ』

『ならば……！』

アイリスも！

ザーカリーはそう言いかけて、悲しそうな笑顔で振り向くユーニスの顔に息を呑《の》んだ。

『あなたがジョージに言ってくれたんでしょ。人として生まれたなら人として死ぬべき、って』

『それなら、俺の血を吸い返せ！　元人間の吸血鬼は、吸血鬼の親の血を吸えば元に戻れるんだ！』

ザーカリーとしては、ユーニスとアイリスの命を同時に救う最後の手段だった。

だが、ユーニスは力なく笑うだけ。

『それで、あなたは無事でいられるの？』

『……！』

『吸血鬼化の親を吸い返すだけで済むなら、人間が吸血鬼になることが、これほど恐れられて、忌《い》むべきものになっているはずがないわ……それができるなら、どうしてあなたの言う、元人間の吸血鬼の不幸が世界に満ちているの。決まってるわ。吸い返されれば、親の方に何か悪いことが起こる。だから親は子から逃げる。そうじゃない？』

『どうせ十年前に死んでいたはずの命だ！　俺はお前達のためならためらいはしない！』

ザーカリーは死を覚悟していた。切望すらしていた。

子の吸血鬼に血を吸い返された親は、死ぬ。

元人間の吸血鬼が人間に戻るために必要な最後のステップは、吸血による親殺しなのだ。

『私は、自分が助かるために娘の目の前で父親を殺すなんて、できないわ』

『アイリスの父親はジョージだ！　俺じゃない!!』

『パパっ!!』

幼いアイリスが、その足に縋《すが》る。

ザーカリーは言葉を失い、それ以上ユーニスの覚悟を翻《ひるがえ》すだけの言葉を放つことができなくなってしまった。

『私だって……あなたを殺すことなんか、できないよ……』

そうして、ユーニスはザーカリーとアイリスを抱きしめ、ほんの少しだけ、泣いた。

吸血鬼のまま二人で逃げれば、九歳のアイリスは誰の支援も得られないまま陽《ひ》の光の世界に一人放り出される。

ユーニスがザーカリーを吸血し返してザーカリーを犠牲にしたところで、ユーニスとアイリスはもうこれまでの生活に戻ることはできない。

この事態に至った原因を闇十字《やみじゆうじ》から追及されれば、やがてユーニスがザーカリーだけでなく、騎士団《きしだん》が総力を挙げて討伐しようとした吸血鬼とコンタクトを取っていた事実が明るみに出る。

イエレイの騎士としてあるまじき事態であり、闇十字《やみじゆうじ》を追放されればデウスクリスもリベラシオンも失い、ユーニスとアイリスは歴代の騎士達が向こうに回してきた多くのファントム達の恨みを一身に浴びることとなるだろう。

アイリスが一人で安全に、戦うための力をつける日が来るまでの最良の道は、一つしかなかった。

『……いいアイリス。よく聞きなさい』

吸血鬼となった母の手は、そうなる前と変わらず温かかった。

『ジェーンが必ず助けに来てくれるわ。だから邸《やしき》の隠し通路に隠れて、村の人達に見つからないようにしてね』

『ママ？　どういうこと!?　何を言ってるの!?』

『あなたは何も悪くないわ。もしジェーンが来たら、これだけを言うのよ。ママが、吸血鬼に変えられて、殺されちゃった、って』

大人になった今なら、アイリスもこの時の母の意図は理性で理解できる。

事態がザーカリーを匿《かくま》ったユーニス一人の失策ということで処理されれば、アイリスは騎士《き し》団《だん》に保護される。幼いアイリスの証言であれば、オールポートもユーニスを吸血鬼化したのはザーカリーだと考えることだろう。

ここで愛花《あいか》の存在を明かせないのは、明かせばユーニスがザーカリー以外の吸血鬼とも結託し、闇十字《やみじゅうじ》に対して良からぬ企《たくら》みを抱いていたという疑いを招きかねず、アイリスの安全が確保される可能性が低くなるからだ。

そのユーニスの案をザーカリーも呑《の》み、アイリスの未来のために、敢《あ》えて泥をかぶることを決意する。

アイリスは泣き叫んだ。

ママとパパとの別れが、何の前触れもなくすぐ目の前に迫っていると、生物の本能として理解した。

物事の分別《ふんべつ》はついていた年齢だったと思う。

だが、我が子の安全と未来のために己の命も誇りも投げ出す親の愛を理解するには、アイリスは幼すぎた。

涙を流しながら微笑《ほほえ》むママからの、最後のキスの直後に意識を失ったアイリスが次に気付いたとき、目の前にはジェーン・オールポートの憔悴《しょうすい》した顔があった。

ユーニスに教えられてイェレイ邸の隠し通路の場所を知っていたオールポートは、湿気《しっけ》た洞穴の中で横たわっていたアイリスを発見し、静かに涙し、固く抱きしめるとそのまま彼女を邸《やしき》から連れ出そうとした。

アイリスは混乱していた。

意識を失う前に見たものは、全て夢なのだと心から思った。

ママとパパの姿を探して、オールポートの腕の中で暴れ、そしてアイリスは見てしまう。

血に沈んだ、ママのデウスクリスを。
陽光の下、血走った目で行き交うイェレイ荘《しょう》の男達の全身が、灰で汚れていることを。
男達が皆、白木の杭《くい》を持っていることを。
『見るなっ!!』
オールポートの警告は、遅すぎた。
ママは死んだ。
生きていた。吸血鬼になって助かったはずだった。
なのに。
村の男の人達が。
いつも笑ってママや私と挨拶していた村の男の人達が。

『人間の男が、ママを、殺した』

その日から、アイリス・イェレイは、闇十字騎士団《やみじゅうじきしだん》として人間世界を守ることを運命づけられながら、二度と人間の男を直視することができなくなってしまったのだった。

※

「……信じろと言うのか。そんな話を」

「信じられないなら構わん、だが事実だ」

「本当のことです。アイカ・ムロイ本人がそのことを認めています」

「何もかもアイカ・ムロイに責任を負わせればそれで済むと思ったら、大間違いだ！」

オールポートは、かつてその腕に抱いた少女を睨《にら》んだ。

怒りと、混乱と、憎しみと、違和感がないまぜになった厳しい表情のはずなのに、何故《なぜ》かその顔は、彼女の張り付いたような笑顔に比べれば、恐ろしくもなんともなかった。

「たとえその話が本当だったとしても、ザーカリー・ヒルがかつてアイカ・ムロイの側に立って闇十字《やみじゅうじ》と戦った過去は無くならん」

「それは間違いないのでしょう。その戦いがどのようなものだったかは私は知りませんし、パパが当時掲げていた戦う理由も、言ってしまえば戦争中のことです、いちいち忖度《そんたく》してくださいとは言えません。ですが……それだけならば、私はシスター・オールポートの聖務に対して、新たな検討の材料を提示したとお考えください。私の話を聞いた上で」

アイリスは、オールポートの感情を正面から受け止めた。

「もう一人、少女を不幸にしてでも、ザーカリー・ヒル討伐を継続されるのですか」

誰かに守られなければ生きていけなかった少女は今、一人の少女を守るための力を持つ騎士であった。

「…………そう言えば、そういう話だったね」

オールポートも、今更思い出してふっと力を抜き、

「アイリス・イエレイ」

改めてアイリスの名を呼ぶ、シスター、ではなくフルネームを呼び、そして言った。

「Swear by God.」

「……I Swear by God.」

アイリスは答える。

しばらく見合った後、先に目を逸《そ》らしたのはオールポートだった。

「……嘘《うそ》は無いと判断するしかない」

「シスター・オールポート……」

「この力も考えものだと今更分かったよ。十年前、私は君に同じようにこの力を使って、君から証言を得た。九歳だから、多少のトラウマがあったとしても分別《ふんべつ》がつく年齢だと思い込んでしまっていた。嘘《うそ》を本当だと思い込んでる子供にはこの力は意味がない。よし、覚えた」

敢《あ》えて、飄々《ひょうひょう》とした空気を纏《まと》い直すように殊更に高い声で言ったオールポートは、決まり悪

そうに身を翻《ひるがえ》した。

「邪魔をしたね。今日のところは退散しよう。済まないが、シアターの修繕費用はシスター・イエレイを通じて請求してもらえるかい」

「俺の命は助けてもらえる、ってことでいいのかな？」

「勘違いするんじゃない。さっきも言ったように一度アイカ・ムロイ側に立った罪は消えていない。だが、今回の聖務でかけられた容疑はユーニス・イエレイ殺害の容疑だ。それが不確かになった以上、聖務を即時執行するわけにはいかなくなった。それだけの話だ……ああ」

　そこでオールポートは思い出したように和楽《わらく》を見た。

「それとも私は今、ここで逮捕されるのかな」

「……今の俺は民間人だ。現行犯の私人逮捕もできなかないが、年寄りに無茶させるな。この流れで兄貴やザックをけしかけようとも思わん。劇場に詫《わ》びを入れて劇場がそれで納得するなら、それでいい」

　ショットガンや暴力沙汰であちこち壊れている状況を納得する劇場主がいるのかどうかという疑問には、ザーカリーが答えた。

「ブルーブックの経営者は人間だし、ファントムの世界など知りはしないからな。俺が上手《うま》く丸め込んでおく。一つ貸しだぞ」

「それを恩に感じると思うな。私が貴様やユーニスに貸したものは、何一つ返ってきていないんだからな！」

　恩着せがましいザーカリーに、オールポートは吐き捨てた。

「……帰るのか」

　アイリスの手を借りて立ち上がった虎木《とらき》の声に、オールポートは振り向かなかった。

「……見張りは随時立てるが、近日中の討伐は中止すると誓おう。最後に、シスター・イェレイ」

「は、はい」

　こうまで真っ向から本国の決定をコケにしたのだ。

　どんな処分が下されるのかと、途端に緊張を顔ににじませるアイリスだったが、

「聖務に取り組むのは結構だ。だが、君の家族が君の家族にしか分からない決断をしたように、アカリ・ムラオカとその家族が下した決断がどのようなものであっても、尊重するようにしなさい。いいね」

「……分かりました」

「シスター・ヒャクマンゴク」

「は、はい！」

「……シスター・イェレイが再申請した聖務の書類を審査する。サンシャイン60に帰るぞ」

「しょ、承知いたしました！」

それだけ言うと、今度こそオールポートは去り、事の成り行きを見守っていた優璃《ゆうり》はぱっと顔を明るくすると、虎木《とらき》達に一礼して、オールポートの後に続いた。

「……大丈夫か」

虎木《とらき》は、自然にアイリスの肩に触れる。

緊張が解けて今度はアイリスが崩れそうになり、虎木《とらき》は笑う膝で懸命にこらえながら、アイリスは少しだけ虎木《とらき》の顔を見上げてから、

「……ありがと」

少しだけ、虎木《とらき》に体重を預けた。

「無理させて、ごめんなさい。おかげでパパと、ゆっくり話すことができたわ」

「……お疲れさんだったな」

極めて軽く、アイリスの静かで孤独な戦いを虎木《とらき》は労《ねぎら》う。

「……ん」

アイリスも、頷《うなず》くだけ。それだけ、重い戦いだった。

虎木《とらき》はきっと、アイリスの過去を知ったからといって、良くも悪くも態度を変えるようなことはしないだろう。

だが、こうやって寄り添ってくれるだけで、吸血鬼をもう一人の父として愛した、幼かった少女の自分が救われる気がした。

アイリスは小さく溜《た》め息《いき》を吐《つ》くと、ふっと虎木《とらき》を上目遣いに見る。

「……ユラ、私ね……」

アイリスは、これまで虎木《とらき》に話していないことを全て話したと思ったが、まだ一つだけ話せていないことがあった。

話すなら、今しかないと重い口を開いた次の瞬間、

「ちょ〜っと失礼しますねぇ〜？」

「きゃっ⁉」

「うお？」

突然強い衝撃とともに体の支えが外れて、アイリスも虎木《とらき》も無様に尻もちをついた。

面食らって顔を上げると、

「あーらごめんなさい！　薄暗い中で目障《めざわ》りなことしてるものですから、つい体当たりしてしまいました！」

鬼にでも変身しそうな未晴《みはる》が、オールポートなど比較にならない憎悪《ぞうお》を込めて、虎木《とらき》の腕を取りつつアイリスを見下ろしていた。

「み、ミハル⁉　い、いつの間に？」

「いつの間に？　って言いましたかこのポンコツ！　いつの間にって言いましたかこのポンコツ！」

「何で二回言うのよ！」

アイリスは尻もちをついた尻を払いながら立ち上がる。

「ま――！　この恩知らず！　このライブハウスはシスター中浦《なかうら》の指揮で完全に闇十字《やみじゅうじ》に包囲されていたんですよ⁉　しかもアイリス・イェレイ、あなたの腕の一本や二本犠牲にするくらい織り込んで突入の準備までしてて！　それを、和楽《わらく》長官やザーカリー・ヒル以外のファントムに手を出したら比企《ひき》家と全面戦争だと言い聞かせて、何十分も足止めした私に少しくらいお礼があってもいいんじゃありません⁉」

「お、おい未晴《みはる》、ちょっと落ち着けって……」

鼻息荒く腕を胸元にぐいぐい引き寄せるものだから、虎木《とらき》は必死で離れようとするが、未晴《みはる》の膂力《りょりょく》がそれを許さなかった。

「……そうね、ありがとうミハル。おかげでちょっとだけ、私にもユラにも……それにパパにも猶予が出来たわ」

「そうか、君が比企未晴《ひきみはる》か」

虎木《とらき》とアイリスから呼ばれる名を聞いて、ザーカリーは得心したように頷いた。

「ユラとワラクが長いこと世話になっていたようだ。感謝する」

「ええ！　いつだって虎木《とらき》様と和楽《わらく》長官を支えているのはこの私ですから！　どこぞのポンコツとは出来が違いますので‼」

横目でアイリスを見つつ、何のアピールをしているのやら。

要はお宅の娘に弁《わきま》えさせろということなのだが、

「でもこれからは、私とパパがユラの助けになるから、ユラ達がミハルに頼ることは少なくなると思うわ。安心して」

その娘は、初対面の時と同じように、とんでもないことを脊髄反射でぶち込んだ。

その時の未晴《みはる》にはまだ取り繕うだけの余裕があったのだが、付き合いが長くなったせいか、対アイリスの堪忍袋《かんにんぶくろ》の緒は極端に短くなったらしい。

「ええかげんにしよし、しばくで」

低い声とともに虎木《とらき》から離れると、突然アイリスの頬を両手でつまみ始める。

「にゃにするのひょミハル！」

「この口やね！　阿呆《あほう》な事ぬかしよんはこん口やね！」

そのままキャットファイトを始める未晴《みはる》とアイリスを横目に見ながら、ザーカリーはどこか楽しげに和楽《わらく》を小突いた。

「いつもこの二人はこんな感じか？」

「まぁ、俺が知る限りは」

そして二人は、呆然《ぼうぜん》とする虎木《とらき》を見る。

「な、なんだよ……」

ザーカリーは、満面の笑みを浮かべていた。

「そう言えばユラ、お前、俺に修行をつけてほしいって話だったな」

「ん？　あ、ああ」

「それじゃあ俺のお古のサックスを一本くれてやろう。明日の公演後から、お前にみっちりサックスを仕込んでやる」

「突然何言い出すんだオイ」

虎木《とらき》が求めているのは愛花《あいか》との戦闘に役立つ修行であって、ザーカリーから音楽を習いたいなどとは一言も言っていない。

「趣味を持てと言ったろ。楽器できる男はいいぞ？　モテるぞ」

ザーカリーはいがみ合い続けているアイリスと未晴《みはる》を横目で見ながら、悪戯《いたずら》っぽい笑みを浮かべるだけだ。

「楽器できるだけでモテるとか今時小学生でも言わねぇよ！　急にどうしたんだ！」

「何なら今すぐやるか？　下に予備のサックスもあるから練習させてやる。ほら来い！」

「うわっ！　お、おいやめろって！　何なんだよ！」

「お前のおかげで、時間ができた。娘と話せた。今日は、気分がいい！」

大吸血鬼の力に逆らえず、ブルーブックに逆戻りさせられた虎木《とらき》を見送った和楽《わらく》は、未《いま》だにののしり合いを続けているアイリスと未晴《みはる》、その仲裁に入ろうとするアンとチャーリーとヒュ

ーバートを見て、

「案外、俺が心配し過ぎてるだけなのかもしれんな」

そう言って、自分の腹をわずかにさすりながら、肩を竦《すく》めた。

そして。

「こんな連中に付き合ってたら、命がいくらあっても足りねぇよ……」

天井裏の換気口からフロアの騒ぎを見た網村鼠《あみむらねずみ》が、埃《ほこり》だらけのダクトの中で、安心するあまり死んだように伸びきって倒れたのだった。

終章　吸血鬼は全て説明されてしまう

何だかよく分からないけど凄《すご》い。でも何だかよく分からない。

それが、ZACHの東京公演を聴いた虎木《とらき》の感想だった。

楽器と音楽が生きている、と評したザーカリーの言葉の意図は十分に理解できた。

ZACHはサックス、ドラム、コントラバス、ピアノをベースに、タンバリンが入ったりビブラフォンが入ったりギターが入ったりと目まぐるしく扱う楽器が変わるグループだったが、ザーカリーは一貫してサックスに命を吹き込み続けていた。

ジャズライブの特色であるというソロのアレンジパートは、吸血鬼の虎木《とらき》ですら、その音圧だけで体がのけぞりそうになるほどの衝撃を受けた。

口で歌えと言われたら絶対に不可能な、立体的で濃密な音の洪水に飛び込んだ二時間半。

会場を埋め尽くす観客の圧倒的な拍手の洪水に応えるザーカリーは、人間か吸血鬼かなどと考える余地も無いほどに、生命力に満ちていた。

ふと拍手の合間に横を見ると、和楽《わらく》の表情は大して変わらないが、アイリスも感心半分、呆《ぼう》然《ぜん》半分のような顔をしているので、自分一人だけがジャズの神髄に届かなかった、ということではなさそうなので胸を撫《な》でおろす。

アンコールも終わり、公演の終了がアナウンスされ、ぞろぞろと客が帰り始める中、虎木《とらき》はいくつか動かないグループがあることに気付く。

その誰もが、シャツの袖やパンツのすそ、或《あ》るいはカバンやコートに、今日の日付が入った蛍光印刷のシールを貼り付けていた。

虎木《とらき》とアイリスと和楽《わらく》も、めいめいに同じデザインのシールを服のどこかに貼っている。

招待客を示す目印であり、これがあると楽屋で演者に挨拶できるのだ。

「どうする？」

「悪いが俺はもう帰る。悪くはなかったが、腰が痛くてかなわん。昨日あれだけ喋《しゃべ》って、今更話すことなど何もない。ザックには、良かったって感想と、必要なら俺の連絡先を伝えておいてくれ……あいてて」

和楽《わらく》は早口にそう言うと、腰ではなく腹をさすりながら、退場する客の群れの最後尾についていてしまった。

「マジかよ」

「わ、ワラクさん、つ、付き添いますよ」

するとアイリスが慌てて和楽《わらく》を横から支えて付き添おうとするではないか。

「大丈夫だ、まだそこまでってわけじゃない。アイリスさんこそ、ザックとゆっくり話さなきゃならんのだろ。今は自分のことを優先しなさい」

「は、はい……」

やや強めにアイリスの付き添いを断った和楽は、そのまま混雑する出口の人ごみを縫って消えて行った。

「どうした、アイリス」

単純に年寄りを気遣うという風でもなかったアイリスの様子が不思議に思えた虎木《とらき》が尋ねるが、

「……ううん、何でもない、疲れたって仰《おつしや》ってたわ。凄《すご》い音だったものね」

「ああ、まぁ、確かにそうだな。ザックは俺にサックスやらせるって息巻いてたが、あんなの何年かかってもできる気しねぇよ……お」

少しずつ閑散としてきた客席に、虎木《とらき》は灯里《あかり》の姿を見つける。

ボックスシートで灯里《あかり》を挟んで座っているのは、村岡《むらおか》と、こちらに背を向けているのが灯里《あかり》の母だろう。

灯里《あかり》もこちらに気付くと、ぱっと顔を明るくして立ち上がり、こちらに駆け寄ってきた。

「アイリスさん、虎木《とらき》さん、こんばんは！」

「こんばんはアカリちゃん」

「ね、ね！　凄《すご》かったよね！　五曲目のザーカリーのソロ！」

そう言われても虎木《とらき》にはどれが五曲目なのか、セットリストが手元になければすぐには思い出せないのだが、どれも凄《すご》かったことには変わりないため、灯里《あかり》に合わせて頷《うなず》く。

「あー、でも『エニシング・エニスウィング』のアナのピアノソロもヤバかったなぁ。ピアノがベースぶっ壊すんじゃないかってくらいはっちゃけてたもんなぁ！」

ジャズに詳しくない吸血鬼にタイトルだけをぶつけられても困るのだが、

「あんなに情熱的な『エニシン』は初めて聞いたわ。いつもあんな感じなの？」

「うん。でも音源で聴くのと生じゃ段違いというかお話にならないくらい違うっていうか、や、音源は音源でもちろん熱いんだけどね」

アイリスは虎木《とらき》よりはセットリストの内容を把握していたらしい。

灯里《あかり》の話題に乗ると、灯里《あかり》は心底嬉《うれ》しそうに曲の解説を始める。

するとそこに、村岡《むらおか》夫妻がおずおずと近づいてきた。

「やあ、トラちゃん」

「どうも、お世話になっております」

村岡《むらおか》はいつもの通りに、そして、虎木《とらき》とは初対面となる村岡《むらおか》の妻は、少しだけ申し訳なさそうに虎木《とらき》とアイリスに頭を下げた。

「先日は灯里《あかり》がご迷惑をおかけしたそうで、本当に申し訳ありません」

灯里《あかり》によく似た、明るい顔立ちの女性だった。

開口一番の謝罪に、虎木《とらき》は少し慌てる。

「いえ、俺は本当に何も。出勤している間のことだったんで、何かあるならアイリスに言ってあげてください」

「分かった。そうするよ。さ、明音《あかね》」

村岡《むらおか》が妻を促しアイリスに向き直る。

夫婦が二人して頭を下げるのを、灯里《あかり》は少しだけ居心地悪そうに、だがどこか誇らしいような複雑な顔で見ていた。

アイリスは、何度も頭を下げる村岡《むらおか》夫妻に冷や汗を流しながらも対応する。

男性の村岡《むらおか》がいるにもかかわらず、アイリスはなんとか会話を繋《つな》げていた。

先ほどの和楽《わらく》相手でもそうだったのだが、過去を洗いざらいぶちまけたおかげなのか、今日に限っては日頃ほど構えずに男性と話すことができるようになっている。

そうこうしているうちに、会場に残っているのは招待客だけとなり、劇場係員が大声で注目を集める。

「それでは御招待のお客様を順番に楽屋へご案内いたします！　こちらにお進みください！」

「あっ！　やった！　面会だ！　お母さん！　早く行こ！」

「こ、こら灯里《あかり》！　まだアイリスさんにお礼が……ちょっと！」

ばたばたと面会の行列に並びに行く灯里《あかり》と妻を見ながら、村岡《むらおか》は笑顔のまま、ぽつりと言った。

「離婚することになったよ」
それがあまりにも自然で、何気ない調子で放たれたため、虎木《とらき》もアイリスも一拍置いてから
その意味に気付き思わず声を上げそうになった。
「そ、そ、そのこと、あ、アカリちゃんは……」
「今日、三人で相談の上で決めました。ですから、灯里《あかり》も知っています」
「そ、そう、だ、だったんですか、その……」
村岡《むらおか》本人よりもよほどショックを受けているアイリスだったが、村岡《むらおか》は二人の表情に気付く
と、慌てて笑顔を浮かべた。
「でも、離婚はするけど、一緒には住み続けることになったんです」
「「……え？」」
「けじめ、って奴《やつ》かな。離婚はする。でも、僕はもちろん、妻も歩み寄れていない部分があっ
た。少しだけ猶予期間を置いて、まぁ灯里《あかり》がもう少し大人になったとき、うん、成人したとき
か、大学卒業してからか分からないけど、そのときになってもいよいよお互い改善できないっ
てなったら本当に別居、完全に他人になる、って約束になったんだ。今はそんな広くない家の
中で、無理やり家庭内別居、みたいな感じ」
玉虫色、と言って言えなくもないかもしれない。
だが、書類上だけでも状況を変化させることで変わる意識は、確かにある。

村岡《むらおか》夫妻は、強引に一つ区切りを入れることで、新たなステージへと歩みを進めることを選択したのだ。

「だからまぁ、トラちゃんも例の話、保留にしとくから前向きに考えといてよ。そうじゃないと、もしかしたら今度こそ本当に、かもしれないからさ」

「村岡《むらおか》さん……」

「あ、それ、呼び方のことなんだけどさ」

「え？」

「村岡《むらおか》って妻の側の姓でさ、離婚すると苗字《みょうじ》戻るの僕なんだよね」

「えっ⁉　そ、そうだったんですか？」

「うん。僕の旧姓、村田《むらた》って言うの」

「何すかその絶妙に切り替わりきらない感じ」

「灯里《あかり》にも言われたよ。ははは……」

「お父さん！　早く並んでよ！　ザックにお礼言わないと！　もう次だよ」

そのとき、行列の途中まで進んだ灯里《あかり》が遠くから声をかけてくる。

「ああ！　分かった。ごめんトラちゃん。また後で」

「ええ、はい、後で……」

思わぬ衝撃を受けて、虎木《とらき》もアイリスもやや呆然《ぼうぜん》としてしまうが、行列に並ぶ三人の様子を見ていると、会話の端々に笑顔が溢《あふ》れ、とてもではないが直前に夫婦の離婚が決まった家庭には見えなかった。

「アカリちゃんの心は、救われたのかしら」

「それはきっと、灯里《あかり》ちゃん達家族にしか分からないことなんだと思う。でも……傍目《はため》には、それなりっぽそうだ」

「それなり……うん。そうかもしれないわね」

アイリスは納得して頷《うなず》くと、シートの下の荷物入れからカバンとコートを手に取る。

「ユラ、これ、籠《かご》に入れておいたコート」

「ああ、サンキュ……ん」

虎木《とらき》は、丁寧に畳まれたコートをアイリスが差し出してくれるのを受け取って、ふと尋ねた。

「そうだ、分からないとコートで思い出した。あれ、結局何だったんだ」

「え？　何が？」

「お前、俺達が恋人付き合いしてるって灯里《あかり》ちゃんに知られるの異常に怖がってたろ。未晴《みはる》にバレるからとかなんとか言って」

「……ああ、あれ……って、何で今思い出してるのよ」

アイリスは眉を顰《ひそ》める。

虎木《とらき》のコートと未晴《みはる》を繋《つな》ぐ事柄など、先日未晴《みはる》が虎木《とらき》のコートに顔をうずめて匂いを嗅いでいた件以外考えられないからだ。

「別に、大したことじゃないわ。今となっては何であんなことでびくびくしてたんだろうって感じだし」

「こっちはそれで振り回されたって言うか、訳が分からなくて色々意味のない気を回したんだぞ、教えてくれたっていいだろ」

「えぇ？」

アイリスは自分のコートを羽織りながら、困惑したような顔になる。

「そう言われても、昨日のシスター・オールポートと話した後だと、いちいち説明するようなことじゃないんだけど……」

アイリスはコートに袖を通すと、自分の席の前のテーブルに置いてあったグラスを手に取る。コーラが入っていたグラスの底に溶け残った、薄茶色の氷水を軽く喉に流し込んでから、虎《と》木《き》から目を離し、周囲を見回す。

「ママとパパの話は、昨日したでしょ」

「ああ」

「ママの事件以降、闇十字騎士団《やみじゅうじきしだん》はファントムと人間の恋愛を極度に警戒してるの。それこそ一昨日までのシスター・オールポートの耳にそんな話が入ろうものなら、ユラなんか問答無用で殺されてたかもしれない。それが怖かったの。まぁ、昨日からシスター・ナカウラには会ってないから、シスター・ナカウラは今でも何かアクションを起こすかもしれないけど」

「あの時点で闇十字《やみじゅうじ》に知られちゃ困るってのは分かったが、未晴《みはる》関係あるか？」

「だってミハルのことだもの。ただでさえキョート行きの協定破りで弱味を握られてるのよ。これ以上ミハルの癇《かん》に障《さわ》るようなことして、シスター・ナカウラに密告でもされたらって思うと、気が気じゃなかったの」

「うん……うん？」

まだ、何かの要素が足りていないように思える。

虎木《とらき》の感覚では、未晴《みはる》がアイリスについてどんな弱味を握って中浦《なかうら》に報告されると、ユーニスとザーカリーの件に抵触するような困った事態になると言うのか。

それこそ恋人の『フリ』なのだから、説明すれば分からない未晴《みはる》ではないはずだ。

まだ納得していない虎木《とらき》の内心を察したのだろう。

アイリスはもうほとんど残っていないグラスの中の氷水でもう一度口を湿らせてから、慎重にグラスをテーブルに置くと、虎木《とらき》に向き直った。

「ミハルに普段あれだけ色々言われてるのに、まだ分からないの？　今だって闇十字《やみじゅうじ》に知られたら懲罰ものかもしれないのよ」

薄暗い会場内では、アイリスの頬が上気していることに気付けなかった。

グラスを置いたアイリスは虎木《とらき》のコートの襟を摑《つか》むと、強引に引き寄せながら、自分は少し背伸びをする。

一瞬触れ合って離れた唇は、薄くコーラの香りがした。

「私があなたのことを好きなのが、フリじゃなくて本気だから。キョートに追いかけて行った理由もそれ。ミハルにヤキモチ妬《や》いたからよ。ミハルにはキョートで気付かれたわ」

「……え、あ」

不意打ちに頭が働かなくなった虎木《とらき》は、引き寄せられたままの姿勢で呆然《ぼうぜん》と目を瞬《またた》くだけ。

そんな虎木《とらき》の反応が気に入らなかったのか、アイリスは不機嫌に眉根を寄せる。

「……もしかして、『ガイコクジン』はキスを当たり前の挨拶にしてるとか思ってないわよね」

「い、いや……そんな、ことは」

「血、かしらね」

アイリスは楽屋口の通路に消えていく灯里《あかり》達を一度見てから、もう一度虎木《とらき》の方を振り返る。

「ユラは本当に鈍いみたいだから、全部説明しておくわ。この気持ちは、将来あなたと家族になりたいって、そういう気持ちだから。……ここまで言わせておいて、まだ私が何言ってるか分からないなんてこと、ないわよね」

「……ああ」

虎木《とらき》は何とか平静を取り戻そうとするが、引っ張られたコートの襟をうまく直すことができないでいた。

「ワラクさんが、心配するわけよね」

「え？　わ、和楽《わらく》が何を……」

「そろそろ行きましょ。ぐずぐずしてると、楽屋に入れなくなるかもしれないわ」

虎木《とらき》が問い詰めるよりも早く、アイリスは狭い客席の間を早足に歩いて行ってしまった。

一人シートの前で立ち尽くす虎木《とらき》は、自分の唇に手を触れてから、

「……どうすりゃいいんだ」

アイリスの後を追おうとするが、足が前に出ない。

それはまるで、今日までの虎木《とらき》の人生の在り方を象徴するようでもあった。

告白と、行動に対する返事をすればいい。

そんなことは分かっている。だが。

一人の女性として、最大限の勇気と誠意を以《もっ》て一気に心の距離を詰めてきたアイリスに対して、どのように答えれば、その誠意に応えたことになるのだろう。

何せ、未晴《みはる》という先例がある。

諾否を表明するだけでは不誠実のような気もするし、単純に引き下がってもらえない気もしていた。

「あの、お客様。こちらのフロア、そろそろ撤収作業が入りますので、楽屋に行かれるならお早めにどうぞ」

棒立ちしていた虎木《とらき》は係員に促されて楽屋のドアの前に立つ。

既に自分以外は中に入ったか外に出てしまったか、楽屋前で待っている者は誰もいなかった。

タイミング的に、ちょうど今、アイリスがザーカリーと面会している頃だろう。

一体どんな顔をして、このドアを開けばいいのだ。

逆に今この瞬間にアイリスがドアから出てきたら、どんな顔で彼女に声をかければいいのだろう。

たった一枚の防火扉で隔てられた距離がやたらと遠く感じる。

そう思ったときだった。

「遠く……遠く……？」

そのとき虎木《とらき》の脳裏によぎったのは、ザーカリーにまつわるごたごたの最中、百万石優璃《ひゃくまんごくゆうり》が『アイリスを東京から引き離すため』と置いて行った、二十万円分の旅行券の存在だった。


―　了　―

作者はいつもあとがきの話題を探している ― AND YOU ―

ロングスリーパーに必要不可欠な能力は、何よりもトイレを我慢する能力だと思います。

かつては毎日十時間寝ないと体がすっきりせず、何なら真夏に十八時間平気で眠ったこともあった和《わ》ヶ《が》原《はら》ですが、最近は六時間寝たところで必ずトイレが我慢できずに目が覚める体になってしまいました。

なら六時間睡眠で十分足りる体になったかと言えばそう言うワケでは決してなく、ただただ自分の体にたたき起こされて連日寝不足、ということが続いているのでどんどん寿命が縮んでいる感がある今日この頃。

お久しぶりです和《わ》ヶ《が》原《はら》聡《さと》司《し》です。

六時間睡眠が常態化しても昼夜逆転の体質が直ったわけでもないのがまた困ったところ。

例えば夜九時に寝たとして、六時間後の午前三時に目覚めてしまい、そのまま起きっぱなしで一日過ごし、夕方死ぬほど眠くなるんだけど仕事があるから寝るわけにもいかず、そうこうしているうちに夜の十二時を過ぎて二十四時間後の午前三時には今度はハイになって眠れない、みたいなことが起こってます。どう考えても体に良いわけがありません。

コロナ禍《か》の最中に体重が人に言えないレベルで激増するなど健康面の不安要素がしばしば積

み重なっている現状、そろそろ睡眠外来なんかもチャレンジするべきかなと悩んでいます。

ただそうするとやっぱり以前もお話ししたように、世の中のお医者さんがやってる時間に出掛けられないという夜型生活がネックになります。

最近『昼夜逆転した生活を送る』ことを英語で『Live the vampire life』と言うことを知りました。そうか、俺はとっくに吸血鬼だったのか……。

本書は、既に吸血鬼だった作者が吸血鬼を取り巻く『家族』を描いた物語です。

特に理由もなく夜型生活、昼夜逆転生活をしている方の多くは、昼型生活の家族の結構な負担になっているものです。

一人だけ過ごす時間がずれていると、それだけで家族とのありとあらゆる交流が激減し、人類社会の最小単位である家族の中で孤独を託《かこ》つことになりかねません。

体調の変化というか、ぶっちゃけ『老い』の足音が聞こえてくる頃合いの作者ですので、これからは人一倍健康に気を遣い、これ以上誰かにご迷惑をおかけすることなく仕事のクオリティを担保していきたい。

本当に！　切実に！

ということで、また次の本でお会いいたしましょう。

それではっ！

◉和ヶ原聡司著作リスト

「はたらく魔王さま！1〜21」（電撃文庫）
「はたらく魔王さま！0、0-Ⅱ」（同）
「はたらく魔王さま！SP、SP2」（同）
「はたらく魔王さまのメシ！」（同）
「はたらく魔王さま！　ハイスクールN！」（同）
「ディエゴの巨神」（同）
「勇者のセガレ1〜4」（同）
「スターオーシャン：アナムネシス　-The Beacon of Hope-」（同）
「ドラキュラやきん！1〜4」（同）

本書に対するご意見、ご感想をお寄せください。

ファンレターあて先
〒102-8177　東京都千代田区富士見2-13-3
電撃文庫編集部
「和ヶ原聡司先生」係
「有坂あこ先生」係

本書は書き下ろしです。

電撃文庫

ドラキュラやきん！4

和《わ》ヶ原《がはら》聡《さと》司《し》

2021年11月10日　初版発行

発行者　青柳昌行
発行　株式会社KADOKAWA
〒102-8177　東京都千代田区富士見2-13-3
0570-002-301（ナビダイヤル）
装丁者　荻窪裕司（META＋MANIERA）
印刷　株式会社暁印刷
製本　株式会社暁印刷

●お問い合わせ
https://www.kadokawa.co.jp/（「お問い合わせ」へお進みください）
※内容によっては、お答えできない場合があります。
※サポートは日本国内のみとさせていただきます。
※ Japanese text only

※定価はカバーに表示してあります。

ISBN978-4-04-914038-5　C0193　Printed in Japan

電撃文庫　https://dengekibunko.jp/

電撃文庫創刊に際して

文庫は、我が国にとどまらず、世界の書籍の流れのなかで〝小さな巨人〟としての地位を築いてきた。古今東西の名著を、廉価で手に入りやすい形で提供してきたからこそ、人は文庫を自分の師として、また青春の想い出として、語りついできたのである。

その源を、文化的にはドイツのレクラム文庫に求めるにせよ、規模の上でイギリスのペンギンブックスに求めるにせよ、いま文庫は知識人の層の多様化に従って、ますますその意義を大きくしていると言ってよい。

文庫出版の意味するものは、激動の現代のみならず将来にわたって、大きくなることはあっても、小さくなることはないだろう。

「電撃文庫」は、そのように多様化した対象に応え、歴史に耐えうる作品を収録するのはもちろん、新しい世紀を迎えるにあたって、既成の枠をこえる新鮮で強烈なアイ・オープナーたりたい。

その特異さ故に、この存在は、かつて文庫がはじめて出版世界に登場したときと、同じ戸惑いを読書人に与えるかもしれない。

しかし、〈Changing Times,Changing Publishing〉時代は変わって、出版も変わる。時を重ねるなかで、精神の糧として、心の一隅を占めるものとして、次なる文化の担い手の若者たちに確かな評価を得られると信じて、ここに「電撃文庫」を出版する。

1993年6月10日
角川歴彦

電撃文庫DIGEST　11月の新刊

発売日2021年11月10日

続・魔法科高校の劣等生
メイジアン・カンパニー③
【著】佐島 勤　【イラスト】石田可奈

FEHRとの提携交渉のためUSNAへ向かう真由美と遼介。それを挑発と受け取る国防軍情報部は元老院へ助力を求める。しかし、達也にも策はある。魔法師の自由を確立するためマテリアル・バーストが放たれる——。

ソードアート・オンライン　オルタナティブ
ガンゲイル・オンラインXI
—フィフス・スクワッド・ジャム〈上〉—
【著】時雨沢恵一　【イラスト】黒星紅白　【原案・監修】川原 礫

突如開催が発表された第５回SJへの挑戦を決めたレンたち。そこへ、思いもよらない追加ルールの知らせが届く——。それは『今回のＳＪでレンを屠ったプレイヤーに１億クレジットを進呈する』というもので……。

ギルドの受付嬢ですが、残業は嫌なのでボスをソロ討伐しようと思います３
【著】香坂マト　【イラスト】がおう

業務改善案を出した者に「お誕生日休暇」が……!?　休暇をゲットするため、アリナは伝説の受付嬢が講師を務める新人研修へもぐりこむが——!?　かわいい受付嬢がボスと残業を駆逐する大人気シリーズ第３弾!!

ユア・フォルマIII
電索官エチカと群衆の見た夢
【著】菊石まれほ　【イラスト】野崎つばた

「きみはもう、わたしのパートナーじゃない」抱えこんだ秘密の重圧からか、突如電索能力が低下したエチカ。一般捜査員として臨んだ新事件の捜査で目の当たりにしたのは、新たな「天才」と組むハロルドの姿で——。

娘じゃなくて私《ママ》が好きなの!?⑥
【著】望 公太　【イラスト】ぎうにう

私、歌枕綾子、３ピー歳。タッくんと東京で同棲生活をしていたがひとつ屋根の下で生活していくうちに——恋人として一歩前進する……はずだった？

ドラキュラやきん!4
【著】和ヶ原聡司　【イラスト】有坂あこ

京都での動乱から二週間、アイリスがおかしい。虎木を微妙に避けているようだ。そんな中、村岡の娘・灯里が虎木の家に転がり込んでくる。虎木とアイリスが恋人だという灯里の勘違いで、事態は更にややこしくなり!?

日和ちゃんのお願いは絶対4
【著】岬 鷺宮　【イラスト】堀泉インコ

あれから、季節は巡り……日和のいない生活の中、壊れてしまったけれど続く「日常」を守ろうとする俺。しかし、彼女は、再び俺の前に現れる——終われずに続く世界と同じように、終われない恋の、続きが始まる。

サキュバスとニート
新作 〜やらないふたり〜
【著】有象利路　【イラスト】猫屋敷ぷしお

サキュバス召喚に成功してしまったニート満喫中の青年・和友。「淫魔に性的にめちゃくちゃにしてほしい」。そんな願いを持っていたが、出てきたのは一切いうこと聞かない怠惰でワガママなジャージ女で……？

新作 僕らのセカイはフィクションで
【著】夏海公司　【イラスト】Enji

学園一のトラブルシューター・笹貫文士の前に現れた、謎の少女・いろは。彼女は文士がWebで連載している異能ファンタジー小説のヒロインと瓜二つで、さらにいろはを追って同じく作中の敵キャラたちも出現し——？

護衛のメソッド
新作 —最大標的の少女と頂点の暗殺者—
【著】小林湖底　【イラスト】火ノ

裏社会最強の暗殺者と呼ばれた道真は、仕事を辞め平穏に生きるため高校入学を目指す。しかし、理事長から入学の条件として提示されたのは「娘の護衛」。そしてその娘は、全世界の犯罪組織から狙われていて——。

新作 こんな可愛い許嫁がいるのに、他の子が好きなの？
【著】ミサキナギ　【イラスト】黒兎ゆう

貧乏高校生・幸太の前に突如現れた、許嫁を名乗る超セレブ美少女・クリス。不本意な縁談に二人は《婚約解消同盟》を結成。だがそれは、クリスによる幸太と付き合うための策略で——？

新作 娘のままじゃ、お嫁さんになれない！
【著】なかひろ　【イラスト】涼香

祖父の死をきっかけに高校教師の桜人は、銀髪碧眼女子高生の藍良を引き取ることに。親代わりとして同居が始まるが、彼女は自分の生徒でもあって!?　親と娘、先生と生徒、近くて遠い関係が織りなす年の差ラブコメ！

はたらく魔王さま!
Satoshi Wagahara
Illustration ■ Oniku
和ケ原聡司
イラスト■029
魔王城は六畳一間!?
フリーター魔王さまの庶民派ファンタジー!
世界征服間近だった魔王が、勇者に敗れて辿り着いた先は、異世界“東京”だった!?
六畳一間のアパートを仮の魔王城に、フリーターとして働く魔王の明日はどっちだ!!
電撃文庫

勇者のセガレ
YU-SHA NO SEGARE
和ヶ原聡司
イラスト 029
家族団らん>>>>>>>世界平和!?
『はたらく魔王さま!』コンビが贈る、
新たなる庶民派ファンタジー開幕!
異世界からやってきた
謎の金髪美少女ディアナが告げたのは、
親父を勇者として召喚したいというムチャな内容だった!
異世界の平和を取り戻す前に、
家族の平和が大ピンチ! 俺の平穏な日常は、一体どうなる!?
電撃文庫

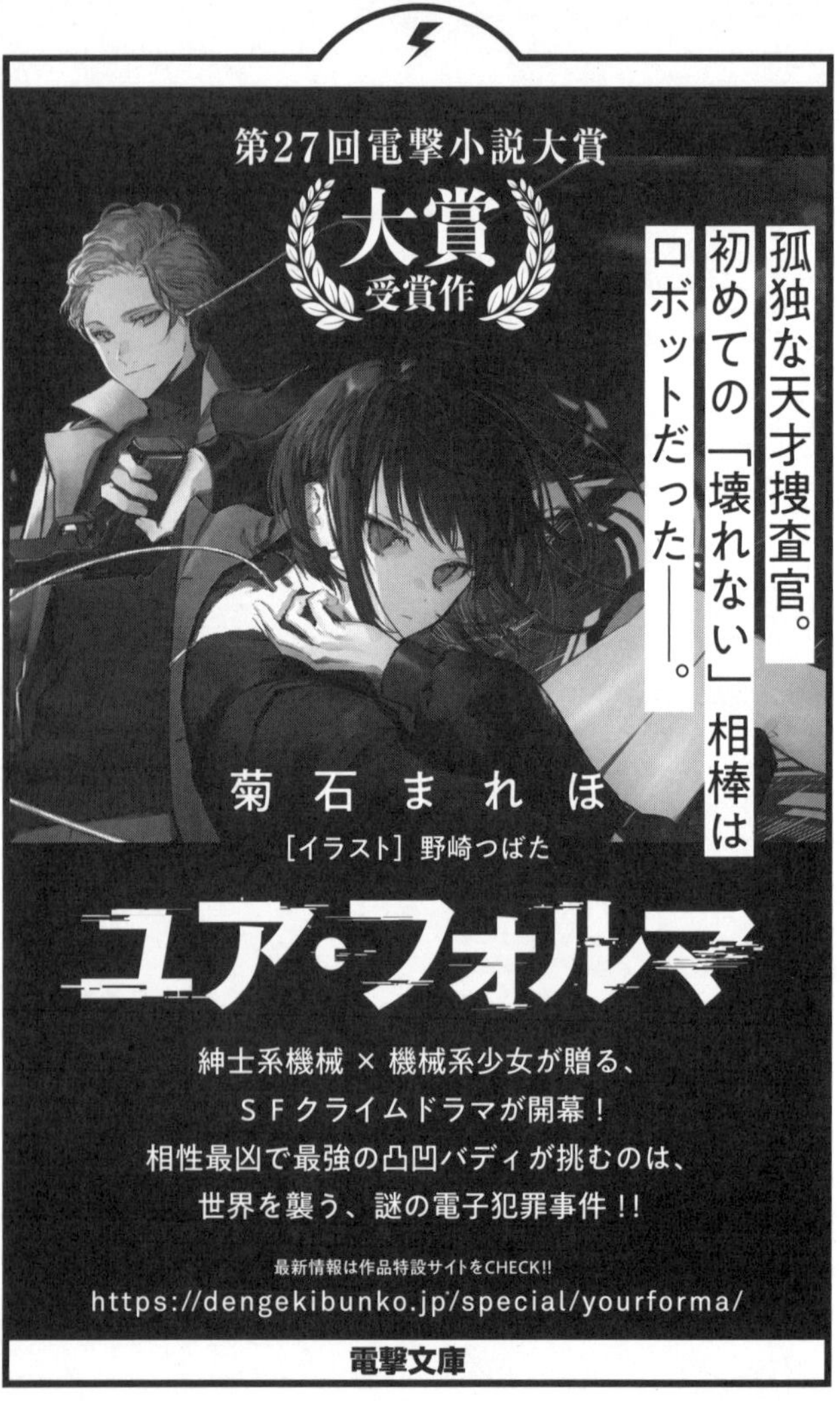
第27回電撃小説大賞
大賞
受賞作
孤独な天才捜査官。
初めての「壊れない」相棒は
ロボットだった――。
菊石まれほ
[イラスト] 野崎つばた
ユア・フォルマ
紳士系機械 × 機械系少女が贈る、
ＳＦクライムドラマが開幕！
相性最凶で最強の凸凹バディが挑むのは、
世界を襲う、謎の電子犯罪事件！！
最新情報は作品特設サイトをCHECK!!
https://dengekibunko.jp/special/yourforma/
電撃文庫

NESS

ある中学生の男女が、永遠の友情を誓い合った。1つの夢のもと運命共同体《しんゆう》となったふたりの仲は、特に進展しないまま高校2年生に成長し!?　親友ふたりが繰り広げる、甘酸っぱくて焦れったい〈両片想い〉ラブコメディ。

電撃文庫

隣のクーデレラを甘やかしたら、
ウチの合鍵を渡すことになった
（著）雪仁
（イラスト）かがちさく
「夏臣のからあげ大好きだから
すっごく楽しみ」
微妙な距離の二人が出会い、
時に甘々で少しじれったくなる日々が
始まる――
電撃文庫

神田夏生
Natsumi Kanda
イラスト：Aちき
Atiki
今すぐ君に『××』だと言いたい…
言えたら、いいのに……
絶対にデレてはいけないツンデレ
Zettai ni Dereteha Ikenai Tundere
蒼月さんは常にツンツンしている子で、
クラスでも浮いた存在。
本当は優しい子なのに、
どうして彼女は誰にもデレないのか？
それは、蒼月さんが抱える
不思議な過去が関係していて……？
電撃文庫

浮遊世界のエアロノーツ
無数の島々が浮かぶ世界で
森日向
〈イラスト〉——にもし
自分探しの旅がはじまる。
心躍るロードノベル開幕!
世界を変える《干渉力》の才能を持つが故に人々から疎まれ、心を閉ざしていた少女・アリア。自由気ままな飛空船乗りの泊人や、文化や価値観の異なる島の住人たちとの交流のなかで、少女は《風使い》としての力を開花させていく——。
電撃文庫